LIN JIANG XIAN

临江仙

LIN JIANG XIAN

临江仙

第十五章
入俗世

净云宗的罚恶殿地牢昏暗、潮湿。火把逐一亮起,昏黄的光线在墙壁上投下摇曳的影子。

蒙楚盘膝坐在角落里闭目调息,似乎在思考什么。上官日月缓步走来,脚步声在空旷的地牢中回响。

"蒙师兄。"上官日月的声音带着一丝犹豫。

蒙楚睁开双眼,眸中满是惊讶:"上官?师弟来此,所为何事?"

上官日月微微一笑:"掌门有令,让我放师兄出去。"

净云宗后山。

阳光透过树叶的缝隙洒在地上,形成斑驳的光影。蒙楚大步走来,沿途的弟子们纷纷侧头,眼中满是惊讶。

"师兄?"

"是蒙楚师兄!"

蒙楚微微颔首示意,继续向前方走去。

蒋辩正拿着扫把扫地,看到蒙楚,不禁惊喜地抬起头。

"蒙师兄,你终于出来了!"蒋辩的声音中带着一丝激动。

蒙楚停下脚步:"你可知道掌门在哪儿?"

"掌门啊,应该在鸿蒙大殿吧。"

蒙楚正欲离开,却被蒋辩拉住了。

蒋辩兴奋地说:"蒙师兄,你要是再不出来我都要把你忘了!你都不知道师门最近发生了多少事情,连话本子都没这么精彩!我告诉你啊——"

远处的弟子远远地对着蒋辩挥手:"蒋师兄,到时间了!"

蒋辩长叹一口气,极为惋惜地说:"先不跟你说了,我今日还得去饭堂帮忙。蒙师兄,你若是得了空,也过来帮帮忙啊。"

蒋辩拍拍蒙楚的肩膀,拎着扫把飞快地跑开了。蒙楚站在原地,一脸疑惑。

鸿蒙大殿内,紫阳坐在上首,神情庄重。

蒙楚走了进来,行礼道:"师父。"

紫阳微微点头:"你来了。"然后,他将李青月飞升的前因后果和近日来的动向一一讲与蒙楚。

听完,蒙楚脸色古怪,皱眉思索。当初,为了曲星蛮的事情,师父将他投入地牢,差点儿废去他的修为将他逐出宗门。可如今,这位古板的师父不但不反对自己与阴莲宗中人有来往,还夸曲星蛮是个秉性善良、相貌周正的好姑娘。

紫阳喝了口茶,继续说道:"当初拆散你们,并非师门本意,实在是需要一个顺理成章的借口让师祖命悬一线,以此引得大成玄尊下凡。此事,是师门对不住你,以后你二人结为道侣,从此天高海阔,畅快自在。"

蒙楚有些迟疑地说:"可她是魔门中人。"

紫阳微微摇头:"魔门又怎样?她生在那里,又没的选,只要不滥杀,不作恶,行善积德,便是正道。我宗门人,不能以出身定论他人善恶,更不能心存偏见。"

蒙楚张口结舌,无话可说。

紫阳一挥衣袖,满脸慈祥的笑意:"快去吧。"

太阳跃于云端,耀眼异常。上官日月盘膝坐在腾云坪上仰头望着日光,神情悠然。

蒙楚走了过来,坐在上官日月身边。

"从掌门那儿回来了?"上官日月的声音带着一丝关切。

蒙楚微微点头:"嗯。"

上官日月微微侧头看向他:"很惊讶吧?"

蒙楚沉默片刻，才说道："不知道该怎么说，只是突然觉得心里空空的。"

"慢慢习惯吧。"说完，上官日月拿起一旁的扫把。

蒙楚一愣："你这是要做什么？"

上官日月回答："扫地。"

蒙楚有些不解："你是宗门的核心弟子，怎么能干这个？"

上官日月微微一笑："原先扫地和做饭的弟子如今都是元婴修士，半步化神，两百多岁的高龄，剑法出神入化，单手能打十个你我。"

蒙楚目瞪口呆，片刻后才反应过来。

上官日月拍拍他的肩："其他人都去找师祖了——哦，就是李师妹。你若是没什么事，就去厨房帮蒋辩师弟做饭吧。"

上官日月说完，拎着扫把离去。蒙楚站在原地，一脸愣怔。

阳光透过窗户洒进房间，一个空了的药箱放在桌上。张酸坐在桌前，目光落在药箱上，神情复杂。

那日，净云宗的弟子房门外，张酸和樊凌儿相对而立。

樊凌儿的声音带着一丝审视："你若真的了解仙尊，便不会为她担心。"

"她从来不是那个在净云宗胆小懦弱、与世无争的李青月，而是在众仙之境亦可翻云覆雨的四灵仙尊。"樊凌儿看向张酸，目光灼灼，"仙尊她元神离体，游荡人间三百年都活了下来，这种微末小事，她定能解决。"

张酸说："我相信她可以解决，只是晚一些找到她，她便要多受一分磨难。"

樊凌儿冷笑一声："对于仙尊来说，任何磨难都是机遇。"

张酸追问："什么机遇？"

樊凌儿目光如刀："杀了白九思的机遇。"

张酸扣上药箱，目光越发不定。忽而，他面色一白，体内的蛊毒再次发作。他赶紧运气调息，才勉强将腹中剧痛压制。当下他不再犹豫，起身拿起佩剑大步向屋外走去。

夜幕降临，天姥峰顶星光璀璨。龙渊坐在中央，白九思众弟子环绕着他。

龙渊的声音沉稳有力："翻天印落，虚空破碎，师尊的踪迹却半点儿也寻不到。今日我唤众位前来，便是助我施法寻找师父！"

众弟子齐声回应："定当竭尽全力，以助师兄！"

龙渊闭上双眼，双手结印，灵光自结印而出。众弟子也纷纷结印，无数道灵光直冲墨色苍穹。

天姥峰上空，万千星光汇聚，北斗七星彼此相连，如同织网一般，星光以北斗七星为中心，四散开去，如同一道道流光箭雨，射入凡间。

圆月高悬，繁星璀璨。松鹤县这个小小的县城早已经入了梦境。

白九思坐在院中，指尖拨动琴弦，琴音缥缈，回荡在院落之中。李青月推门而出，向着大门的方向走去。

"夜深风凉，你不在屋中休息，要去哪里？"白九思的声音平静而温和。

李青月置若罔闻，继续向前走去。

白九思再次说道："阿月，我在同你说话。"

李青月冷笑一声，并不言语，脚步未停。白九思看向李青月的背影，眼睛微微眯起，抬手挑起琴弦，一道灵力光波飞射而出，落在李青月脚前的石砖地上，留下几道划痕。

李青月回身冷视："你要做什么？"

白九思回答说："不做什么，只是想与你谈谈。"

李青月反问："你我之间，还有什么好谈的？"

白九思缓缓抬眸，两人目光相接。白九思拨动琴弦，以琴为中心的巨大灵力光波向着四周散去，如流水般层层涌动，将两人包围。

天上一轮皓月，四下望去，入目皆是水域。待光芒散去，两人出现在湖面之上，一坐一立，遥遥相望。

"这般大的阵仗，大成玄尊是要谈什么？"李青月的声音带着一丝冷意。

白九思回答："四百年前，我封你十年神力，弃你归天，你可是因此恨我？"

李青月反问："你觉得呢？"

白九思继续说道:"你恢复神力后,假意与我再度成婚,在大婚之日用寒鳞匕首伤我本源心脉,将我镇压百年。阿月,百年的痛楚,还不够弥补你十年的人间疾苦吗?"

李青月回答说:"痛楚这种东西,在于深浅,而不是长短。"

白九思追问:"那我倒想知道,究竟是多深的恨意能让你在将我封印之后大肆掠夺法器丹药,攻占仙门洞府,倒行逆施,引得天怒人怨!"

李青月冷笑一声:"天怒人怨我未曾见过,想要杀我的神仙倒是不少。"

白九思继续说道:"你知道的,我从未想过要杀你。当初攻占天姥峰,我想要的,不过是你的解释。是你自毁肉身、元神遁离,我并未对你出手。"

李青月说:"即便你未对我出手,你也该死!"

白九思反问:"我该死?阿月,你难道觉得百年前你所做的一切都是对的吗?"

白九思一挥袖,时空顿时变幻。

巫居山顶,山花烂漫,野草遍地。白九思与李青月盘膝坐在水潭之上,遥遥相对。

"一切诸果,皆由因起。一切诸报,皆由业生。人间大旱,是因旱龙而生,可你为何不想想,世间之土有千万之广,旱龙为何偏偏要将巫居山选为洞府?"

李青月闻言,眉心微皱。

白九思继续说道:"那是因为巫居山是旱龙的本源之地,它生于此,亦修炼于此,可是人族挖山伐木、断流取水,大肆捕杀巫居山上的生灵。自那以后,巫居山上花草枯萎,生灵灭绝,变为一片死地。而旱龙也不得不离开故土,另寻他处。"

白九思伸手掬起一汪潭水,又缓缓倒入潭中。潭水从他手中流出时,已然变成一抔黄沙。一股巨大的灵力以黄沙为中心,向四周扩散开,所过之处,潭水干涸,花草枯萎。巫居山,渐渐变为一片荒漠。

"你有怜悯之心,为救世间而斩杀旱龙。可人的命是命,那些因为人而死去的巫居山生灵的命便不是命了吗？阿月，你的慈悲未免太过狭隘。"白九思的声音中带着一丝无奈。

李青月说："因果一事，在于自身，便是血缘至亲也不可代受。旱龙不能代表当年巫居山上死去的生灵，那些因为旱灾死去的凡人亦不是当年的施害者。"

李青月抬眸，目光凛然："你是神，你跳出俗世，俯视众生。但你从未站在众生的角度考虑过，别人种下的因却要他们来承担恶果，这对他们来说并不是因果循环，而是无妄之灾！"

白九思反问："你说因果循环皆有定数。我们生而为神，是否也在这因果之中？"

李青月挥手，四周狂风渐起，卷起黄沙将两人包围："你要讲天道承负、因果报应，那我便同你讲一讲。"

黄沙散去，两人身处虚空之中。一幅巨大的太极图位于两人身下，白九思与李青月各自坐在阴阳鱼两处。

"你说因果循环皆有定数。我们生而为神，是否也在这因果之中？"李青月的声音带着一丝坚定。

二人身下太极图案旋转起来，黑与白渐渐融在一处，无法区分。

李青月继续说道："孟启为栖迟斋做工数十年，孟池为我奉献一生，孟长琴与我更是有师徒之情。我受凡人香火，便是因，我斩杀旱龙庇佑百姓，便是果。你说因果循环，我亦遵循其道，为何你是对的，而我就是错了？"

白九思抬手，黑白两色渐渐分离、聚拢，泾渭分明："你是神，你的因果不应与人纠缠在一起。"

李青月反问："你忘了吗？十二年前，玉梵山下，真正的李青月已死。我以元神入了她的肉身，自那一刻起，我便也算是凡人了。那你呢？大成玄尊，你的因果为何还与我纠缠在一处？"

白九思沉默不语。

李青月冷笑一声："你不曾体会过凡人的不得已，又哪里有资格同我论对错?当初你封了我十年法力,今日我要再与你立下十年之约,看一看究竟孰是孰非,你可敢?"

白九思回答说:"有何不敢?"

李青月微微一笑:"好,你莫要后悔。"

李青月挥手,一道灵光闪过,湖水掀起巨浪,将两人淹没。

天姥峰顶,龙渊手上结印,额上冷汗滴落,神色沉寂。满天星光开始汇聚,在东方一点明灭闪烁。

普元抬眼望去,担忧得皱眉:"七星明灭,星象将现,助大师兄!"

众弟子齐声回应:"是!"

众位弟子改变手势,光芒直指龙渊。龙渊额间升起一缕绚烂灵光,直冲天际,与七星相连。北斗七星被巨大的灵力连成一线,发出明亮的光芒,随后骤然熄灭。

龙渊嘴角涌出一丝鲜血。众弟子起身,神色焦急地聚拢在龙渊身边。

龙渊擦了擦额头的汗,仿佛心有余悸:"天象异变,直指东方,我以遁灵之术欲赶往东方查探,却被大水阻隔。"

普元不解地问:"大水阻隔,这是何意?"

龙渊回答:"水汽萦绕,冰冷刺骨,师尊他……应在水中。"

望舒巷的一处民居中,和煦的阳光透过敞开的门将厅中照得明亮。

李青月与白九思对坐桌前,彼此单手虚附对方额前,手心渐渐凝聚出仙元光球,上面有着密密麻麻的咒语。两只仙元光球浮在二人眉心前,照亮了二人的面孔。

白九思胜券在握地看着李青月。李青月漠然回视,犹如看待一个将死之人。她的声音平静而冷淡:"封了法力,你须以凡人身份在此生活十年。不论这十年中遭遇何事,你都不能妄动法力,一旦触了禁制就会遭受反噬,轻则本源受损、神体失觉,重则形神俱灭、万劫不复。"

白九思微微一笑:"好,我等你带我领略所谓的凡间疾苦。"

仙元光球渐渐注入两人眉心。两人眉心皆显现出一道淡淡的金色印记,随着施法结束，金色印记消散于无形。

白九思浑不在意地查探了一下双臂，双臂活动自如，他玩味地看向李青月："那么，我现在算是凡人了吗？"

李青月漠然以对。

白九思继续说道："你口中所谓的人间疾苦呢？"

李青月起身向外走："时间漫长，你自去体会。"

白九思追问道："既是凡人，当有身份，若是有人问起我们的关系，我该如何应答？"

李青月骤然止步，冷视白九思。

白九思继续说道："不若就以夫妻相称，你觉得如何？"

李青月冷冷地回答："随你。"

李青月离开后，白九思望着她的背影微微一笑，一副志在必得的模样。

和煦的阳光透过门窗照进来，漫天细小粉尘在空中浮游。

李青月于屋内忙上忙下地收拾东西，白九思则靠在一旁翻看一本旧书。两人中间隔着一道极深的刻痕，将本就不大的民居一分为二，里屋的床被李青月占了，而那间旧书房归白九思，后院有伙房，则顺理成章地分给了需要三餐的李青月，相应地，前院就被划给了白九思。

昨夜自李青月决定与白九思休战，二人便约法三章，定了三条规矩。第一条就是关于如何分配这小巧的民居。毕竟两人可能要在凡间度过十年，被凡人撞见了不好解释，所以只好勉强住在同一屋檐下。

李青月在屋内收拾得起劲。经过几个时辰的努力，她那一半空间的零碎物品已经被有序地归纳好，破洞的窗户也被修补好了，就连地面的灰尘都被洒扫干净。闲暇之余，她偷瞄白九思一眼，见他依旧捧着那本破书看，心中不屑地想，白九思果然是做上神做久了，对打扫卫生这类小事，他定然不会亲自去做。

不屑的同时，李青月还有些得意。在松鹤县，他们都会以凡人身份生活，事必躬亲的日子后面多着呢，白九思被人伺候惯了，怎会受得了这样的生活？

"四灵仙尊。"白九思似看穿了李青月所想,合上书,轻声唤李青月的尊号。

这便是他们约法三章的第二条,李青月不愿白九思叫她"阿月",便定下一个规矩,说话时不可直呼对方名字。

见白九思乖乖履行承诺,李青月颇为满意地抬头,看向白九思:"大成玄尊何事?"

两个最熟悉的人,在同一间房间叫着彼此的尊号,这画面实在有些诡异。白九思压了下嘴角,指了指那条分界线。

"你的衣柜过界了。"

李青月恼羞,索性将衣柜推了过去:"既然过界就送你了。"

白九思微微挑眉,并未说什么,打开书,继续慢悠悠地翻阅起来。

状似无意,李青月终于瞥到了那本破书的名字——《宅经》。她还以为是什么玄妙秘籍,白九思这般宝贝地看一上午。李青月轻哼一声,拿着翻找出的几个铜板转身出门,准备去找口饭吃。

人间已更换几朝几代,铜钱自然早已不再流通,李青月饿着肚子回到那座民居时,见到家里正在大兴土木。

那座划给白九思的前院里一群工匠正在热火朝天地改造,地面铺着半成品的花架,散落着各种工具及材料,稍显凌乱。

白九思悠闲地坐在自己的一亩三分地,品茶读书。

"你在做什么?"李青月推门而入,带着火气的目光环视院中的工匠和材料。

白九思笑吟吟地向李青月示意手中的茶杯,给李青月倒了一杯茶:"喝茶啊。"

闻言,李青月蹙眉看向白九思,无言地指了指工匠们。

白九思笑着解释:"我读了一本凡人的书,名叫《宅经》,写得倒是有些道理。书中讲住宅以形势为身体,以泉水为血脉,以土地为皮肉,以草木为毛发,以舍屋为衣服,以门户为冠带,若是如斯,乃为上吉。"他边说,边拿着书指向院落的各个角落,"你看这院落的布局,血脉全无,毛发稀缺,更别提这门户冠带,简直是一塌糊涂。"

"所以你要重建个栖迟斋?"李青月有些无奈地看着白九思。她想错了,白九思素来有洁癖,他没动手,从来不是因为想要将就,而是因为太过讲究。

白九思微微一笑:"那倒不至于,只是修缮一番罢了。我打算在这边添两个花架,多养些花草,池塘里添些鱼,院落也重新粉刷、布置一下。你不是喜欢厨房吗?我也给你翻新一下,好不好?"

李青月白了白九思一眼,转身离开。白九思神情有些疑惑。一旁的工匠们却笑出了声。

一名工匠说道:"这位老爷,哪有女子喜欢围着锅台转呢?你想哄自己娘子,倒不如帮她做饭,而不是修个厨房送给她。"

白九思皱眉思索。

夕阳西下,天光略暗,白九思坐在椅子上握着书卷读书,肚子里突然传出咕噜噜的声响。他不解地低头看向肚子,稍作思索后却没想明白。他伸手提壶向杯中倒水,没倒出一点儿茶水,不禁眉头微蹙,稍显烦躁。

收拾好工具的工匠们,经过白九思面前,正准备离开。

白九思问:"你们去哪儿?"

"剩下的活儿,明儿就能干完,今天我们就先回去了。"

一名年轻男子在门口探头探脑,看到白九思后立刻走了过来。他说道:"你就是新搬来的邻居吧?我叫林凡,就住你们隔壁。来来来,我娘子做了一些糕点,我送来给你尝尝。"

白九思一副拒人于千里之外的模样:"不必。"

下一刻,白九思肚子就传出饥鸣声。

林凡哈哈一笑,将点心放下:"瞧给你饿的,还跟我瞎客气什么!"

白九思愣住了,捂着肚子露出恍然之色:"饿?"

林凡哈哈一笑:"都是街坊邻居,以后我们就是一家人了。兄台怎么称呼?"

白九思微微顿了顿,还是回答:"白九思。"

李青月提着装有菜肉的篮子走进院门。

人间工匠技艺进步飞速,她自觉一时半会儿还跟不上时代,只能做苦力换些铜钱,至少……不会被饿死。于是,李青月叮叮当当地劈砍了一下午的柴火,然后出门售卖。这事儿惹得白九思满心好奇,偷偷地跟了上去。街头市集将要散场,李青月来得虽晚,却因待售的柴火价格便宜,整体收益还算可观。最终,她拿着满满一吊钱买了大米和牛肉,用最后没卖完的柴火换了一篮子野菜。

在凡间生活数百年,李青月对这种生活已然习惯。只是白九思没见过李青月这个样子——安然、顺从,甚至有些弱,劈砍半日木头,只为换取三餐吃食,她堂堂一方上神何至于如此?

白九思想要上前阻拦,脚步都已迈出,话却没能宣之于口。

四百年前,是他封了阿月的神力,将她独自留在凡间十载。会不会就是因为这个,阿月才一直怨恨他,甚至见他始终不悔悟,逐渐萌生了杀心?白九思眸色一凝,先回了家。

"回来了?"白九思语气有些压抑。

李青月听出白九思语气中的不同,莫名其妙地看他一眼,然后提着菜篮越过白九思那一亩三分地,转身去了后院。

被晾在原地的白九思沉默一瞬,起身跟着李青月去了后院。

"要做什么?有没有需要我帮忙的?"白九思凑上前,嘴上虽然问着,行动上已然主动帮助李青月劈柴、生火。

李青月看着白九思踩进自己后院的那两只脚,眼睛眨了眨,不知想到了什么,便放下手中的菜刀,道:"如果没记错,后院是归我的。"

白九思淡然点头,丝毫没有不好意思,大言不惭道:"可你今天也经过我的前院。"

除非用仙术飞过去,不然李青月如何越过前院到后院?

李青月一时被噎住,又默默抄起菜刀,瞪着白九思,几乎一字一顿道:"你是要反悔?"

白九思连连摇头:"我只是觉得我们定的规矩有些纰漏,不如改善一下?"

李青月心里生出一种不好的预感,她眯着眼看向白九思:"如何改善?"

佯装思考良久,白九思四下打量一圈,最终指着木柴:"以后我要进后院,便需要帮你劈柴,如何?"

李青月皱眉不语,似乎摸不准白九思又在打什么算盘。

白九思见李青月这模样,笑道:"你若觉得吃亏,我明日让工匠将你那边也修整一番,当作补偿。"

李青月眉头越皱越深:"你又在算计什么呢?"

明白自己的形象在阿月心中不算正面,白九思无奈地一笑,故作可怜道:"我旧伤复发了。"他扯开白色的衣襟,将伤口展示给李青月看,淡淡补充道,"新伤也未愈。"

心口那两道血肉模糊的伤口皆出自李青月一人之手。她看了一眼,别过头去,冷声道:"我本就要杀你,见你生不如死,我痛快至极。"

白九思点头:"我懂。这点儿小伤,根本不及你对我恨意的万分之一。"

李青月抿唇不语。

"但是,正因为这点儿小伤……"白九思故作迟疑,"导致我身体受损,干不得体力活儿,自然也没法做饭。"

凡人一日有十二个时辰,除去四五个时辰在睡觉,剩下的时间几乎都耗在三餐上,他若是能同阿月一起吃饭,套出当年之事,或问出阿月对他的仇怨源自何处,还不是早晚的事儿?这样想着,白九思越发坚定地看向李青月:"我今天只吃了邻居送来的点心,现在觉得腹内空空,有烧灼之感。"

李青月狐疑地看了白九思片刻,暂时允了白九思同她一起用餐的提议。

白九思大手一挥,当场许诺,自己会出以后的三餐饭钱,李青月只要负责做饭便好。原因很简单,他实在看不得阿月费尽力气去劈柴,才换得那零星铜钱。

李青月站在菜板前动作利索地切菜,随后熟练地将菜倒入锅中翻炒。白九思从菜板上拾起一根菜丝看了看,又看向李青月娴熟的炒菜动作。

"阿——""阿月"没说出口,白九思迅速换了,"不知四灵仙尊手艺如此了得,看来这些年在凡间没少学东西。"

李青月毫不理会,自顾自地将烧好的菜装入空盘。

菜色鲜嫩,散发着诱人香气。她伸手准备将菜盘端走,白九思却先她一步将菜盘端起:"我来吧。"

白九思双手端着菜离开厨房,独留李青月蹙眉注视他离开的背影。

桌上菜肴和筷子已摆放整齐,白九思坐在一旁一脸期待地向屋外望去。只见李青月一手端着盛满米饭的饭碗,另一只手拿着筷子,走进饭厅。

见李青月只盛了一碗饭,白九思忍不住一笑,却故意看向李青月手中的饭碗,问道:"我的呢?"

"没长手吗?自己去盛。"李青月坐下,闷头吃饭。

若是旁人敢这样对大成玄尊说话,只怕已死无全尸,可没想到李青月说完,白九思却心情极好,愉快地起身,端着一只空碗去给自己盛饭了。

等白九思回来,看着桌上几乎一扫而空的菜,脸色慢慢黑了下来。

"你这是什么意思?"

李青月扫一眼白九思:"我说过可以同你一起吃饭,可没说要同你分享我做的饭菜,允你吃一碗白饭已经算是不错了。"

白九思气闷,还未来得及反驳,李青月已端着自己的碗盘起身。

"大成玄尊用完饭记得收拾碗筷,这样简单的事情,想必不用我多交代了吧?"

李青月转身去了后院,再不看白九思一眼。

而刚撂完话说自己需要吃饭的白九思,望着眼前的白米饭陷入沉默。这样下去总不是办法,只要李青月做饭,主动权似乎就永远掌握在她手上,他要么永远吃白饭,要么就要亲自下厨。

两个念头都被否决掉后,白九思有些心烦地吃完了晚饭,顺便笨手笨脚地将堆放在碗池的碗盘洗了。

活了千年万年,白九思没有预想过自己会被这样的问题困住。他冥思苦想了一夜，终于在第二天一早听到街边的叫卖声后有了主意。

松鹤县这穷乡僻壤竟然出了位贵公子，用银子买饭吃。

"客官，吃点儿什么？"面馆老板满脸堆笑地看着白九思。

白九思拿出一锭银子放在桌上："将你们这里最好的全部上一遍。"

面馆老板收起银子擦了擦，欣喜道："好的！您稍候，菜马上就好。"

面馆老板乐呵呵离去，白九思的目光却落在角落一个穷秀才身上。

那穷秀才身上的衣衫已经被洗得褪了色，有些地方还打着补丁，桌上只点了清汤寡水的一碗面，他正坐在角落拿着一本书温习。

路过的街坊邻里似乎跟他颇为熟稔，都跟他打招呼。有人会问上两句话，也就是"书温得怎么样了""今年能不能考上"一类。那秀才听了都会腼腆地起身，礼貌回应。

面馆老板走进厨房后，那原本在看书的秀才瞪着两只圆亮的眼睛盯着白九思看："你是商人，还是官家？"

白九思极轻地皱了下眉，因四下无人，实在不好躲过这话题，只好含糊道："过去家境好而已。"

那秀才若有所思地点头："我姓孔，见你年纪轻轻，你可称我'老孔'。我已经考了三次科举，最高中的便是秀才。"

白九思不明所以，索性不接话。

"有些人劝我不要考了，可我就是有个高中状元的梦。"孔秀才眼睛熠熠生辉，"我虽爱慕风光，但更想进京为官，效力朝廷，为百姓办事。我也想着，松鹤县若是出了我这个状元，大家的生活会不会好上许多。"

凡人生命短暂，有人穷尽一生追求一个目标，却终不能得偿所愿，好似蟪蛄不知春秋，朝菌不知晦朔。

白九思扫一眼孔秀才看的书，神色如常道："你这本《杂学》，我有详注，日后想看可以来找我要书。"

孔秀才一怔，连连点头道："多谢多谢，多谢小公子。"

"小公子，我能否去你家寻些书看？"孔秀才问得小心翼翼，"你放心，我就想去看看都有什么书，若是你同意，我可以买……"

白九思又看一眼孔秀才，点头。带一秀才回家无伤大雅，只是这事儿最好不要叫阿月知晓。白九思想了想，对孔秀才道："你可听说过我家娘子？"

孔秀才莫名其妙："这些年我两耳不闻窗外事，一心只读圣贤书。"

"行了。"白九思漠然打断，"只有一件事嘱咐你，你拿书、看书，我都不管，别去惹我娘子，知道了吗？"

这下，孔秀才眼中露出恍然大悟之色，连连点头。原来这位小公子惧内。孔秀才笑呵呵地看着白九思，突然觉得这位小公子越发可亲近了。

林凡夫妻两人携手走进面馆，面馆老板欣喜地探出头来打招呼："林相公，又来下馆子？"

林凡哈哈一笑，热情地同店里的每个人打招呼："是啊，郭老板，还是老样子来一份吧。哟，孔叔也在啊。"

孔秀才再度起身行了一礼，笑着回应。

林凡余光看到白九思，顿时兴奋地拉着时画走来，如同好兄弟见面一般搂住了白九思的肩膀。

"白兄也在呀。娘子，这就是我跟你提过的新邻居。"林凡的声音带着一丝兴奋。

白九思皱眉，看向林凡的手。

林凡浑然不觉，一把拽起白九思，热情地向店里的所有人介绍："各位，这就是我的新邻居白九思，日后咱们邻里间都多多关照啊。"

白九思盯着他片刻，终于认出这人便是给他送点心的邻居。可是，他的名字……白九思实在想不起来。

"我叫林凡，你还认得我吗？"林凡热络地自我介绍，见白九思清冷的双眼，无奈地笑道，"你忘了？我就住你家隔壁。"

白九思依旧沉默。这下，他并非不认得、想不起来，只是单纯地不想理会罢了。素来不可一世的大成玄尊连同弟子们开个例会都嫌麻烦，他是哪根筋搭错了才会在凡间一个小乡村同一个凡人说话？放眼整个松鹤县，虽有千号人，可于白九思而言，其实只有一个阿月是鲜活的而已。

"哎,"林凡有些诧异地看着白九思,"你怎么了?跟你娘子吵架了?"

若是放在九重天上,看惯白九思眼色的弟子们见到白九思这神情,自然能够会意。可林凡只是一介凡人,见白九思不理他,依旧不依不饶道:"这是我娘子,你们还没见过呢。"

白九思顺着他的目光,果然见到一位娇羞的女子。那女子冲白九思颔首,算是打了个招呼:"见过公子。"

目光扫到林凡和娘子两人紧紧相握的手上,白九思总算有了一点儿反应,轻轻嗯了一声,算作回应。

"看你这样子,果然是跟你娘子吵架了吧。"林凡胸有成竹道,"白兄,这就是你的不对了,男子汉大丈夫,可得让着点儿自家娘子。要不我教你几招啊?不管你犯了多大的错,保管立刻能哄好你家娘子。"

白九思喝茶的手一顿,看向林凡:"哦?"

郭老板将林凡所点饭菜一一放到桌上。林凡夹起一筷子菜,递到时画嘴边:"就像这样,你时时刻刻关心照顾自己娘子,她哪里还会与你生气?你娘子也许是个暴脾气,要是以后无事,可带她到我家,跟我娘子相互学学,也能消散火气。"

听到"暴脾气",白九思终于有了反应,他抬头冷冷地扫一眼林凡,眉间已有了不悦之色。

"我家娘子便是太好了,温婉又知书达理……"林凡还在喋喋不休地夸自家娘子。

那边白九思已然起身:"饭菜好了没有?"

郭老板提着两个食盒从后面走出来,急匆匆道:"好了好了,这是您的饭菜。"

看着食盒里丰盛的饭菜,林凡瞪大了眼睛:"你对你家娘子也算是很好的了。"

听到这句话,白九思终于肯给林凡一个正眼。不知为何,本可以不去理会的白九思,此刻偏要赌气一般回道:"那是自然。"

李青月早已做好了自己的饭食——一碗粥,配一碟青菜。她坐在桌前,端着饭碗自顾自地吃饭。

白九思拎着两只食盒从外面走进来,瞥了一眼桌上的青菜,随后淡然一笑,将两只食盒放在桌上,依次将丰盛饭菜摆满桌子,然后坐下来。他夹了一筷子菜,稍作迟疑便将菜放在李青月碗中。李青月看都未看白九思一眼,直接将那点儿菜夹出去丢在桌上,继续闷头吃饭。白九思换了一道菜,继续夹进李青月碗中,李青月依旧漠然地夹出去丢在桌上。

被李青月夹出来的菜,渐渐地在桌面堆成一堆。白九思锲而不舍地又夹了一筷子菜,放进李青月碗中。李青月烦躁地将筷子往桌面重重一拍,怒视白九思,刚要开口说话。白九思趁机快速将夹好的肉塞入她口中。李青月猝不及防,被一口肉呛得咳嗽。咕噜一声,李青月顺势将口中的肉咽了下去。她怒不可遏,瞪向白九思。

白九思一脸真诚:"我喂你吃,不开心吗?"

李青月厌恶地端着餐盘离开:"恶心得吃不下了。"

白九思微微皱眉,一脸不解。

阴莲宗的密林里,藤树相连,枝叶遮天蔽日。

张酸一走进密林,就见树上落下一道紫色的身影。曲星蛮有些紧张地打量了张酸几眼,见他完好无损,只是脸色苍白,这才松了口气,随即怒目圆瞪。

"我不是跟你说了每十日就来找我要解药吗,怎么拖了这么久?万一你死了,蒙大哥肯定会生我的气!"

张酸说:"因一些事情耽搁了,现在我来找你要解药。"

曲星蛮从怀里掏出一封信,递给张酸:"药可以给你,不过你也别忘了答应过我的,要帮我送信。"

张酸并没有伸手去接:"蒙楚已经被放出来了,你可以直接去见他。"

曲星蛮嗤笑一声:"紫阳那个老古板会将蒙大哥放出来?你倒不如说是净云宗的老鼠打穿了地洞,让蒙大哥逃了出来!"

张酸说:"你前去一看便知,掌门并不打算再阻拦你们。"

曲星蛮狐疑地打量着张酸:"你说的是什么鬼话?那个老道满口'正邪

不两立'，怎么可能会不阻拦？你是不是想撒谎把我骗去净云宗，然后斩草除根？"

张酸说："你先前助我登天，我没必要骗你。把解药给我，我接下来有重要的事要去做，没有闲工夫十天来寻你一次。"

曲星蛮依旧不依不饶："我不信！除非你跟我一起去净云宗，我要亲眼看到蒙大哥没事才会给你解药。"

张酸眼里有些不耐烦，转身假装要走："我没时间陪你，你不肯给解药就算了，到时候我有个三长两短，看蒙楚会如何对你！"

曲星蛮看着张酸走远的背影，懊恼得跺脚："回来！我给你解药还不行吗？"

张酸站定，嘴角露出一抹得逞的微笑。

张酸手拿一个小药瓶走出密林，抬手朝虚空射出一道灵光。樊凌儿躲开之后，现出本身。

"为什么要跟着我？"张酸的声音冷淡而平静。

樊凌儿的目光扫过张酸手里的药瓶，微微一笑："没想到你一个凡人能为仙尊做到这个地步，还真是让人意外啊。"

张酸神情冷淡："你想做什么？"

樊凌儿反问："那你呢？离开净云宗是要做什么？"

张酸沉默不语。

樊凌儿继续说道："我猜……是去找仙尊吧？"

张酸被说中，微微皱眉，转身就走。

樊凌儿追上来说："看来我先前跟你说的话，你是根本就没听进去啊，你真觉得仙尊需要你吗？"

张酸停下脚步，声音坚定："需不需要是她的事，找不找是我的事。"

樊凌儿一时间愣怔，看着张酸的背影，眼中越发好奇，随即跟了上去："既然如此，那算上我一个吧。"

张酸防备地看着樊凌儿。

樊凌儿丝毫不介意地一笑，以示友好："不要用这种眼神看我，我和仙尊的情谊不比你差。"

曲星蛮背着一个包裹欲出门,却狠狠地撞在一个黑色结界上,摔得四脚朝天。她揉着屁股起来,环顾四周,顿时明白过来。

"娘!"曲星蛮的声音中带着一丝委屈。

灵光一闪,一个身着黑袍的妖娆女子出现,恨铁不成钢地看着曲星蛮:"不争气的玩意儿!真是白教你了,你给我在家老实待着!让那个臭小子上门来找你!"

曲星蛮反驳道:"娘,可是——"

曲珂打断她:"没有'可是'!若是那个男子不知道主动来找你,那要他有什么用?"

松鹤县的松鹤面馆里,白九思将食盒放在桌上。

"菜做好了吗?"

"白先生再等片刻,还剩一道菜。"郭老板回答道。

白九思掏出一块银子递给郭老板,自己坐在桌边等候。

林凡立刻凑了进来:"白兄,你究竟是做了多大的错事啊,嫂夫人气了两个月这么久?"

这两个月来,林凡没少给白九思支着儿,孔秀才也没少陪两个人谈天。送花、买首饰、裁制衣服,林凡寻常用的哄妻手段,白九思照着做了个遍。

不久,孔秀才走进面馆,看到了白九思和林凡。他在怀中摸索半天才找出十枚铜钱,又放回怀里一个。他看着手里的铜钱顿了顿,又放回怀里三个,然后拿着六枚铜钱走向郭老板。

不一会儿,孔秀才来到白九思和林凡所在的桌前坐下。稍后,郭老板上了两碗素面。

孔秀才说道:"不嫌弃的话,我请你们吃碗面吧。"

林凡问道:"哟,孔叔,你这是发财了?"

孔秀才腼腆地一笑,拿出自己的饼开始蘸水:"那倒没有,今日是我的生辰。"

林凡恍然大悟道："瞧我这记性，孔叔今年五十有三了吧？"

孔秀才回答："对，我家中已无亲人，仔细想想，也就只有你们愿意同我一起吃饭。"

林凡兴奋地端起面条大口吃了起来："那我可得沾沾喜气了。白兄，快吃啊。"

白九思看了看素面，没有一点儿胃口："多谢，我不饿。"

孔秀才神色微微黯然。

林凡见此情形，一把将白九思那碗面条倒进自己碗里："白兄真是太懂我了，正好我饿了，觉得一碗不够呢。"

白九思皱眉，看着大口吞咽的林凡，不明白他今日怎么如此能吃。

餐食做好，白九思冲着尚在狼吞虎咽的林凡与旁边就书咽饼的孔秀才略一抬手，提着餐盒起身离开。

他走出饭馆不远，孔秀才忽然追了出来，对着他拜了几拜："多谢白先生，大恩没齿难忘。"

白九思眼露疑惑，却见一旁嘴还没擦的林凡匆忙跟了出来，冲着自己拼命使眼色，面部扭曲得仿佛中了什么邪术。

送别了孔秀才，白九思和林凡拎着各自的食盒走在大街上。

林凡向白九思解释道："孔叔赶考求学三十多年，家产早已耗尽，所以平日才会十分拮据。我刚才告诉他，这次他进京赶考的银钱，我和你一起出，等他高中了再还我们。"

白九思眉头一皱："为何要让人情给我？"

林凡说："孔叔家里贫寒，平日里生活就捉襟见肘，今日却愿意花钱请我们吃面，足以证明他对我们的情谊。我怕他会因你没吃他请的面而心中难过，所以才让给你一个善名。"

白九思微微皱眉："麻烦。"

林凡抬手作势捶了白九思一拳："这叫人情羁绊，人活着的意义就在于此。"

白九思脚下一顿，若有所思。

一位上了年纪的老者正在铺子前做烧饼。一只老黄狗趴在铺子前，可怜巴巴地望着老者。老者转身拿起扫帚驱赶老黄狗。

"走走走！没看到我的铺子都快倒闭了吗，还天天过来！"老者的声音带着一丝无奈。

老黄狗丝毫不畏惧，习以为常一般原地坐下，更加可怜地看着老者。老者故作的凶狠逐渐瓦解，他骂骂咧咧地拿出一个烧饼丢给老黄狗。

"我小时候就见你来讨食，这些年你吃的比我卖的烧饼都多！"老者的声音带着一丝宠溺。

白九思和林凡路过，正好将这一幕收入眼中。

林凡上前打招呼："老伯，给我来四个——不，来八个烧饼。"

老者将包好的烧饼分别递给白九思和林凡，无意间碰到白九思的手指，只觉得冰凉。

"孩子，你的手怎么这么凉啊？"老者的声音带着一丝关切。

白九思不语，丝毫不在意。

老者皱起眉头，拉住了白九思的手，将热乎乎的烧饼放到他手心。

"别以为自己年轻、抗冻，等到老了就受罪了！下次出门多穿几件，赶紧先拿着烧饼暖暖。"老者的声音带着一丝责备，却满是关心。

白九思愣住了，陌生的感觉让他有些不知所措。一旁啃烧饼的老黄狗忽然转头望向白九思。

林凡将白九思送至门外。

林凡说道："白兄，那咱们就说定了？"

白九思回答说："好。"

林凡正欲离开，忽然被白九思叫住："孔秀才进京赶考的银钱，我和你一起出。"

林凡一愣，随即满脸惊喜，大力地拍了拍白九思的肩膀："就知道白兄你讲义气，只是嘴笨而已。"

白九思伸手推开院门。

老黄狗站在远处,远远地看着白九思。白九思转头,淡淡地看了一眼老黄狗。老黄狗吓得嗷呜一声,匆忙逃离。

白九思拎着食盒走进院子,脚步突然停住。李青月正静静地站在门内,一脸似笑非笑。

"我没想到你会愿意资助凡人。"李青月的声音带着一丝调侃。

白九思愣了一瞬,眼中有些喜意:"这么多天,你第一次主动同我说话。"

李青月继续说道:"你为什么会这么做?"

白九思回答说:"我只是按你所说,像一个凡人去生活,并未使用法力。"

李青月微微一笑:"我说的不是法力的事。"

白九思微微皱眉:"那是什么?"

李青月目光幽幽,最终似是嘲讽地一笑,转身离开:"你还是不懂。"

第十六章
众生态

　　林凡的娘子不会烧菜。他们夫妻二人常去郭老板的面馆吃饭，回来时却总能闻到隔壁传来阵阵饭香。久而久之，林凡对隔壁新来的夫妇生出了好奇。那小相公样貌不凡，举手投足都像富贵人家的公子，那小娘子虽传说脾气暴躁，但闻这饭香，她实在不像霸道悍妇。这样想着，林凡和娘子抛下成见，带好礼品，准备去隔壁串门瞧瞧。

　　出门时，他们撞见了孔秀才。

　　孔秀才捧着一摞旧书兴高采烈地对白公子大肆称赞一番，让林凡更认定这对夫妇只是寻常夫妻。

　　"这枕巾我绣了小半个月，送给他们应不算寒碜吧？"时画拿出一对枕巾，摸着上面精巧的花纹，有些担心地看向林凡。她并未见过李青月，与白九思也只有一面之缘，可她总觉得那位相公透着不近人情的冷，她害怕他们看不上这些小户人家的手工活儿。

　　枕巾上，两只肥胖的鸳鸯戏水，活泼可爱。

　　林凡看着忍不住赞叹："我娘子手艺真是巧夺天工，他们若有眼光，一定不会嫌弃。"

　　阳光洒在修缮一新的院落中，照壁上光影斑驳，两侧花架上的盆栽花卉开得正艳，为整座小院增添了一份雅致。白九思坐在院中，手握书卷，呷着茶水，心不在焉，不时瞟向紧闭的院门。

　　突然，门外响起敲门声，白九思精神一振，佯装读书。

　　敲门声仍在响，李青月从屋中走出来，冷视了白九思一眼。白九思为杯中蓄了茶水，换个姿势看书。李青月径自去开门。

"白先生。"时画并未直接入门,而是先探出一个脑袋,见院内设施与他家似乎并无差别后,松了口气,进入院内,"都是街坊邻居,但是你们住进来这么久,我们还未过来拜访,所以今天带了些礼物,想着送给你和你娘子。"

时画打开麻布包裹,里面是两方枕巾,然后递到李青月手中:"粗浅工艺活儿,娘子别嫌弃。"

李青月接过枕巾,一时失言。她实在无法对这对凡人夫妻解释什么。萍水相逢,对方好心拜访,还带了礼物,她不能拒绝。犹豫良久,李青月挤出算是友善的笑容:"这丝线用得巧妙,我很喜欢,多谢你们。"

时画笑盈盈道:"白先生说你也喜欢女红,与我相公说好,要和你一起到寒舍做客,我等不及就先过来了。"

李青月恍然明白,然后面若寒霜地回头看去。白九思惬意地呷了口茶水,对着李青月遥遥举杯。

时画继续说道:"我不会打扰到你们吧?"

李青月转回头来,对着时画温婉一笑:"不会,是我一时找不到适合的丝绢,耽搁了时辰。"

"不用找了,我家中备了很多丝绢,挑得我眼花缭乱,白夫人去了正好帮我选一选。"时画不由分说地拉着李青月向外走,又转身对白九思说道:"白先生,今日就不要去馆子买饭了,我相公做了很多吃食,我们晚上正好一起用饭。"

白九思微微一笑:"好。"

时画拉着李青月离开了。白九思心情愉悦地翻了一页书。

屋内简单、整洁,地上落着书架,案上也摆满了书籍和古画。

"白兄,你看,这些都是我珍藏的书籍和古画。"林凡指着书架上一卷卷古籍画册,如数家珍,"都是我收藏了好几年的宝贝!"

书架最显眼处放着一幅水墨画,同整间屋子素色古朴的风格遥相呼应。林凡颇为得意地将那幅画摘下来,放到桌上。

"这是丹青大家元丹秋的《翠竹双鹤图》。"

白九思的目光仅落在画上一瞬，便忍不住被屏风后李青月和林凡娘子的谈话声吸引，他侧耳正要听个清楚，林凡又开始喋喋不休。

"我初来松鹤县时，便觉得这画与这县有缘，于是花了大价钱从一个拍卖行高价买来。白兄，你看，这画是不是与这屋子相得益彰啊？"林凡兴奋地将那古画挂回原处，让白九思品鉴。

白九思却只淡淡地嗯了一声。

林凡一怔，收了兴奋劲儿，顺着白九思的目光看去，视线最终落在屏风一侧。

"白兄？"林凡不懂这屏风有什么可看的，不由得好奇，"你不回话，是在看什么呢？"

屏风另一侧，李青月和时画不知说了什么，低声笑了起来，又耳语一阵。时画露出惊讶之色，捂住嘴巴，看着李青月，目光中满是崇拜之色。

短短几刻钟，也不知阿月给那小妇人灌了什么迷魂汤。白九思自己都未察觉，他嘴角露出了一抹笑容。他的阿月，似乎只要不在他身边，就格外鲜活。

"白兄？"林凡凑上前来，探头探脑地观望着屏风后面，正疑惑之际，目光瞟到了屏风上绣着的诗句："天地立心，生民立命，继往圣之绝学，开万世之太平。"

林凡恍然大悟，拍了下脑袋："原来白兄是在看这个。"

从未听清林凡说了什么的白九思点头敷衍，林凡仿佛受到了鼓舞，又高谈阔论起来："'天地立心，生民立命，继往圣之绝学，开万世之太平。'这是我偶然在一本古书上读到的诗句，白兄觉得如何？古人常说一文一字皆有力量，我看到此诗句时才豁然明白这句话的含义。读到上佳的诗句，真的会让人振奋！"

耳边聒噪之声不绝，白九思微微烦躁，便随手拿起书卷，换了个角度继续偷看李青月。

然而就是他这一转头的工夫，屏风后，李青月和时画已不见身影。白九思心猛地一紧，随即又想起他们还在翻天印结界中，李青月根本不会无端消失，这才暗暗松了口气，又从书架上抽出一本书，想借势向屏风另一侧望去。

他刚抽出书卷,林凡便大惊。

"白兄拿的可是《古史论策》一书?我也甚是喜欢,看来白兄与我真是志趣相投啊!"

白九思微微皱眉,放下书卷,想要向外走去,结果被林凡拉住,拽回座位上。

"这边坐,白兄。"林凡将白九思引到茶桌旁,"我家祖上世代为官,大多都进了京当史官,提笔刻书。后来,我爷爷为官受挫,因此留下家训,要我林家后人皆不可再做官。于是我爹爹就去做了商人,却发现自己经商天赋异禀,狠赚了一笔钱,供我读书。"

林凡拿出茶罐泡了一壶热茶,递给白九思一杯,似在等白九思追问后续。他等了又等,一盏茶已经吃完,还不见白九思问他,只好自顾自道:"可惜了,我自小读书用功,聪明绝顶。我爹说,我若是参加科举,定能拔得头筹,官至宰辅。"

白九思敷衍地点头,只觉得这林凡比他几位弟子禀报琐事还要唠叨。

"可我不这么认为,这读书便是读书,与做官有何关系?不是书读得好便能做好官,而是心正之人才能做好官。白兄,你以为如何?"

窗外桃树下,李青月正在与时画说笑,白九思的目光紧紧追随二人。突然,他被林凡推了一下,才敷衍道:"甚是有理。"

"这就对了嘛,白兄果然是我的知己!"林凡又给白九思倒了一杯茶水,推到白九思面前,"白兄,你尝尝,这是朝颜茶。这朝颜虽不是什么名贵的茶,但这水很有讲究,须得用清晨朝露冲泡。我日日晨起去后山,从榕树的朝南方向取来露水冲泡。因此这茶水清亮、干净,还带有浓浓的芳草香。白兄喝着可还喜欢?"

"不错。"白九思神色不耐地点头,显然敷衍得有些心烦。

林凡笑呵呵道:"我辈读书之人,不可只知用脑读书,不知勤加锻炼身体。古人常说'三更灯火五更鸡',小弟便是如此!我每日三更起床温书,五更时便出门上山,既能采得朝露亦能锻炼身体,岂不是两全其美!"

白九思全然未留意林凡讲了什么，只是林凡停下话茬，他便点点头算作回应。

见白九思点头，林凡面露惊喜之色："既然如此，不若我明日上山唤上白兄同行，白兄觉得如何？"

白九思怔住，隐约觉得自己答应了什么不该答应的，于是有些茫然地收回视线，看向林凡。

"我看白兄身子单薄，若是每日登山，想必会更加强壮一些。都说女子如丝萝，男子若磐石。"林凡自觉跟白九思熟络起来，笑道，"所以啊，这女子一贯都喜欢能带来安全感的男子。等白兄身体强健，想必嫂夫人就不会整日板着脸了。"

总算听全了一句话，却并非什么好话，白九思目光瞬间冷了下来，眉宇间的烦躁涌现，一时令林凡呆住了。

良久，见白九思舒展了眉宇，林凡方才用手轻轻打了一下自己的嘴巴："这茶有点儿上头，喝多了喝多了，白兄别见怪。"

白九思摇头，原本懒得理会林凡，但突然听脚步声渐近，看到李青月同那林家娘子要进门，他才肯给林凡一个好脸，甚至奉上淡淡的笑容："无妨。"

林凡是个心大的，当即喜笑颜开："我这人也是，说起话来惯爱有什么说什么，白兄这样心胸宽广，当真是绝好的朋友。"

话音刚落，李青月和时画正好进屋，李青月的目光落在看起来正与林凡热切攀谈的白九思身上一瞬，又很快移开了。

可这一瞬关注也让白九思有些欣喜，目光追随着李青月，久久没有移开。

"夫君，你看。"时画将手中的虎皮帽子拿出来递给林凡，"白家姐姐的绣工真是好精妙啊！"

林凡也有些惊讶，接过帽子，仔细端详。手指捋过整齐的线脚，他也不由得赞叹："我本以为娘子你的手艺够好了，没想到嫂夫人更胜一筹。看来白兄没说大话，嫂夫人果然精通女红。"

听见有人夸奖李青月，尤其是刚说完自己只说真心话的林凡夸，白九思眉宇间不自觉现了喜色，他拿过那虎皮小帽，在手中翻看。

"这是你绣的？"

端详了一会儿，白九思突然觉出不对劲。李青月本是做神仙的，可如今她不但会做饭了，还精通如此复杂的针线活儿。她是何时会的？又是跟何人学的？白九思只要想到，心思就难免复杂。

"你什么时候会这些东西了？"

李青月闭口不答。

全然没看出两人之间怪异气氛的林凡上前一步，盯着李青月手中的虎皮小帽。

"嫂夫人，小弟有个不情之请。"他迟疑一瞬，不好意思道，"我看我家娘子甚是喜爱这顶虎皮小帽，如果嫂夫人不介意，可否将这顶帽子送给我家娘子？"

李青月微怔，随即点头，直接将虎皮帽子塞到时画手中："本就是随便做的小玩意儿，你若喜欢，以后多送你些。"

"嫂夫人……"时画垂眸，目光落在自己微微隆起的小腹上，"我家相公嘴快，还望嫂夫人千万不要介意，这顶小帽，他其实是为孩子讨的……"

闻言，李青月与白九思皆是一怔。

李青月的目光落在时画身上，却不知如何开口，良久，她才道："时画姑娘，这是喜事，你怎么现在才说？"

时画摇头，不知如何回答。林凡连忙帮忙解释道："我家娘子已有四个月的身孕，胎象未稳，就还没对外说，只是自己欢喜一下。"

"是。"时画跟着点头，手指在虎皮小帽上轻轻摸了摸，"该早讲出来的，让大家都沾沾喜气。"

窗外，桃树刚抽新芽，点点嫩绿点缀着初春，一派生机勃勃、满是希翼的景象。

见李青月一直看着窗外发怔，时画疑心她在为自己隐瞒有身孕而闷闷不乐，便上前勾了勾她的衣袖，小心翼翼道："嫂夫人生气了？"

李青月回过神来，笑着摇了摇头，指向窗外的桃树："没有。我只是在想，等孩子降世，这桃树想必已经结满了果子。"

春生秋实，万物起落自有变化。这于凡人而言，是时节交替，更有悲喜更迭，可于神仙而言，不过是年月增长，时间的延长。

李青月那句话似有弦外之音，但白九思到底还是仙君姿态，并未听出她的别有深意，只看向李青月，微微扬眉。

"你想吃桃子？"

李青月一顿，并未理会白九思，反倒是林凡和娘子颇有眼色地接过话头："原来嫂夫人喜欢吃桃子啊。"

接着，两人便你一言我一语，说等桃子成熟了就给她准备些桃子送过去，一定挑最大最甜的……两人说话的样子十足像哄孩子。而李青月作为这里"脾性最不好的人"，显然被小两口当作重点关怀对象。

直到李青月无奈地笑了，两人方才松了一口气，结束了有些尴尬的对话。

林凡对二人郑重承诺道："等到秋后，桃子成熟，一结果，我就给白兄和嫂夫人送一篮子去。"

"秋后是几月？"白九思突然开口，目光落在窗外的桃树上，"八月？九月？"

那桃树的嫩枝迎风招展，似听懂了白九思的话，正在点头应和。

林凡想了想才道："这里地处北方，应是四月开花，八月结果。"

"这么说来，少说也要五六个月。"白九思收回目光，似下了判决书般，淡淡道，"时间还是久了些。"

林凡和时画面面相觑，对视一眼，皆沉默下来。

唯李青月皱起眉，看向窗外的桃树。

果然，那桃树粗壮的树干仿佛惧怕一般，瑟瑟抖动，新抽的芽都无端被抖掉了几个。

九重天上的上仙下凡威胁一棵还未化成人形的果树。李青月嘴角微微抽搐，给老桃树递去一个安抚的眼神，示意它不用理会白九思的胡言乱语。

入夜。

街头巷尾流浪的老黄狗经过一排排老旧的民巷，最终停在李青月家门前。

忽然，一阵夜风吹过，几片粉白的桃花飘落，老黄狗嗅了嗅，向林凡家跑去。

那本有些荒芜的小院此时却满是粉红的桃花，成熟的桃子结满枝头，颗颗红润、饱满。

老黄狗抬头，似乎有些看呆了，良久，突然狂吠出声。

旭日初升，世界尚在朦胧的晨曦之中，白家大门外响起了敲门声。

早已睁开眼睛的白九思偏要在此时装睡，等李青月手忙脚乱地披上衣服、踩着鞋子从屋内跑出去，他又急忙闭上眼睛。

蒙眬中，李青月听到了门外喜庆喧闹的声音，还以为出现了幻听，结果打开门便看见林凡、时画、孔秀才等人捧着几篮桃子递到自己眼前。

林凡冲着李青月挤出一个无比灿烂的笑容："嫂夫人！你说神奇不神奇，咱们昨天刚说完想吃桃子，这桃树就开花结果了！你看这大桃子，都快有西瓜大了，全是我家树上结的。"

李青月揉揉眼睛，看到那硕大的桃子，下意识朝窗边的白九思望去。

白九思对上李青月的目光，轻轻摇了下头，对她无声道："我只是说了句话。"

只是说了一句话。

白九思一句话怕是都能把松鹤县的土地爷叫出来，更何况只是一棵百年出头的桃树。

李青月斟酌片刻，谨慎地开口道："天有异象虽不常见，但也是正常的事情，其实你们不必放在心上——"她想要遮掩一番，刚说两句，便被邻里街坊打断了。

"白家夫人怎么能这么说呢？这可是祥瑞，应该上报给官府，说不准还有赏呢。"

"是啊，依我看，这是不知哪路神仙经过，在林相公家显灵了。"

李青月扶额，沉默下来。

"我看，未必是神仙，孔秀才、林相公和白先生可都是读书人，这是预示咱们这儿要出文曲星了，好兆头呀。"

"对对对，我们县最有希望成为文曲星的人就是孔秀才了，我看他这次科举必定金榜题名。"

孔秀才不大好意思地摆手，局促道："是人家林相公家结的桃子，和我无甚干系。"

"怎么没关系？"林凡拿出一个桃子塞到孔秀才手中，"我负责教书育人又不去科举，咱们这儿就只有你了，到时候你高中了，我替你摆酒庆贺！"

"是！"众人纷纷附和，笑着推搡孔秀才，让他别再谦虚，赶紧接下桃子。

"到时候也算我一份。"

"算我们一份！"

原只是讨李青月欢心的事情，可被几人一传，倒显得整个松鹤县都喜气洋洋的。

白九思眯着眼睛，望着门口清晨便赶来分享喜悦的众人，少有地从吵闹中觉出一分温馨。他抿唇，自己都未曾察觉地笑了一声，抬头对上了李青月的目光。李青月正怔怔地望着他。

白九思僵持一瞬，并未端着仙君的架子，而是倒了杯茶，笑道："不高兴了？"

李青月跟众人道谢，然后关上门，抱着那满满一篮桃子向后院走去。

"我不过随口一句戏言，而且我看那些凡人的反应，这桃子结得也不算扫兴吧？"白九思起身，接过李青月手中的篮子，从中挑了几个桃子放到桌上摆着。

那个最大的桃子有半个盘子大，白九思看着，不由得一笑："这桃树倒是个识趣的。"又转身冲李青月说，"阿月，这老树都比你识人心意。"

"白九思，莫忘了你不是人。"

"你这话，听着倒像是骂我。"

李青月勾唇一笑，拿着衣服缝补起来。

李青月补着衣服，白九思便在旁边看着。他寻话题聊，李青月则有一搭没一搭地回应两句；他若不说话，李青月便只专心地补衣服。这一刻，二人仿佛只是寻常的凡间夫妻，日子平淡，却远比他们在九重天上的千年万年更真实。

最后一个针脚缝完,李青月起身要寻剪刀时,却被白九思拦下了。他俯身,迅速拉近距离,几乎与李青月贴面。

"你……"李青月动作微僵,抵触地将手推向白九思的胸口,"你要做什么?!"

白九思并未阻拦李青月的动作,而是任由她的手推自己胸口,只定定地看着她,目光如炬,竟恍若四百年前炽热。

"阿月……"他低声唤她,似在梦中呢喃了无数次一般,开口便知情意。

空气仿佛凝滞了,李青月伸出的手就这么僵着,再进一步不是,缩回来也不是。

"再给我一次机会吧。"白九思凑到李青月身前。李青月急忙抽回自己的手,退后半步,又险些跌坐到床上。

"先前所有事,我都不问了,这十年结束,你想做凡人也好,想做神仙也罢,只要——"

"够了!"

满腔赤诚骤然被打断,白九思面色僵了僵,原本抓住李青月衣襟的手向下游移,最终扯住那多余的线头,用力一扯,线头垂落在地。

李青月见白九思面色不佳,正要说两句舒缓一下,却听白九思笑道:"我前两日看到林凡也是这样给他夫人扯线头的。"

李青月看着白九思。

垂头、敛眸,没有半分高傲模样的白九思简直罕见。若是四百年前,她见过白九思这副模样,一切会不会有所不同呢?李青月心思微动,很快便摇头否定了。四百年前白九思是什么模样,她已然无法改变;四百年后,要不要重蹈覆辙,才是她如今真正需要面对的问题。

时间流转,春去秋来。

"郭老七!有你家书。"

松鹤面馆的郭老板正在后厨忙活,有信使左手提着一个小酒坛、右手拿着一沓信走进面馆。郭老板拿起抹布擦了把手,接过信件。

信使正要离开，一侧头，恰巧看见白九思坐在窗边："白相公？"

白九思闻言转过头来，信使递上一封信："我这儿恰巧有您的信件，要不您就直接拿回去，也省得我再跑一趟了。"

"我的？"白九思有些惊讶。

"是啊。"信使将那封信拿出来递给白九思，"松鹤县姓白的，我来前打听过了，这县城中只你一人姓白，没错的。"

盯着信封上的字迹，白九思面色逐渐凝重。

明月高悬，洒下一地清辉。桌上放着一封打开的信和一坛未开封的酒。白九思一如既往地看着书。

突然，大门被推开了，林凡抱着同样的一坛酒醉醺醺地走了进来。白九思皱眉看向他，林凡跌跌撞撞地在白九思身边坐下，看到桌上的酒后苦笑了一声。

"孔叔也给你写信了啊？"林凡的声音带着一丝苦涩，"命运不公啊！"

孔秀才六岁启蒙，自幼便立誓长大后要安邦定国，却屡试不中，一直考到五十三岁，好不容易金榜题名，却因突发疾病，死在赴任途中。抱负、壮志、披星戴月的刻苦、终其一生的努力，最终却不敌天命。更可悲的是，世上艰难困苦众多，凡人之力却微乎其微。

白九思微微皱眉："生死不过是因果循环罢了，没有公不公平。"

林凡看着始终平静的白九思，不满地抬手往他胸口砸了一拳："白兄，做人可不能如此冷血啊！别忘了孔叔可是把你当成自己人，请你吃过生辰面！"

白九思皱眉看着自己被打的地方，那里隐隐作痛。

林凡继续说道："早知道这样当初就不资助孔叔去赶考了，说不定他不去，也就不会积劳成疾，病死在异乡。"

白九思微微摇头："可他命中注定要死在那天。"

林凡微微摇头："是天要他死，又不是我让他死。我想让他活，不管结果如何，见死不救那就是我的错，我若尽力救了却没救回来，那就是结果的错。"

白九思若有所思地看着身边大口喝酒的林凡。

白九思坐在床上打坐。
门被敲响,白九思下床,上前打开门。门外是提着酒的李青月。
"你的酒忘在院子里了。"李青月的声音平静而温和。
白九思接过来,一言不发,转身欲回床边。
李青月说道:"你是在为孔秀才难过吗?"
白九思脚下一顿,回头望来:"世上艰难困苦众多,凡人之力却微乎其微,谁没有几件可悲可叹之事,我难道都要一一为之惋惜、难受吗?"
李青月微微一笑:"世人虽多,孔秀才却只有一个。"
白九思看着李青月仿佛洞悉自己内心的双目,心中莫名不舒服:"你到底想说什么?"
李青月微微一笑,转身离开,同时说道:"没什么。酒坛虽小,却情意深重。把它喝了吧,这是上京的秋露白,文人雅士相交的知音之酒,很有名的。"
白九思看着手里的酒坛,目光微微闪烁。

松鹤面馆里,桌上摆着几盘小菜,白九思独自坐在桌前喝闷酒,目光时不时看向孔秀才以前坐过的位置。林凡拎着食盒来到面馆,熟稔地坐在白九思面前,看了白九思几眼。
"我就知道你嘴硬心软,肯定也在为孔叔难过。"林凡的声音带着一丝无奈。
白九思微微摇头:"我没有。"
林凡满脸都是"我懂"的神情,随后叹了口气:"我昨天没说什么难听话吧?唉,其实这几天除了孔叔的事,我还因为其他事心里闷得慌。"
白九思毫不在意地喝了口酒。林凡则眼巴巴地看着白九思。
"你看着我干什么?"白九思的声音冷淡而平静。
林凡提壶替白九思将杯中酒倒满,又给自己倒了杯:"作为朋友,你不是应该问问我怎么了吗?"
白九思微微摇头:"没兴趣。"

林凡举杯和白九思示意，二人将杯中酒饮尽。白九思瞥了林凡一眼。林凡仍是一副郁郁寡欢的模样。

"什么事？快说。"白九思的声音带着一丝不耐。

"你这人呀，哪儿都不错，唯独性子冷了点儿。"林凡叹了一口气。

这松鹤县内百姓鲜少有读过书的，人们平日里能话两句家常便已不容易，像白九思这般气质脱尘、举止从容的实在少见。所以，并非林凡非要纠缠白九思，只因他是个饱读诗书之人，心中遇到难事，自发地便会向比自己厉害之人靠近。

"我请你喝酒吧。"林凡嘿嘿一笑，摸出几枚铜板，看向白九思，"怎么样？"

依照白九思以往的性子，自然不会同意。毕竟是林凡有话对他说，他却无话可以对林凡说，可是此刻他不想回家。思忖一瞬，白九思点头应下。

怕被邻里发现，进而乱嚼舌根，林凡拎着酒壶带白九思去了松鹤县的一座山山顶。他本意是想灌醉白九思，再将自己的郁结一口气倒出，却不知凡间清酿根本灌不醉白九思这九天上仙，白九思没喝多少，他自己倒是先有了醉意。

"我夫人这不是有孕在身了嘛，"林凡满面愁容，"你说，我也眼瞅着就是要当爹的人了，我却没做好准备，不知如何才能当好爹。"

庸人自扰。白九思默默看着林凡一人，难得没将心中的话宣之于口。

"为人子、为人夫、为人父。"林凡幽幽叹了一口气，"如今国事安定，用不到我等凡人为国效力、捍卫河山，于我而言，人生也就这三件事算是好事了。"

白九思抿了一口酒，心中竟有些认同林凡的话。

"我父母去得早，亲缘浅。我虽不富裕，却也尽全力安葬我父母，逢年过节皆为他们烧纸祭奠。为人子时，我还算是孝敬，哪怕如今回想起来，心中也无愧疚。"

此话对白九思说如同对牛弹琴，他生来便是一缕精气，哪懂什么父母亲情、尽孝尽忠。可看着林凡欲哭的样子，白九思还是点头，不甚理解地敷衍道:"如此甚好。"

林凡长出一口气:"娘子家境还算不错,嫁我算是下嫁,还因此与娘家闹得不太痛快。但我发誓,待她别无二心,答应与她一生一世一双人,便会说到做到,她想吃什么、想要什么,只要我能办到,我便会全力满足她,只希望她跟着我……别反倒让她过得差,让她受委屈。"

白九思一怔,如实道:"她跟你在一起是幸福的,旁人看得出来。"

"如此便好。"林凡鼻头酸涩,别过头,抹了下眼泪,继续道,"世人皆言为人父便是人生享清福的时刻,我却不这样认为。"

先前林凡同白九思讲书画,白九思听不进去,更不乐意听,如今他讲些家长里短,白九思却觉得自己好似被林凡言中了心事。他低头,似觉得这酒味道淡了,干脆猛灌一口。

林凡在他耳边叽叽喳喳,说着自己即将初为人父的惶恐和不安,话语间却夹杂着期盼和憧憬。

听着听着,白九思突然有些嫉妒。嫉妒。他为仙千年万年,未嫉妒那些飞升为神的上仙,未嫉妒那些香火正旺、颇得民意的仙人,如今下凡,却嫉妒起一个穷酸书生。察觉自己的心意,白九思险些被自己气笑。

于是他佯装不在意道:"家庭和睦,妻子忠心,孩子不久也降临世,你到底在苦恼什么?"

话音刚落,林凡一愣,白九思自己也是一愣。言语中的酸气,就连说话者自己听后都不觉得这是安慰之言。

"白兄是不耐烦了?"林凡虽醉酒,到底还有些眼色,怯懦地看向白九思,不知所措起来。

白九思沉默片刻,摇头道:"没有。"

"是我太啰唆。"林凡叹息,"可想到孩子,我便不由得紧张起来,那种感觉……就……就……"他想了半天,依旧没能说出来,只好晃晃脑袋道,"我说不出来。"

"那便闭嘴吧。"

林凡立刻闭上嘴巴。片刻过后,他又醉醺醺地看向白九思:"白兄,我看你就活得豁达、开明,好似从没什么烦心事儿,所以才愿意跟你说这些的。"

白九思点头。

"这话,我不能跟时画说,跟她说了,她也会不安,思来想去……"

林凡喋喋不休地说着,白九思便跟着敷衍地点头,心中却在暗自思索,若是将来阿月有了孩子,他定表现得比林凡好上千倍万倍。

不多时,酒劲儿上头,林凡突然一改悲伤,振奋起来。

"我林凡就时画一个妻子,别说现在只有一个孩子,将来若是生十个八个,我也是有信心、有能力将他们都健康抚养长大的!"

白九思眉头一跳,看着在山顶振臂高呼的林凡,嘴角抽了抽。他伸手轻轻将林凡揽住,以免林凡一不小心从山头滚落。

"不但要他们健康长大,我还要努力赚钱养家,让我的孩子们个个都是国之栋梁!若是女孩子,我也一定要给她寻最好的夫君嫁了!不,不是要最好的,是要对她最好的!"

"白兄,你说,我会不会成为一个好父亲?"林凡拉着白九思,又回到最初的话题。

这次,白九思没有敷衍,他看了林凡良久,点头道:"会。"

林凡深吸一口气,拍了拍白九思的肩膀:"好!有白兄这句话,我们便是这县里最好的朋友了!"

白九思抿了下唇,抚额不语。

上天入地,四海八荒,第一次有人与大成玄尊勾肩搭背,却是对他许下如此幼稚的承诺——要同他做最好的朋友,还是松鹤县里最好的朋友。

"不必了——"白九思下意识便要拒绝。

"哎?"林凡捂住白九思的嘴,全然没注意到白九思已经黑了的脸色,"怎么不必!我与你做朋友,是因为我觉得你这个人和别人不太一样。其实我这个人的眼光很高,不是跟谁都做朋友的。我搬来这里就交了三个朋友——你,还有卖鞋垫的六婶、挑粪水的王老爹。"

白九思微微皱眉,神色渐变。

林凡微微一笑:"但是!但是我最看重的朋友就是你了。大家都说你是读书人,尊称你为白先生。可我觉得他们都瞎了眼,你明明就是一个五谷不分的'二世祖',而且你脾气又臭又硬,说话也直来直去,嘴上没个遮拦,一点儿也不招人喜欢。"

白九思的脸色变得越来越难看。

林凡微微一笑:"但是没关系,我喜欢你就够了。以后你也不要总是一个人独来独往,遇到了什么困难,只管来找我。"

"将来我孩子还要认你做干爹呢!"林凡自顾自地又说了一大堆。

白九思想要拒绝的话,被复杂的情绪封印在口中。

"再认嫂夫人做干娘!"

这下,白九思彻底不想拒绝了。他想了想,笑着看向林凡轻声道:"若是我娘子拒绝呢?"

林凡认真思索片刻,在白九思鼓励的眼神下,一字一顿、近乎立誓的语气说道:"我就软磨硬泡,直到她同意。"

"嗯。"白九思心情极好地点头,"我娘子心软,最吃这一套,你可要记得自己说过的话。"

"白兄放心,我还没醉到人事不省,这事儿可是大事,我忘了什么都不会忘了它的!"林凡信誓旦旦地保证。

阳光正好,白九思靠在山头的树下,懒洋洋地眯起眼睛。他突然觉得,这凡间生活并不无聊,可以日日同阿月宿在一处,可以每日晒晒太阳,还可以……同阿月先养一个孩子玩玩。林凡那紧张的样子,便是因为初为人父,但他可是先做了别人的干爹。待阿月消气,他们重归于好,再成婚生子,他怎么也不会像林凡一般措手不及。

烧饼铺子的烛台亮着油灯,老者慢吞吞地来到桌前,一边解衣一边坐下。他探身拾起茶壶准备倒水,可水壶已空,他晃了两下都没倒出水来,便手持水壶向外走。

不料,他腰间解开的衣带轻轻挂住油灯,油灯倒在桌面上,洒出来的灯油借着灯火迅速燃烧起来。

不多时,犬吠声响起。一条老黄狗在小巷中一边跑,一边焦躁地狂吠。

夜晚的松鹤县不似白日那般喧闹,几声狗吠尤其刺耳,街坊邻居们相继被吵醒。敲门声依次响起,直到李青月和白九思的宅子门口。

"失火了,白夫人,白先生,快起来救火吧!"

一句话,让李青月彻底从睡梦中惊醒,她拢拢衣服,慌张地寻找起木桶和水盆。

"白九思!快醒醒!"李青月在屋内慌张地四下翻找,抬头却对上白九思悠然的目光。

两人视线相撞,李青月却是微微凝眉,不知是呆住了还是想到了什么。还是白九思先递上木桶,淡淡开口:"在寻这个?"

"是。"李青月闷头应了一声,拿上木桶便匆匆出门,没再同白九思多言一句。

待李青月赶到,烧饼铺子已成火海,还冒着浓浓的黑烟。

村里的男丁无论老少,皆赶来现场救火,妇女也挽袖上阵,唯独白九思没有到场。

林凡自火堆里救出来一个妇人,她神情绝望,哭着要冲回火海,却被林凡和一众街坊大娘们拦住了。

"不要命了?也不看看什么火势,就敢往里冲!"街坊大娘不乐意道,"辛苦林家相公将你救出来!"

那妇人愣了片刻,倒在地上哭了起来,摇头道:"不是的,我爹,是我爹在里面,我想去救他……"

"老刘?"

众人呼吸一窒,齐齐看向林凡。

林凡手上微僵,手指不自觉攥紧了衣袖:"她爹那边,梁木已经塌了,若是进去,只怕两个人都活不了了。"

那边熊熊火焰还在燃烧,不时传来木头断裂、瓦片碎裂的声响,落在众人耳中都没有老黄狗的狂吠声响。可那噼里啪啦的声音不断传来,似乎正一步步将这妇人的爹逼向死亡。

老黄狗见街坊邻居陆续出来救火,便一头扎进着火的屋里去寻那老者。众街坊邻居一桶桶水泼向大火,林凡也在忙碌。时画捧着大肚子,神情担忧地站在不远处观望火势。

火势越来越大，一个被湿布包着的圆球被老者从窗户里丢了出来。时画上前打开一看，竟是老黄狗。老黄狗刚被放出来，便立刻又要往火场里冲。

林凡眼疾手快，用手里的桶扣住了它，阻止它再犯险。

老黄狗出不去，只能冲着火场狂吠。

李青月吃力地拎着一桶水奔向火海。林凡见了，一把抢过水桶浇在身上，然后冲进了火场："我来！你们两人退后，切莫伤到。"

李青月还未来得及开口阻拦，忽然，着火的烧饼铺子坍塌了。

时画一声尖叫，昏了过去。李青月赶忙上前扶住了时画。救火的街坊邻居全都僵在原地。夜幕下，大火照亮了夜空，熊熊大火映入李青月眼中。

天光方亮，一夜的慌乱已经过去。

火势渐弱，白九思看着李青月满身伤痕地从废墟中走出来。她又把自己搞得如此狼狈。她又为了毫不相干的人，置身于险境。

白九思有些恼怒，恼怒李青月几百年过去了依旧不长记性。

李青月安抚着时画让她睡下了，一转头看到白九思站在窗外院中桃树下。

白九思上前扶住李青月，用衣袖帮她擦去脸上的污黑，然后轻声开口："回家吧。"

李青月抬头看他，目光淡淡的，映出白九思一袭白衣。

良久，他见到她嗤笑一声，然后挣开自己的手，说："离我远些。"

白九思跟在李青月身后，不远不近。他低头看她的影子，又瘦又小，他又抬头看李青月的背影，脊背挺直，步伐倔强却坚定。

"你在生气吗？"

白九思上前，帮李青月拿着手中的水桶，却被她用力甩开了。

"为什么？"

白九思心知自己问出口，便是要同李青月吵架的意思，可他还是问了。吵一架，远比现在这样不声不响好。

"我早就看见了。"李青月越不说话，白九思越要引战，"火势烧起来那一刻，我便看见了。"

李青月默然。等白九思自己断断续续似招供般说了良久，她才停下脚步，对白九思道："下次不必跟我解释，你可以去跟那火海中死去的老者说。"

白九思一顿。

"或者，你跟他姑娘说，跟林凡说，跟时画说也好。"李青月倦怠地看着白九思，"总之，不必再来跟我说了。"

走到宅院门口，李青月推开门，却被白九思急切地拽住了手腕。

"你什么意思？！"白九思有些恼怒。他已将姿态放得如此低，李青月便是这个态度吗？

"没什么意思，"李青月垂头，这次甚至连挣开白九思的手都懒得出力，她看都不看白九思一眼，轻描淡写道，"只是同你讲累了。"

"好，那我问你，你让我同他们说，可你心中是否知道我与他们并非同类？"白九思冷眼看着李青月，手上的力度稍大，似要逼迫李青月仰头看他。

李青月吃痛，蹙眉抬头的一瞬，他又卸了力。他不明白，这世间，唯有他和阿月同是鸿蒙之初的精气所化，本应是羁绊最深、相处最久之人，为什么李青月好似从不在意这层关系？他正要出口发问，却被她拦住了。

"我与你并非同类。"李青月望着白九思，一字一顿地强调，"白九思，我们并非一类。"

白九思怔住，目光闪烁，似有些慌乱。

"什么？"他不知自己的声音已变了调子，"李青月，你可清楚自己在说什么？"

李青月点点头，趁机抽出自己的手："我可以同林凡是一类，可以同他娘子是一类，可以同刘家姑娘是一类，唯独很难与你是一类。"

白九思神色中的慌乱不知何时已化作愤怒。

"但我不怪你。"李青月看向白九思，"今日之事，我若同你说，你必有千百种道理等着我。你可以说他的命数已尽，说他命中注定该是今日寿终正寝，按他这般年纪死去在凡间都应算是喜丧，就算今夜不是被火烧死，他多半也会猝死于梦中，无论如何，他都挨不过今夜子时，此乃天道往复，没人能帮他。对不对？就连林凡，你也会说是他天命到了。"

见白九思哑然，李青月嗤笑一声。

"因为你们并非同类，所以你可以心安理得地等他烧死，即便可以救他一命，也不愿起身。"

白九思皱眉："你也是仙人……"

李青月难以置信地审视了白九思半响，才冷冷地说道："你冷血无情的本性，果然一成未变。"

"是天让他死，不是我。"白九思仍在争辩。

李青月微微冷笑："这话若是让林凡听到，你说他会不会后悔曾经对你掏心掏肺，把你当朋友？"

白九思全身僵住了，同李青月对视。

时画的声音从屋内传来："白先生，阿月姐姐。"

白九思和李青月同时回头望去，只见时画扶着门框，神色憔悴地从屋里走出来。

李青月收起脸上的怒容，走过去扶住时画："大夫说你需要静养。"

时画微微一笑，抬手握住了李青月的手："阿月姐姐，你不要怪白先生，是我相公自己选择救人的，怨不得旁人。"

李青月一时无言，只是目带嘲讽地看向白九思。白九思看着站立不稳的时画，只觉得心头有着说不出的滋味，让他十分难受。

时画眼中含泪，面上却带着笑："我相公这个人特别傻，明知道不可能的事情还总是去尝试，明知道危险也会去救人。他常说，尽人事之后，才能听天命，但凡有一点儿余力，他都不会放弃。我呀，当初也就是喜欢他这一点，日后我们家小桃儿出来后，肯定也会因为自己爹爹而自豪的。"

李青月和白九思都说不出话来。

时画再度拉起李青月的手："白先生是我夫君最好的朋友，九泉之下，他肯定也不希望看到你们吵架的。"

白九思仿佛蓦然被人打了一拳,竟觉得有些透不过气。

李青月深吸一口气,声音也变得轻柔:"好,我们不吵,我先送你回屋。"

时画跟着李青月往屋里走去,忽然身子一软,跌倒在地。

李青月惊慌地问:"你怎么了?"

时画抱着肚子疼得说不出话来,衣裙之下已有鲜血流出。

房中不断传出时画的痛叫声。街坊大娘们满面凝重地端着水盆走进走出。突然,王婶满手鲜血地从房间走了出来。

李青月焦急地问:"王婶,林家娘子怎么样,还好吗?"

"情况不妙啊,子大难产,一时半会儿出不来。你快去济世堂找徐大夫来候着,万一有什么事,也好来得及照应。"

李青月微微点头:"好,好,我这就去!"随后神情慌乱地匆忙离开。

时画满脸虚汗,颤抖着手抓起床头的剪子,递给王婶:"把我的肚子剖开,救孩子!"

"那你也活不了了!"

"求求你救我的孩子!"

王婶面露恐惧,迟迟不敢下手。屋外院内等候的街坊大娘们闻言,顿时越发慌乱。

大门口,老黄狗似乎也能听懂人言,焦躁不安地原地转圈,吠声不断。

自家院子里,白九思闭上眼,掌心灵力微动,隔着一道墙,哭声、喊声皆汇入耳畔。

屋内,时画见王婶不敢动手,挣扎着咬牙自己拿起了剪刀,朝自己肚皮划去。

白九思负手走进院子,立于院内,望向隔壁的院落。他面色凝重,缓缓抬起左手凝聚神力。突然,他额间金光涌现,显现出一个金色印记。白九思眉头微蹙,手一扫,左手凝聚的灵力便飞向隔壁院落。

几乎与此同时,隔壁屋中传来了孩子的啼哭声。

"出来了！孩子生出来了！是个男孩！"

白九思猛地松了口气，捂住胸口，吐出一口血来。他额头金色印记处有寒霜渐渐向外蔓延。

院门外，李青月呆呆地看着白九思衣上、地上的鲜血，涩然开口："你怎么了？"

听出是李青月的声音，白九思来不及多想，一抬手，大门便砰的一声重重叩上，将他自己和李青月隔开。

白九思催动法力，助人改了命。李青月凝眉思索，放下一篮子新鲜的蔬果，便看到徐大夫自隔壁走出来。

"徐大夫！"李青月将人拦住，"林家娘子怎么了？"

徐大夫眉目间带着喜色，笑道："林家娘子今日生产，虽有些波折，幸而结果是好的。"

想必这便是白九思动用仙术的原因。李青月回想到白九思衣袖的血渍以及刚才吐血的模样，难以察觉地皱了下眉。他竟然不惜伤害自己，也要救下林家娘子。

李青月想了想，轻声叩门。

"白九思。"

无人应答。

屋内，白九思周身已被寒气笼罩，身上的新伤、旧伤尽数崩裂，渗出点点猩红。他耳边是一片轰鸣，只模糊听见门外李青月似乎在叫他，声音却越来越远。

"白九思！你再不作声，我就要进门了！"

这是白九思昏迷前听到的最后一句话。

一只信鸽自高空飞来，掠过净云宗上空，飞入净云宗弟子房，停在窗枢之上。

蒋辩坐在桌前咬着笔杆微微皱眉，似乎在思考什么。他微微叹气，落笔写道："前不久，与我一同守山门的小师妹李青月摇身一变成了四灵仙尊，甚至与大成玄尊在天姥峰决战,结果击碎虚空,双双坠落,不知去往何地。自那以后,我们宗门的人便神神道道,不知所云。他们自诩净云宗是三界六道第一宗门,还整日说要攻上天族,与那些仙人一较高下……"

鸽子停在窗棂发出咕咕声,似在催促。

蒋辩抬头,随手拿起身边的纸团丢向鸽子:"别捣乱。"

"这般好胜斗勇的行事,着实与父亲对我的教导不甚相符。因此,孩儿希望父亲大人可以将我接回家中,再好生教导一番,这样,也好解决孩儿心中困惑……"

蒋辩写完信,轻轻吹了吹墨迹,又放在眼前仔细端详许久,才细细叠好。

敲门声响起。蒋辩微微皱眉:"来了!"

蒋辩自屋内走出来,看向门外的两人,似有些泄气:"师兄来找我,又是让我守山门,对吧?"

宗门内一众弟子都跟着几位长老去寻李青月了,就连修为好一些的那些师兄也一同随行。如今这净云宗就剩下几个小辈,而蒋辩作为小辈中的小辈,守山门这活儿便自然成了他的"重任"。昨日守完,今日又要守。

"这么大的净云宗就没别人了?蒙楚师兄不是被放出来了,为什么不能让他去守?"蒋辩向山门处走去,却难免怨声载道,垂头丧气。

那师兄看了蒋辩一眼,欲言又止,似想劝导两句,可就这思虑的工夫,蒋辩已然走远。他只好高喊道:"去好好守山门吧,净云宗如今真留给我们几个了。"

蒋辩看着师兄认真的神色,郑重点了点头。

张酸寻了李青月几日,樊凌儿就跟了几日。

偏僻的小路上杂草丛生,放眼望去黑漆漆的,看起来阴森恐怖至极。

前方树林发出一阵哗哗声,似有人藏匿其中。那树林晃动半晌,两个山贼便从树林之中跳了出来。那两个贼人身上的衣服破破烂烂,一人手中拿着破损的长刀,另一人手中只提着根树枝,黑灯瞎火地向张酸和樊凌儿的方向摸索而来。

"我刚才分明听到有人讲话的声音。"那个拿长刀的贼人砍倒了一棵树,拔了良久才把卡在树干里的大刀拔出来,自己也跟跄着后退了两步。

"你能不能行啊?"那个拿树枝的贼扶了身边人一把,满脸无奈,"大哥都说了,不让你带刀,你非要带,这才走了几步,你回头数数你砍了多少棵树了!"

原来是两个笨贼。樊凌儿扑哧一笑。

"谁?谁?"那个拿长刀的山贼听到笑声,立刻紧张起来,挥刀乱砍,磕磕巴巴对着空气道,"打……打劫!把你们的银子……全部交出来!"

樊凌儿要从树后走出,但被张酸拦住了。张酸皱眉看向她,实在不解她这是要做什么。

"放心吧,只是帮你问问路。"

但听了这话,张酸眉头越皱越紧:"我不需要你参与我的事。"

樊凌儿摇了摇头,没跟张酸解释,笑着从树后走出,顺便好心为两个笨贼照亮了路:"这里呢。"

"回……回去!"那个拿长刀的贼看清樊凌儿后,闹了个大红脸,慌张地摆手,"老大说了,只能劫财,不能劫色!"

樊凌儿一怔,惊讶地看着两人,无声扬了扬唇。她原打算杀了这二人的……樊凌儿指尖的神光渐渐熄灭,没想到这两人笨得可爱,倒是让她有几分犹豫。

这一切被张酸尽收眼底,他半出鞘的长剑也落回剑鞘。

"两位小兄弟,"樊凌儿上前几步,"这林子太深,小女子又迷了路,只是想向两位好汉问一问这下山的路怎么走……"

两个贼人均低着头,偷偷抬眼瞄樊凌儿。

"向……向北,"那个拿树枝的贼人轻声开口,为樊凌儿指了条路,"穿过那片林子,能见到一条碎石铺成的小路。"

樊凌儿回头看向张酸。

"但我劝姑娘还是不要走了。"

"那里被荒废多年,"那个拿长刀的山贼接过话,"据说早年间还闹邪祟,死了不少人,如今已经彻底荒废了。"

樊凌儿挑眉,不再伪装成小家碧玉怕的模样,反而笑道:"什么邪祟?

长什么样子？"

两个贼人丝毫未觉樊凌儿问的问题已经偏离了，便老实答道："我们也没见过，只听闻那东西是一团黑雾，当年县里的人皆因它而死。"

张酸眉心微蹙，想到了什么，正要示意樊凌儿回来，不要再逗弄二人，便听樊凌儿问道："原来还有个县城吗？"

"叫什么来着……"那个拿长刀的贼人看向身旁的同伴，又猛地一拍脑袋，"好像叫松鹤县！"

"不过现在那里已经成了无人村，姑娘还是快些回去吧。"

樊凌儿回头看张酸，却见张酸宛如被雷击中，呆呆地站在原地。

第十七章
桃花源

"这归云阁的饭菜可是荆州一绝,若不是我们为官府除了河妖,怕是再修道三十年才能凑够银子来这儿吃饭。"

客栈的大厅里,客人满座,小二穿梭其中,端着一盘鸡髓笋快步走向一架屏风。

屏风后面,李青月、张酸和蒋辩等人身着净云宗弟子服围坐在桌旁吃饭。

小二将菜放在桌上,恭敬地退了下去。

蒋辩夹起一块鸡髓笋放入口中,装模作样品了品:"不愧是归云阁的镇店之宝,雅致清透,嫩且爽口。"

"是啊,听说这道菜须得用百日乌鸡的骨髓与滁州的清水笋做出才算正宗。"身边的弟子跟着附和。

"若是说笋,滁州的清水笋可比不上松鹤县的荻笋。"李青月难得发声。

张酸、蒋辩和众弟子齐齐望去,看得李青月一怔。

"松鹤县?那是哪里?"有弟子不解,边吃饭边问李青月。

李青月依旧怔着,不说话,也不再吃饭。

"'松鹤荻笋蔽洲渚,味美肥甘胜牛乳',这句诗,夸的便是松鹤荻笋的口感比牛乳还要嫩滑。"蒋辩悠悠开口,算是替李青月解围。

"奇怪!这是什么诗,我怎么都没听过,不会是你自己编的吧?"

"哎!你自己没文化,就不要怀疑别人胡编乱造了,这诗是大家段维均写的,史书上可都一笔一画地记着呢。"

"段维均?不是都死了几百年吗?那是百年前的人啊,松鹤县还能在吗?"

"青月既然吃过,它还能不在吗?"

那是数年前张酸同李青月一道斩除妖邪时的事情。

当时众人你一言我一语,很快便将这事儿绕了过去。张酸虽觉疑惑,事后却从未调查,直到今日想起方才明白。

松鹤县。张酸默念这三个字,难掩激动之色,他感觉自己终于寻对了方向。

"怎么了？"樊凌儿伸手在张酸面前摇了摇,"想什么呢,叫你都不回应？"

张酸刚回过神来就看到躺倒在地上的贼人,不由得变了脸色："你杀了他们？"

"谁？"樊凌儿也是一怔。明白张酸说的是那两个山贼后,她面色也变了变,不再说话,任由张酸上前探那两人的鼻息。

"我非嗜杀之人。"等张酸确认那二人只是晕了,樊凌儿才缓缓开口。

"抱歉,我不该怀疑你。"张酸起身,一时沉默。见樊凌儿面色不佳,他又有些无奈地开口："我们才认识几日,你也不能要求我如此信任你……"

看着张酸神色逐渐认真起来,樊凌儿忍不住笑了："你倒是个实在的人。"

闻言方才知道自己被戏耍了,张酸转身就走。樊凌儿连忙跟在身后。

白九思醒来时已是七日后,床铺整洁,衣服上也没了血渍。门外摆放着新鲜的桃子和几颗喜糖,看样子是时画送来的,院外有狗吠和喧闹声,院内有热油下锅声,还有饭菜扑鼻的香气。

原想起身的白九思又一次躺回满是阳光味道的被子里。

就这样吧。

窗外云卷云舒,睁眼便能见到阿月,这日子比做神仙舒服多了。

隔着一扇窗,李青月回身,便见到白九思正定定地看着她。两人一时相视无言。

"醒了便自己吃饭吧。"李青月将碗筷摆到桌上,又将饭菜都拨出来,推到白九思面前。

白九思一怔,眼疾手快地将菜全部倒了回去："我只是受了些伤,又不是瘟疫、疟疾,至于吗？"

李青月面色一暗,冷了脸,再也不看白九思,自顾自地吃起饭来。

午时阳光和煦，柔风阵阵。

两人吃完饭，白九思便持了卷书窝在摇椅上慢慢翻阅，一旁放着牛肉和酒。而桌下，老黄狗的口水不自觉地流了一地。白九思漠然瞥了老黄狗一眼，老黄狗骤然吓得身子一缩，连口水都止住了。

这牛肉是李青月做的，白九思自己都不舍得吃完，没想到却被这狗盯上了。看着老黄狗馋得泪水直流，白九思有些哭笑不得。

良久，桌下传来一声可怜的嘤咛。

白九思啪地合上书，颇为心烦地夹起一片牛肉丢给那老黄狗。

目睹他与老黄狗互动全程的李青月，一时无言。

春去秋来冬又至，雨雪纷飞，树木枯了又荣，又是一春，转眼间六年时间已过。

一只竹蜻蜓穿过窗户飞入屋内，落在白九思枕边。白九思缓缓睁开眼睛，坐起身来，又拾起竹蜻蜓握在手中反复观看，不由得皱了下眉。

门外，林桃拿着一只精致的木球向前扔过去："大黄，去！"

等了良久都不见大黄的身影，他干脆趴在地上寻找大黄的影子，终于在桌布下的角落见到一抹黄色的影子。

"嘿！你这老狗，怎么越发懒了。"林桃自己捡起木球，将老黄狗抱起来放到太阳下面。他用手指给老黄狗顺毛，老黄狗便颇为惬意地摇了摇尾巴，躺下来亮出肚皮，示意林桃给它揉揉肚子。

可爱的小娃娃和一只毛色纯正的土狗一起晒太阳，场面倒是温馨。

突然，老黄狗惊起，冲林桃背后的方向摇了摇尾巴，一脸讨好的样子。

林桃也跟着回头，惊喜道："白叔！"

"嗯。"白九思轻应一声，将手中的竹蜻蜓丢给林桃。

林桃伸手去接，拿到手中一看："是我的竹蜻蜓！刚才我一松手，它嗖地一下就不见了，我还寻了好久呢。"

重新捡回一只竹蜻蜓就能如此高兴？白九思抬起手，轻轻揉了揉林桃细软的头发，又一次觉得这孩子真是像极了他老爹林凡。明明他跟自己和阿月在一起的时间更长些，为何就没有学到半分精明呢？

白九思看着林桃，难免陷入沉思，亦是再次认定，想要教出一个聪明孩子，还是要等阿月生一个。

"白叔要出门吗？"见白九思往门外走，林桃立刻跟屁虫一样跟上，笑眯眯的讨好模样跟老黄狗相差无几。

白九思点了下头，问："你要跟我一起？"

林桃连连点头，冲白九思张开双臂欢呼："好耶！白叔要带我去玩了！"

"不是我带你，是你要跟着我，明白吗？"白九思强调道，唇角却不自觉弯了弯。

"明白！"林桃乐颠颠地跟在白九思身侧，"白叔，我家桃树又结果了！"他双臂长长伸展，尽力画出最大的圆，"这么大，像西瓜一样！厉不厉害？县老爷来我家了，还有什么县丞、捕头、典史，也都来了，乌泱泱的一院子人，都是来管我娘要桃吃的。你去不去？"

"不去。"

即便被拒绝了，林桃也不恼，换了个话题继续道："昨日六婶他们都说我是文曲星下凡，将来是要进京读书走马观花做大官的！"

"不光是六婶他们，我娘也这么觉得，他们找城北算命的瞎子给我算了命。"林桃分享着自己昨日的趣事，"那人也说我将来必定是个厉害人物！他觉得'林桃'不好，便给我新起了个名字，叫'林十安'！怎么样？好听吗？"

白九思掐指算了算，这名字还算可以，但他依然说："不好听。"

毕竟林桃的亲娘和干娘都喜欢吃桃子。

林桃又一个冲刺跑到白九思前面，张开双臂，翘起一只脚，摇摇晃晃地立在原地："白叔，这是我最近和宋捕头新学的招式，叫白鹤亮翅，怎么样？厉不厉害？"

他边说着，边在原地略显笨拙地比画。那一招一式，全是白九思未见过的样子，拼在一起，全然一个四不像。看到林桃练习得认真，白九思难得犯了愁。

一套招式比画下来，林桃气喘吁吁，看向白九思，脸上写满了"夸我"：

"怎么样？是不是厉害极了？"

蒸笼整齐地叠加着，冒着奶白雾气，郭老板自雾气中露出头来，和蔼一笑："白先生来了！今日还是老样子吗？"

白九思点了点头，寻到老位置坐下。

林桃也跟了过来，一屁股坐在白九思对面："白叔，还想吃糖蒸酥酪和梅子汤。"

白九思点头，对郭老板说："给他加上。"

郭老板看着林桃，又看看白九思，有些宠溺地笑了："小桃子今天又跟你白叔蹭吃蹭喝。"

"怎么是蹭？"林桃扁起小嘴，不大高兴。

"花你白叔的银子，不是蹭，你说是什么啊？"郭老板存心逗孩子。

林桃不高兴，白九思面色微微沉了。跟孩子说这些做什么？且不说他白九思有的是钱、从不在意钱，更重要的是，林桃现在还不懂事，哪里分得清什么金银与贵贱？

眼见郭老板和林桃间的玩笑话有些过分，白九思正欲出言阻止，却听林桃认真道："白叔是我干爹，我现在吃他的，将来也要还他的。"

郭老板怔怔地看着林桃，许久，抬眼看向白九思。

"我娘教过我，知恩要报。"

与"知恩图报"差了一个字，可含义分毫不差。白九思感觉心口被什么戳了一下，那痛楚随即蔓延全身。

"白叔待我好，将来我是要还的，要用情义还，不能用银子还。"林桃讲得字字分明，对这句话的理解显然比那四字词语理解得好。

郭老板晃神良久，而后抚掌大笑："这孩子将来必定有大出息啊。"

白九思沉默，心中认同郭老板这句话。

梅子汤被端了上来。林桃立刻站起来盛了一碗，讨好地放到白九思面前："白叔，你先喝。"

白九思扫了他一眼，淡淡道："说吧，又惹什么事了？"

林桃嘟囔道:"我才没有惹事呢!"

白九思明显不信,却不再追问。

憋不住话的林桃再度凑上来:"白叔,你能不能帮我一个忙?"

白九思问:"什么忙?"

林桃神秘地一笑:"白叔,你等会儿跟我走就行了,这事儿只有你能帮我。"

白九思按照和林桃的约定,在县城郊野的亭子里等着。林桃却一直坐立不安,不住地向外眺望,仿佛在等待什么。

"来了。"

白九思闻声望去,只见一群和林桃差不多大的孩子拥入了亭子,正瞪着好奇的眼睛上下打量他。他很是不解,但他与林桃有言在先,现在起身离开是万万不能的。

等到这些孩子打量够了,林桃才一挺胸脯,大声说道:"看,这就是我爹!你们再也不能说我是没爹的孩子了。"

林桃面上丝毫不见心虚之态,但是白九思莫名觉得,此时的林桃很像自己藏雷殿中养着的小兽——虚张声势、外强中干那种。

"你骗人!他跟你一点儿都不像!肯定不是你爹!"

"我不信,你就是撒谎精!"

林桃看看自己灰头土脸的打扮,再看看一尘不染的白九思,气得眼泪都要掉下来了。他拉着白九思的手,低声说:"爹,你告诉他们,你就是我爹,对不对?"

白九思看着林桃红红的眼眶,心中一软,微微点了点头,轻声说道:"嗯。"

松鹤县的傍晚,夕阳的余晖洒进望舒巷,给整个小巷披上了一层金色的纱。白九思背着睡着的林桃缓缓走在回家的路上。林桃的小脑袋靠在白九思的肩上,呼吸均匀,显得格外安心。

"白叔,我娘说你是我爹最好的朋友,又是我干爹,我以后能叫你'爹爹'吗？你放心，我私下叫，不让旁人知道！"

林桃像狗皮膏药一般黏了白九思大半天，喋喋不休地围着他绕来绕去，最后累得睡着了。白九思虽然觉得他之前实在聒噪，但还是把他背在身上。

李青月正提着灯笼在门口等。看到白九思走来，她眼中似有泪光闪过，但很快又恢复了平静。她接过林桃，轻声问道："你带他去哪儿了？时画来问了好几次。"

白九思淡淡地说："是他自己贪玩。"

李青月点了点头，将林桃抱进屋内。

白九思看着李青月的背影，眼中闪过一丝疑惑。

夜色深沉，大雨倾盆。

白九思站在檐下，手中拎着买给李青月的桂花糕静静地望向亭外的大雨。老黄狗蜷缩在白九思脚边，舒适地蹭了蹭白九思的裤脚。

远处，一个身影渐行渐近。

有人捧着骨灰盒打着一顶小伞飞快地跑了过来。只是他那雨伞倾斜，遮盖住骨灰盒，自己身上都被大雨浇湿了。

他进入亭内，将雨伞放在一旁，站在白九思身边，挤出和善的笑容。白九思淡淡瞥了他一眼，目光落到他怀中的骨灰盒上，停留了一瞬。

"在下逍遥子，是一名游方道人。"见白九思未曾应答，那人上下打量着他，又挤出个笑脸，抬了下手中的骨灰盒，道，"我手中这个，还望公子莫要见怪，这位施主生前是个良善之人，性情温和，不会冲撞了您的。"

白九思并未搭话，只望着天上倾泻下来的雨水。

"先生好气度，可是本地人士？"

白九思眉心微皱，觉得这道士比小林桃聒噪百倍。

"这是在下的朋友荆州王氏，别号墨竹游人，先生可曾听过她的诗句？"

白九思摇摇头："未曾。"

逍遥子微微叹了口气："那真是可惜了，墨竹著有诗篇无数，皆是流传世间的名句,句句道尽人间真情苦难,先生若是有时间,合该好好拜读一番。"

白九思却说道:"真正的苦楚,从不外露,又怎会作诗诵之?"

"先生有所不知,王氏生于大户人家、书香门第,但她所爱之人不过是市井小民,家中一力阻挠,她却与之私奔。后来,丈夫从军,自此一去不归,她以为丈夫已死,想要殉情,却发现腹中怀有骨肉,于是她生下遗腹子,独自一人将孩子抚养长大。"逍遥子眼见大雨不收,索性多聊会儿。

见白九思沉默不语,似在聆听,逍遥子继续说道:"可惜,孩子染病,药石无医,六岁的年纪便去了,留她一人在这世间受苦。但没过多久,她才发现,原来丈夫并非已死,而是在外有了新的妻室,将她抛弃了。悲愤交加之下,她便在一个大雪夜溘然长逝了。"

白九思问道:"那她为何不去报官?"

"报官?先生怕是在松鹤县待久了。这松鹤县地处偏僻,又有淮岭为其遮风避雨,一向风调雨顺、百姓和睦,久居其中便早就不知外面究竟是什么世道了。"逍遥子的话中不知是讥讽还是怅然。

"汉地十二州,有州大旱,无粮可食,有州大涝,哀鸿遍野,更有战乱械斗之地,连官府都已被攻占,那些百姓又该去往何处喊冤?"

白九思抬起头,望向漆黑的夜空:"这世道,向来都是如此吗?"

"世人生存艰难,女子尤甚,更何况是没有家族庇佑的女子,犹如黑夜中的烛火,微弱的光亮便会引得群狼环伺。"

"烨烨震电,不宁不令。百川沸腾,山冢崒崩。"

逍遥子也抬头望向阴沉的天际:"世人皆言,天道运数是神仙作为,人不可改,公子如何看呢?"

风将雨水吹进凉亭,白九思的一角白衣被雨水打湿了。他回头看向逍遥子的瞬间,觉得有什么东西一闪而过,不过又在瞬息间消失了。千年万年来,这种缥缈的感觉第一次涌上心头。

漆黑的雨夜中,惊雷闷响,照亮寰宇。

长街之上,民宅门前皆挂着灯笼,灯笼的火光不断闪动,一道黑影在长街上游走，所过之处，灯笼依次熄灭。

逍遥子身后背负的长剑嗡嗡作响，原本趴在地上的老黄狗骤然起身，周身毛发竖起，神色警惕地望向远方。一旁的白九思也似察觉到了什么，皱眉看向远处那黑茫茫的一片。半晌，他却只是俯身安慰紧张的阿黄。阿黄呜咽一声，扯着白九思的衣角。见白九思一动不动，最终它只能在白九思身前站定，大有保护白九思的架势。

"先生真是不凡之人，养的狗都如此有灵性。"逍遥子看着一人一狗，笑了一下，"夜色渐浓，妖物横行，在下要先行一步了。"

远处，黑雾渐起，雨势却小了下来，白九思对着逍遥子微微点了一下头。而逍遥子走了几步，突然回头，定定地望向白九思的背影。

更夫走在街上，铛的一声敲响了手里的锣，锣声回荡在空旷长街上空，显得阴森。

一名醉鬼拎着酒坛晃晃悠悠地从街角走出。一股黑气贴着地面飞速游走，逐渐接近醉鬼。更夫瞧见那黑气，似乎不敢相信，揉了揉眼睛。那黑气将醉鬼缠住，酒坛顿时落地，碎裂开来。醉鬼的身体迅速干瘪，仿佛被吸成人干，倒在地上。

"杀人啦！"更夫将手中的锣一丢，转身逃跑。只是越恐惧，他越觉得双腿不听使唤。

黑气从那醉鬼身体里蹿出，贴着地面向更夫追去。好不容易爬起来的更夫迅速被黑影缠住，摔倒在地上。他双手弯曲用力抓着地面，却依然不能挣脱分毫。惊恐的呼救声渐渐被夜风吹散，很快归于寂静。

清晨，鸟儿在树枝上发出清脆的啼鸣。大雨过后，街道一片湿泞。

长街上，李青月恶狠狠地咬着桂花糕出气，身后跟着的白九思满眼笑意。明明昨夜已经给李青月带回了桂花糕，白九思偏又起了坏心眼，想拉着阿月同他一同上街。于是一大早，他就拉着起床气未散的李青月出了门。

"让开！让开！"远远地有人骑马而来，穿着好似城内的捕快，"县府衙门办案，闲杂人等速速回避！"

李青月驻足，好奇地看过去："奇了，许多年不见县衙办案，今日这是什么事？"

一具尸体被抬上了牛车。捕快们驱散了围观的人群。那盖着白布的尸体原是松鹤县的更夫。

"老褚怎么了？"心中已清楚那人十有八九是死了，李青月却还是抱着一丝希望，呆愣愣地询问白九思。

"死了。不只是他，还有个酒鬼。"回答他的不是白九思，而是围观的人群，"据说是邪祟作怪，死得凄惨，被吸成了人干。家里人险些哭断气。"

顺着那人手指的方向，李青月看到一对正在哭泣的母女，两人似乎想跟着捕快一起上牛车，却被推搡下来，颓然坐在地上低声哭泣。

白九思又想起了孔秀才。他突然觉得，孔秀才虽然死了，至少也算走得安心，若是如同这老汉，妻女在世，家中唯一能外出养家糊口的丈夫死了，走了恐怕也闭不上眼睛。

捕快们抬着担架从李青月和白九思身边路过，盖着白布的尸体受到颠簸，露出一只手来。那只手只剩一张干皮挂在骨头上。李青月和白九思的目光立刻变得凝重。

李青月问道："你觉得这邪祟是真是假？"

白九思看着远去的捕快们，目光冷冽："你先回去，我去周遭探探。"说完便转身离开。

李青月盯着白九思的背影，说道："白九思，你真的越来越像个人了。"

白九思皱着眉回头，却见李青月扑哧一笑，摆了摆手，朝家里走去。

白九思走进望舒巷，正好撞见提着食盒的时画走来。

"白先生回来了？实在不好意思，昨天我们家小桃儿是不是又闹了你一天？"

白九思回答："无事。"

时画将手里的食盒递给白九思："这是阿月姐姐喜欢吃的糕点，你顺带给她拿回去吧，我就不过去了。"

白九思伸手接过。

远处路过的街坊大娘看到这一幕，不由得指指点点："一个寡妇，还和别家男人走这么近，不知检点……"

"……你还别说，有的男人就喜欢寡妇这样的……"

时画似乎早已习惯，只是苦涩一笑，和白九思拉了距离。

忽然，一个小球砸向了街坊大娘们。林桃蹿了过来，他叉着腰站在巷子口大叫："长舌妇！"

街坊大娘们心中恼怒，却不好和一个孩子计较，只是快步离开："有爹生，没爹教！"

林桃叉着腰还欲骂回去，却被时画揪住了耳朵："我平时怎么教你的？不许这么没礼貌！你被狗咬了，没必要非去咬狗一口。"

林桃不满地嘟着嘴："我知道了。"

时画这才收回手，转身就要离开。林桃则小跑着去捡巷子深处的球。

突然，林桃脚下有什么东西震了震，一缕黑气自地底涌现，汇聚在墙上，墙上的砖块顿时如潮水一般涌动，顷刻间便要坍塌，将把林桃埋在墙下。

一道灵力瞬间涌来，击退了那缕黑气，结果只墙上几片瓦砾砸下来，哗啦啦摔了个粉碎。

时画目瞪口呆，转头看着白九思，一副难以置信的模样。周围顿时安静下来，素来好动的林桃也好似静止了一般，一动不敢动。

白九思一把拎起林桃，塞进时画怀中。

被拎起来方才回过神来的林桃感受到了白九思的异常，伸手摸了摸他的手臂，震惊地大喊："白叔！你身上好凉！"

而跟着看过去的时画看到白九思眉心渐渐显现出一个金色印记，以印记为中心，寒霜向着四周蔓延。

林桃一脸震惊："白叔！你结冰了，白叔！"

"白兄……"时画涩然开口，竟不知道自己能问什么，只呆呆地看着白九思，"你还好吗？"

相反，林桃兴奋地抓着白九思的手臂："你真的会法术！白叔，你刚刚用的是什么招式，能不能教教我呀？"

甩开林桃的动作也变得吃力，耳边的声音被无限放大，白九思跟跄了两步才稳住身形。他强作镇定，想要说些什么，直到被一只手握住，才放松下来。

闻声而来的李青月一把扶住了即将脱口而出的白九思。

"婶婶！"小孩子见了新鲜的东西，只觉得兴奋，"你看到了吗？白叔刚才好威风啊！"

"走了，跟我回家。"李青月将白九思的手臂搭在自己肩上，又看一眼地上几片碎瓦，沉默一瞬，没有多做解释。

目送李青月搀着白九思渐渐远去许久，时画才回过神来，检查林桃有没有受伤。

"娘，白叔是神仙啊！你看见了？"

丝毫不害怕的林桃似乎还在回味，比了一个动作。

"我看见了，白叔就这样一点，这墙就稳住了！"

旁边一户院门打开，王婶端着盆出来倒水。

林桃连忙挥手："王婶！王婶，我跟你说，白叔他……"

时画手疾眼快地捂住了林桃的嘴。

王婶疑惑地看着两人："小桃儿，你说什么？"

"没什么！"时画责怪地看了林桃一眼，冲王婶摆摆手，"没什么！"

时画拉扯着林桃向家门走去："小孩子别乱说话！"

"唔……唔……"林桃被捂住嘴巴，无助地冲王婶求救，最后被时画拉回了自己家。

月光皎洁，洒下满室清辉。

白九思再次醒来时，李青月正伏在床边安静地睡着。白九思支撑起身，定定地看向李青月的侧颜。过了许久，他伸出手来，轻轻将李青月耳边掉落的头发拢起。李青月眼睫轻颤，她醒了过来。

白九思迅速收回手来，平静道："怎么不回去睡？"

"忘了。"李青月起身，看到窗外已是夜半，"本想着眯一会儿，却不料睡得这么沉。你感觉如何？身体可还虚浮无力？"

"好了许多。"白九思起身,拿出火折子点燃蜡烛。

"你我法力被封,强行调动会使两股灵力在体内相互冲撞,后果如何,你不是不知道,为什么还要这样做?"

李青月皱眉,盯着白九思的一举一动。

"那邪祟要对林桃出手。"白九思说道,"今日在巷子里,我见到了那邪祟。它的本体是一团黑气,还未幻化成人形。今日在巷子里,它要对小桃儿下手,生死瞬间,我来不及思量。"

李青月一惊:"邪祟是真的?"

白九思点点头:"对,只是我还不知这邪祟究竟是何来历、出现在这里又是什么因由。"

李青月说道:"既然如此,这几日你便好生休养,邪祟一事,我自会去查探。"

"邪祟行事阴狠、法术难测,且敌暗我明,你要多加小心。"白九思不放心地嘱咐道。

李青月说道:"放心吧,我有分寸。你好好休息,我先走了。"

说罢,李青月转身向外走去。

"阿月。"

李青月脚步微顿,开门的手却没停,她也没回头看白九思一眼,甚至看起来有几分落荒而逃的意思。

"多谢你照顾我。"

那背影显得更僵硬,扶着门的手微微蜷起,不自在起来。

以前两人做夫妻两百年,这样的话却鲜少说。当初,他们似乎总觉得自己或对方的付出都是理所当然。李青月深深吸一口气。她隐约觉得,自己快要理清杂乱的心境了。

那是从未消散的恨,被涓涓细流日益侵蚀、软化,似乎将要变成类似惋惜和后悔的情愫。只不过,这种后悔对她而言毫无意义,过去的事情已然发生,也不可弥补。

李青月迈出房门,再没回头看白九思一眼。

破损的石碑倒在杂草丛中，上面布满蛛网与尘土。

张酸抹去灰尘，渐渐显露出石碑上的"松鹤县"三字。樊凌儿跟在后面探头，正要往里走去，却被张酸拉住了。

"小心，走在我身后。"

大街上一片破败、荒凉，四周皆是已经倒塌的砖石，已然是一片废墟。越向里，越荒凉。

樊凌儿踢开脚边的石块，疑惑道："这什么地方啊，这么破，连个落脚的地儿都没有，真能有人？"

这是眼下唯一的线索，就算掘地三尺，张酸也要从中挖出一条线索。因此他没有回话，继续向前探索。

眼前的松鹤县虽少了人气，布局却与四五百年前分毫不差。两人担心其中有法阵，走得小心谨慎不说，连灵力都收了起来。

望舒巷街角，一缕清风扑面，张酸似有所感，突然停住脚步，侧头看去。

"可发现什么？"

夜已深，樊凌儿划亮火折子递给张酸。

张酸停在一座民居的大门前，那大门已经破败不堪，其中一扇摇摇晃晃，另一扇已被腐蚀得几近镂空。

樊凌儿要去推门，却被张酸拦下，顺便掐熄了火折子。

"害怕吗？"张酸低声询问樊凌儿，不等樊凌儿回答，他掌心便化出一只萤火虫。那萤火虫拍着翅膀，飞到樊凌儿指尖，一动不动。

"你……"樊凌儿微微怔住，"你不是说不能使用仙法？"

"这不是仙法。"张酸并未回头，专心在门前搜寻着什么，"你动作轻些，不然它会飞走。"

樊凌儿连呼吸都凝滞了，半响才徐徐吐出一口气，小心翼翼地看着那萤火虫。小小一只，在她指尖发出微弱的光芒，刚好够她看清眼前的一切。

厨房内，烛火随风摇曳，闪了闪。

锅盖被掀开，一锅白粥刚刚煮好。李青月将煮好的粥盛出来，放在食盒中，然后提着食盒走出厨房。

灯笼照出李青月的身影。她一手挎着食盒、一手提着灯笼行走在院中。

吱呀一声，大门打开了。

虚空两侧的人同时驻足，望向对方。

两人身后一片宁静，与夜色相融。李青月手中的灯笼微微抬高，张酸屏息望去，他们之间只有不到半步的距离，彼此呼吸相闻，却又好似间隔千年。一面烛火昏黄，暖融、温馨；一面断壁残垣，蛛虫结网。

樊凌儿指尖的萤火虫突然拍着翅膀离开了，那点儿微光绕过张酸，仿佛要飞到李青月面前。

"哎……"樊凌儿瞬间惊慌，匆忙想要捉回那只萤火虫，却被张酸的神色吓住，僵在原地，没敢有任何动作。她顺着张酸的目光，只看到了破旧的草屋，再往前，是夜色下的长巷。可张酸的神色像在看什么易碎的珍宝。

李青月抬起手臂，微屈的手指伸直，穿过萤火虫震颤的翅膀。

张酸的呼吸再次凝滞。他看不见李青月，心中却下了定论，李青月一定就在此处。他回过神来时，李青月已提着食盒走进屋内。

萤火虫就停留在李青月刚才驻足的地方，那里并无任何特别之处，一道倒塌的房梁歪斜，刚好可供它休息。

"什么东西！"樊凌儿突然出声，抽出长刀护在张酸身侧。

张酸闻声侧头望去，目光骤然犀利。花园已然败落，四下荒芜、凋敝，鬼气森森。张酸抽出佩剑，警惕地扫视四周。

"出来！躲躲藏藏的算什么本事！"

樊凌儿话音刚落，一道黑影自林中闪过。她侧耳听去，抬手甩出长刀。一刀落空，樊凌儿正要去追，身后张酸已掷出佩剑。

"小心！"

那长剑兜转一圈，擦过樊凌儿的身侧，重新被张酸收入剑鞘。

"可看见那东西？"樊凌儿并不在意自己，手里捏紧长刀，暗中指了指张酸身后。

张酸会意,嘴上却漫不经心地迎合:"什么东西?"

"自然是邪祟。"

两人身后的树林无风自动,一道黑影飞射而出,掠过天空。张酸手指结印,一道灵光闪过,一张闪着磷光的网兜飞射而出,将那黑影兜头罩住了。那黑影掉落在地上,发出吱的一声。

那网兜落在地上后又不断弹起、落下,似乎是那黑影在不断挣扎。突然,砰的一声,网兜裂开,那黑影逃窜出来,竟是一只猿猴。那猿猴张牙舞爪,似乎正要使大招,结果被一只手抓住尾巴提了起来。

"吱吱吱!"猿猴叫得撕心裂肺。

抓着它的樊凌儿却不慌不忙,提着尾巴晃了两下:"不用演戏,抓尾巴有多疼我能不清楚?"

猿猴停止了哀号,倒吊着举起手来,一下子变得低眉顺眼。

烛火昏黄,满室静谧、温馨。

白九思盘膝坐在床榻上凝神运气。

突然,叩门声响起,他缓缓睁开双目:"进来吧。"

"怎么样了?"李青月将食盒摆放在桌上,一指,"你的晚饭。"

"……多谢。"白九思起身,将饭菜拿出来摆在桌上,"一起吃点儿吗?"

李青月没回答。直到白九思摆好筷子,抬头看向自己时,她方才摇头:"我吃过了。"

"哦。"白九思鲜少说这种语气词,偶尔说出口,也是为了激怒、挑衅别人,可今天这一声,李青月听出几分淡淡的失落。

她无视这种失落,盯着白九思开了口:"我们被人算计了。"

"几日前,我走遍了松鹤县的各个角落,却都没有寻到邪祟的踪迹。"李青月微顿,"这邪祟应当根本不在县里,而是藏身于郊外。"

"那你可有在郊外探查到什么?"白九思点头,丝毫不意外。

沉默片刻,李青月轻声开口:"我根本走不出松鹤县。"

夜色深沉,松鹤县亮着星星点点的灯火,充满了人间烟火气。可再往上望去,松鹤县仿佛被笼罩在一个透明的囚笼之中。

"吱——"

惨叫声不断传来，忽高忽低，一阵阵回荡在松鹤县外的树林中。声音的源头是一只猴精，正被樊凌儿用藤蔓五花大绑地绑在树上。

"闭嘴！"樊凌儿忍无可忍，一巴掌拍向猴精的脑门，"不就是绑个绳子吗，喊得像要杀了你一样。好歹也是个为祸一方的邪祟，让人怎么看你？"

猴精停止乱叫，又怯懦又委屈地看向张酸，无声向他求救。

张酸始终沉默，直到实在受不住这炽热的视线，起身不再看这一人一猴。

樊凌儿系好最后一个绳扣，拍了拍手，站在一旁："我问你，你为什么装作邪祟留在这里？"

"吱吱！吱吱吱！"

樊凌儿反手对着猴精的脑门又是一记："说人话。"

"你才是邪祟。吱，你全家都是邪祟！"猴精修为明显不够，人话中还带着明显的猴子口音。张酸听了都不由得皱眉。

很快，又一掌拍在猴精脑门上，它本就突出的额头此时已肿得大了一倍。

樊凌儿半威胁半警告道："虽然你说得没错，但是态度不对，一个阶下囚，还敢跟我这么嚣张！"

猴精再次对张酸发来求救的目光。如果它会腹语，想必张酸此时能被"救救我"吵得头晕。

思忖片刻，张酸走到樊凌儿面前，指了指猴精："我有话问它。最近你可曾见过两位仙人坠入此处，一男一女，皆是身着白衣？"

"一男一女的仙人没见过，一男一女的傻子倒是有两个。"猴精用下巴示意樊凌儿，"尤其是那个，傻透了。"

樊凌儿上前就是一巴掌。

张酸叹了口气，看向猴精："你若不肯如实相告，我就只能将你丢入丹炉炼化成丹了。"

猴精毫不迟疑地开口："也没什么好瞒你的，因为我根本就没见过。我来这里不过七日光景，从没见过什么仙人。"

"说谎！我看，定是你发现他们仙体灵气充裕，想要将其藏起来偷偷炼化。"

"你放屁!我怎么说也是修炼了千百年的精怪,算是半只脚踏进仙道的人。偷奸耍滑之事倒是干过不少,但炼化灵体乃极阴极恶之事,我是万万做不出的!"

"你做的伤天害理之事还不够多吗?"

"你什么意思?"

夜深露重,氛围原本还有些阴森恐怖,结果被这一人一猴吵得,如同在菜市场讲价。

张酸出声制止,堵了猴精的嘴,然后看向樊凌儿:"为什么这么说?"

"我们来之前不是听人说了,这松鹤县之所以如此荒凉、破败,就是因为闹了邪祟。"樊凌儿指着猴子,"难道不是它?"

张酸拿下猴精口中的破布:"说话。"

"他们说的邪祟不是我!之前松鹤县有人被挖了心,而后周围莫名全结了冰霜,这才把城里人都吓跑了。"

猴精说完,张酸思忖道:"我需要探查你本命灵丹。"

修行之人,本命灵丹若是沾了血腥,便会为血气所罩。这猴精若是害过人性命,从其灵丹上定能看出一二。说完,不等猴精同意,张酸已开始施法。

他指尖灵光一闪,没入猴精心口。半晌,张酸缓缓睁开眼睛:"它所言不假,这松鹤县的邪祟当真不是它。"

猴精又挣扎起来:"你们什么时候放了我?都说不是我了!"

"急什么!"樊凌儿有些不情愿地上前解开绳索,"他问完了,我还没问完。"

猴精顿时哭丧着脸,欲哭无泪:"你还要问什么呀?"

樊凌儿拍拍猴精的脑袋,冷声道:"这地方如此荒凉,你来这儿做什么?"

"这个呀,"猴精松了口气,"我是来找桃花源的。"

环顾四周,一派荒凉,只有树林,因为远离水源,这里的树看起来也将要枯死,叶子黄黄的。

樊凌儿和张酸对视一眼,一同看向猴精。

哪怕是瞎了一只眼,此时也会明白张、樊二人定然信不过自己,更何况这是只修炼了千年的猴子精。它自己似乎也有些无奈，于是抓了抓脑袋，又碰到了被樊凌儿暴揍的地方，不禁疼得嘶了口气。

"我没有骗你们，也不敢骗你们。我是听说有人在此处误入桃花源，到了自己最想去的地方，也见到了自己最想见的人，心里好奇，就想进来看看。"

若是此处真有邪祟作孽，这里应当不是桃花源。

周身一阵凉意渐起，张酸的汗毛微微立起："那你可有找到？"

猴精晃着脑袋道："哪那么容易找到？都是桃花源，想必要什么山重水复才能柳暗花明，你看这大路小路通畅得，哪像桃花源的入口？"

"不要再寻下去了。"张酸打断猴精，还有一句话没有说出口，因为他只是猜测。他猜测，这里根本就没有桃花源，所谓桃花源，只是妖邪布下的幻境。

"为什么？"猴精不解，"我亲眼见到真的有人从桃花源中出来，而且出来的人都说那里应有尽有，美妙无穷。"

桃花源……张酸垂眸，目露深思。

第十八章
尝万苦

夜幕降临，松鹤县郊外的界碑处夜风呼啸，树影在微弱的月光下婆娑起舞，显得格外诡异。

白九思与李青月站在透明的结界前，看着眼前触手可及却无法逾越半步的结界，均有些苦恼。

李青月微微皱眉，声音中带着一丝无奈："这结界坚固异常，你我法力被封，便是竭尽全力也无法冲破，甚至会反噬自身，损伤灵体。"

白九思轻轻触摸着结界，眉心微皱，眼神中透着疑惑："这似乎是上古的囚龙大阵，乃上等法阵，只有神界之人才能掌握，这邪祟怎有这样的本事？"

李青月冷笑一声，反驳道："神会的，人就不会吗？你我不就是神，不也被困在人间吗？"

白九思沉默片刻，叹了口气："若想破除结界，一是找到阵眼，二是杀了布阵之人。若是以前，一个邪祟自是不在话下，可如今你我法力被封，怕不是那邪祟的对手。"

李青月眼中闪过一丝坚定："那也须得放手一搏。邪祟一直在残杀百姓，死者的怨力及恐慌之力可使它的力量不断增强，若是再拖下去，怕是会生出更大的变故。可惜敌暗我明，胜算太小。"

白九思抬头望向苍穹，一道星光飞速划过上空，奔向城内。他的眼神中闪过一丝深意："兵者交锋，往往靠的不是武力，而是计谋。"

松鹤县的夜显得格外宁静，却又暗藏杀机。高山河流之中，点点灵光飘出，渐渐向上空流去。天上繁星闪烁，投射万千星光，而松鹤县的房屋内不断有光流出，如同丝线一般盘旋而上。天、地、人三种灵力在天际汇聚，形成一个太极图案,随即四散开来,法阵犹如一张大网罩在松鹤县上空。

夜色深沉,篝火在静谧的夜中燃烧着,火光映照出樊凌儿和张酸的身影。樊凌儿坐在一旁烤火,张酸则抱着剑靠在树旁假寐。

"把猴精放走了,你要上哪儿找人去?"篝火上的馒头有一面半煳,樊凌儿也不在意,直接塞进口中,看得张酸皱眉。

"吃我的吧。"张酸将自己的馒头递了过去,"至于那猴精……它与此事无关,留着也没用处。接下来咱们哪儿也不去,就在这松鹤县。"

樊凌儿有些不解:"这里?松鹤县如今这么空旷,咳嗽一声,十里之外都能听到,哪里有能藏人的地方?"

"看不到不代表不存在,或许真的有桃花源可以将人困在另外一个时空。"

樊凌儿嗤笑一声:"你也是个修道之人,还真相信这世上有这种玄之又玄的地方?"

张酸正色道:"我曾在书中读到过一种法器,与这桃花源的效用倒是有些相似。"

樊凌儿好奇地凑过来:"什么法器?说来听听。"

张酸沉吟片刻,说道:"那是上古神器,名唤大荒碑,曾经是一个仙人炼化之物。此碑有摄人魂魄、拘人元神之力,入此碑者如入幻境结界,不同的是,这幻境是由施法之人所创,心念一动便可幻化万千,既可让其身在极乐之地,亦可让其身处无间深渊。"

樊凌儿眉头一皱,若有所思道:"怎么听起来,这大荒碑不像个灵器,倒更像个邪物?"

张酸摇了摇头:"刀剑有伤人之利,亦有护身之能。一件法器为善为恶,要看使用它的人究竟是何心意。"

樊凌儿沉默片刻,又问道:"是哪位仙人的神器?我活了几百年都没听说过此物,该不会是你编出来的吧?"

张酸叹了口气:"书中未记载那仙人的名讳,过去我在宗门里曾有几年……根基尽毁,所以那时候几乎一直泡在藏书阁里,将里面的书看了个遍,这才得知有这奇物。"

樊凌儿沉默片刻，又说道："净云宗的藏书阁啊……那倒是有些可能了，若是如此，那就更不是你能对付得了的，你还是早些回宗门吧。"

张酸有些不满地看向樊凌儿："你真的是跟我来找人的吗？三天两头说些丧气话，我还真看不出来你有多担心青月。"

樊凌儿嗤笑一声："我和仙尊认识的时间远比你要久，自是不会像你一样瞎操心。"

两人目光对峙，都隐隐不服。

夕阳西落，晚霞烧红了天际。面馆内高朋满座，客人三三两两围坐桌前交谈。时画带着林桃坐在靠近角落的位置默默吃饭。附近一桌的客人们正在高谈阔论。

"听说了吗？县令最近找了许多隐世高人来捉拿邪祟！"

"依我看，都是无稽之谈，这世上哪有那么多的隐世高人，八成都是江湖骗子。"

"这便是你孤陋寡闻了。我听闻，那些高人之中，有位道号唤作逍遥子的云游修士，那可是名满雍地的高人。听闻，他三岁筑基，不过三四十岁的年纪便被青云宗供奉为首座长老。他若出手，定能将邪祟一举击杀。"

那不大信任所谓"隐士高人"的客人摇头："话虽如此，但那邪祟害人的本事你也是知道的，每每想起，还是不免有些惶恐。"

客人神秘兮兮地压低了声音，用只一桌三人能听见的声音笑道："惶恐什么，就算是逍遥子大师没下山之前，也有人从邪祟手中逃了出来，可见那邪祟也不是没有破绽的。"

"从邪祟手中逃出？谁啊？"另两个显然没有准备，同时惊讶地大呼出声。

那透露秘密的客人朝着林桃的方向努努嘴，压低声音："就是林相公的儿子。"

"当真？"

"自然当真。"那人点头，正好迎上时画的目光，干脆对身边的友人道，"不信你去问问。"

两人对视后，略一思量，转头看向时画："林夫人，我听闻前几日令郎撞见了邪祟，可是真的？"

时画心下一惊，慌忙摇头："什么邪祟？莫须有的事，你别乱说！"

那最早指认时画的客人不乐意了："哪里是乱说的？我都听说了，巷子里的砖墙倒塌，险些砸到令郎。"

"那是砖墙年头有些久了，年久失修。"

"这……"三人眼中越发怀疑，"我前几日才听说，巷子里那家在翻修旧宅，这新修好的宅子围墙怎么会突然倒塌？定是有邪祟作怪。"

"对对，林夫人放心，我们没有别的意思，就是想问一下你的逃脱之法，以绝后患。"

三人你一言我一语，只怕时画再不开口，一出戏本都叫三人写出来了。

这边推脱得热闹，时画一人到底难敌，站起身准备离开。她远远地瞧见几日未见的白九思缓步走来，行至面馆前停住了脚步。

"白叔！"林桃兴奋地从椅子上跳下来，一路跑到白九思面前，跪了下来，"白叔白叔，求你收我为徒，传我术法！"

声音不大，却因是孩子语气，脆生生的。客人们闻言皆是一愣，好奇地看向两人。

时画放下筷子，连忙走上前来，将林桃拉起："小孩子不懂事，白先生莫要见怪。"

林桃挣扎着要往白九思身边凑，时画直接硬拽着他离开。白九思看着他们母子离开的背影，神色微黯。

傍晚时分，松鹤县的望舒巷里，白九思缓步而来。时画站在巷子口等候，像等了许久。白九思微微颔首，欲绕过她离开。

时画却拦下他，开口道："白先生，我今日等在这里，其实是有事想问你。"

白九思站定。

时画看着未修好的墙，眼眶微红："白先生，你真的是神仙吗？"

白九思依旧沉默。

时画已经从他的态度中看出端倪,她深吸一口气,忽而抬头盯着白九思:"只是我还有一个问题:白先生既然有如此神通,那六年前那场火灾发生时,你明明就在家里,为何眼睁睁地看着我相公死于火海?"

白九思身形一滞,抬眼对上了时画哀切的目光。

时画的眼泪滚滚而下,掩面痛哭:"我相公一直视你为最好的朋友,你既然能出手救小桃儿,为何不能救他?救不救人是你的事,我本不该要求你,也不该怪你的,可我总是想到……想到我相公太傻了!真的太傻了!"

白九思喉间发紧,许久才说出一句话:"……抱歉。"

时画擦了擦眼泪,平复了一下情绪:"日后还请白先生离我家小桃儿远一些。就当是我忘恩负义吧!我相公的死虽然不是你的错,可是我每次看到你,都会想起你对他见死不救,所以现在划清界限也好,免得让小桃儿日后知道此事后心中难过。"

时画最后对着白九思行了一礼,头也不回地离开了。

白九思在原地僵立了许久,听到身后有人叹气。他转过身,看到李青月一直站在角落里。

李青月问道:"后悔吗?"

白九思沉默不语。

李青月又问:"你会后悔救林桃,抑或后悔没救林凡吗?"

二人相对而立,李青月站在墙下的阴影里,而白九思站在夕阳下。二人被光影隔开了。天际一道金光闪现,点点金光逐渐聚拢,沿着细密的网丝向着同一个地方飞去。白九思与李青月抬头望向天际,面色凝重。

"救……救命!"

白日里的那两名食客急促地奔跑在巷子中,其中一人不时地回头望去,面露惊恐。

一团黑气正在追赶二人。跑得慢些的那人稍不留神,被黑气穿透身体,扑通一声倒地,抽搐不止。几乎与此同时,前面那人也惨叫一声,跌倒在地，惊恐万分。黑气迅速跟上，缠住两人的双脚，仿佛要将他们拖入无尽深渊。

天上一道金光涌现，飞射下来，直击黑影。黑影被击中，四散开来，又再次聚拢，卷起其中一个人匆忙逃去。

"啊——"被留下的那人愣了片刻，放声尖叫起来，"救命！救命啊！"

长街另一侧，行人稀少，捕快们并作一排正在巡街。

突然，其中一名捕快耳朵微动，转过望向尖叫声传来的方向，神色凝重："出事了。"

"都跟过去。"捕头挥手。

"走！"众人立刻佩好刀剑，一同向声源赶去。

事发的小巷里已聚集了一众百姓。

"让一让！都让一让！"捕快们手持火把穿过围观的人群，亮出身份，"官府办案，闲杂人等速速散开！"

有人散去，也有人留在原处对着墙角指指点点，议论不休。

"发生什么事了？"捕头走向瑟缩在墙角不停颤抖的那名幸存者，在他身边蹲了下来。

那人抑制不住地颤抖，指指地上，又指指半空中，像在胡言乱语："邪……邪祟。大人，邪祟把我兄弟抓走了！你救救他！救救他！"

"邪祟？"捕头疑惑道。这不是第一起案子，可从始至终他们都未见过这邪祟的真容。

"往哪里去了，你可还记得？"

"地下，不……不对，"那人样子有些癫狂，支支吾吾的，说不出完整的话来，"他不是人……不是人的样子……"

人群中，逍遥子走上前来，一手挽着拂尘，一手托着罗盘："无量天尊。"

逍遥子站定，伸手一点，一缕黑气自那幸存者体内钻出，飞入罗盘之中。罗盘开始飞速转动，最终缓缓指向一个方向。

东方。

逍遥子眯起眼来，阴恻恻地望向那一点。

日头正盛，松鹤县的义庄门前，破破烂烂的"义庄"牌匾之上结满了蜘蛛网。张酸和樊凌儿走来，站在门前。
樊凌儿面露嫌弃："你是真的没地方找了吗？来这种脏地方！"
张酸不以为意："你怕的话就别进。"
张酸推开破旧的房门，走了进去。
樊凌儿不服气地跟上，只见里面破败不堪，却找不到张酸的身影。她面露疑惑，攥紧了自己的佩剑："张酸？"
院中无回应。
樊凌儿面露警惕之色，缓缓向大堂走去。

一扇大门吱呀一声打开，露出屋内名为"义庄"的匾额。
追着黑气到此的白九思望一眼，眉心微皱，如一道影子般，掠进义庄。院落内，瘴气弥漫，鬼气森森，白九思脚步轻踏，缓缓走向大堂。
一道人影在瘴气中若隐若现。
白九思站定，喝道："什么人，出来！"
那人缓缓回头，竟然是一脸疑惑的张酸。
张酸看到白九思后一愣，立刻警惕道："你怎么在这儿？"
白九思反问道："你怎么进来的？"
张酸望了一下白九思身后，见只有他一人，急切地问道："青月呢？"
白九思目光微暗，审视地盯着张酸。
突然，义庄大堂之中传来响动。白九思顾不上张酸，抬步朝里面走去。
张酸紧跟过去："站住！青月到底在哪儿？"
白九思跨入门槛。张酸紧跟其后迈进，忽然一愣，眼前的白九思凭空消失了，入目的是结满蜘蛛网的荒废大堂。
樊凌儿跟在张酸身后进了大堂，看到他后才把剑收了起来："你怎么跑得这么快，一进院子就找不到你了。"
张酸回头朝院中看去，只见外面日头正盛，院中之物清晰可见，和自己方才所处的有迷雾的黑夜完全不同。

义庄大堂正中有一张供桌，上面摆着白色蜡烛以及纸钱和花圈。屋内悬挂着灵幡，大堂内立满了大大小小的棺材。白九思朝身后看去，却已没有了张酸的身影。他不由得皱起了眉头。

刚刚白九思一只脚刚跨入门槛时，屋内灵幡便无风自动，白色蜡烛骤然燃起火苗，发出幽绿的光芒。

不消片刻，棺材也开始振动，一道道黑气自棺材中涌出，直奔白九思而来。他一掌将黑气打散，那黑气也不再缠斗，径直向后飞去，卷起一具棺材扔了过来。白九思一脚踢碎棺材盖，棺材板四裂开来，露出棺材内的尸体，那尸身脸色青白、灰败，脸颊生出诡异的黑紫色纹路，正是小巷中被黑气卷走的那名食客。

黑气再次袭来，白九思掌心凝聚法力，将黑气打散。黑气如同被火烧一般，蜷曲着涌动，发出惨叫，随后分散着逃走。

白九思喷出一口血，捂着胸口半跪在地，眉宇深锁。

"就是他……"

义庄门外传来杂乱的脚步声，火光瞬间照亮了整个义庄，逍遥子举着罗盘，身后跟随而至的捕快、百姓皆拥了进来。

小巷中幸存下来的食客盯着白九思，瑟瑟发抖，"我都看到了，就是他！"

白九思半跪着回头望去，还望见了那个雨夜遇见的道士。他叫什么来着？……白九思垂眸思索，还没有得出结果。

逍遥子已先上前，指着白九思的那名幸存者便立刻畏惧地躲在逍遥子身后，小声道："大师，方才就是他化作黑气，抓走了我兄弟，他就是邪祟！"

顺着那人手指的方向，白九思回头，发现自己身后并无一人，便恍然明白了什么，抿唇不语。

"雨夜一别，白公子安好。"

脑袋昏昏沉沉，指尖也开始发冷，白九思说不出话，却逼着自己站直，冷冷地看向逍遥子。

逍遥子手中的罗盘飞射而出，悬在白九思头顶，罗盘射出道道金光，将白九思罩住了。

"当日初见，被公子迷惑，未曾多虑，没想到你便是那邪祟！"

白九思面色苍白，头顶的罗盘压得他要喘不过气来，只好掐着掌心，试图让自己清醒。

逍遥子面色冷厉，又加了一重法印："邪祟，还不伏诛！"

人生来愚昧，在茫然和未知的恐惧前更是如此。

白九思缓缓阖眼，并未有什么忧虑，只是难免觉得屈辱。

突然，一道道符纸飞来，形成一个圆环，将白九思护在其中。

看着那符纸，白九思怔住了。果然，他看见了门外李青月的影子。他自嘲地勾了勾唇，再也撑不住，身体就要倒下，结果被李青月一把扶住。她拉住白九思的手臂，又丢出几道符纸，向门外走去。

"哪里走！"逍遥子将手中拂尘丢出。

那拂尘白丝穿透符纸，犹如利刃一般袭来。白九思恍惚间醒来，护住李青月，拂尘在白九思脖颈上划过，留下长长一道血痕。

李青月立刻皱眉，低头捂住白九思的伤口，却被白九思虚虚地拦下。

"你自己快走。"白九思手指掐诀，送李青月离开，那符纸却裹挟着白九思一同消失在原处。

等逍遥子的拂尘再次挥来时，原地已空空如也。

义庄的院落中，张酸在院门和大堂门中间走来走去。

樊凌儿百无聊赖地看着他的举动："你来来回回走了十几遍，到底在找什么？"

张酸摇头道："我刚才看到了白九思。"

樊凌儿目光一凛，攥紧了佩剑："他在哪儿？"

张酸指着大堂："在这儿，又不在这儿。"

樊凌儿皱眉道："什么意思？"

张酸摇头道："或许我刚才进入了那个猴精说的桃花源。"

一阵悠扬轻快的短笛声响彻在山峦间。

山间鸟语花香，碧草如茵，有牧童吹着竹笛、骑着黄牛漫步在山间。突然，笛声停住，牧童跳下牛背，向着前方望去，露出疑惑的神情。

不远处，瀑布的水流湍急而下，击打在石头之上，溅起点点水花。令牧童惊讶的是，那瀑布内散发着道道磷光，刺得他眼睛生疼。

即便如此，牧童依旧向前走去，似要看明白个究竟。

"谁？"瀑布内传来清冷男子的声音。

下一刻，牧童看到有仙人从瀑布内跃出，他还未来得及欣赏仙人之姿，那人先一掌劈晕了他。

龙渊冷冷地盯着牧童，转身又跃入瀑布之中。

瀑布内，白九思坐在正中一块巨石上，双目紧闭，脖子上有一道长长的血痕，已被几人草草处理过伤口，但他依然面色苍白，仿佛昏死过去一般。

守在他身侧的苍涂问道："外面那人是谁？"

"放牛的牧童。"龙渊在原地来回踱步，神情焦躁，"不行，我必须带玄尊回天庭。"

"玄尊元神已经被重伤，我们再守着他肉身，恐怕也不会有用。"龙渊指着白九思脖子上的伤口，"回了天庭还有其他弟子可以帮忙护法……"

藏雷殿。

白九思寝殿内，香炉内升起白色烟雾。仙医坐在床边施法，指尖涌现出源源不断的灵力，缓缓注入白九思脖子上的伤口。

半晌，仙医停止施法，缓缓吐出一口气。白九思脖子上的伤口愈合了，但很快又变回原样。

龙渊焦急地问道："师尊怎么样了？"

仙医沉声道："经脉运转一切如常，却一直昏睡不醒，想必是有人困住了玄尊的元神。而且他脖颈上的伤痕无法用法术复原，应是元神受到了伤害，还是赶紧请离陌仙君回来医治为好。"

苍涂皱眉道："我已经给他送了信，你方才说玄尊的元神离体了？"

仙医点头道:"对,只有让元神归体,伤势才能逐渐恢复。"

龙渊眼睛微微眯起,目光狠辣:"定是那女人又使了下作的手段困住了师尊的元神,本座这就去净云宗将那妖女带回。"

苍涂劝道:"离陌仙君马上就能回来,不如等他看看玄尊的伤势——"

龙渊打断道:"没那么多时间!你留在这里照料师尊。"说完,他不顾苍涂的阻拦,转身大步推门而出。

藏雷殿临渊阁院落中,普元和永寿带领一众弟子站在院落之中。

见龙渊大步走出,普元迎上前去:"师兄,师尊如何了?"

龙渊沉声道:"暂无性命之忧,你留守藏雷殿,照顾好师尊仙体。"

普元问道:"你要去哪儿?"

龙渊一撩衣袍,向前走去:"击鼓,召集藏雷殿众位弟子,随我去净云宗要人!"

响亮急促的战鼓声响彻整个藏雷殿。

义庄的院落中,张酸专心在四处搜索。樊凌儿敷衍地随便用剑扒拉几下。

突然,一道灵光闪过,樊凌儿下意识伸手接住。是一道灵符。她神情有些凝重,指尖生火,烧掉了那道灵符。那道灵符化作空中的几行字——"樊仙君危,速归。竹沥。"

樊凌儿面色微白,却依旧一动不动。

张酸见状,便主动开口:"你有事就走吧,我一个人足矣。"

樊凌儿看了一眼空中逐渐消散的字迹,冷冰冰地说道:"不必,他是死是活,与我无关。"说完,她转身就走,明显不同方才那般淡然,而是拿着剑四处乱砍,看似搜索,实则发泄心中的忐忑。

张酸暗暗摇了摇头,也没心思多理她。

温水自白九思颈间蜿蜒而下,浸透了他的衣领。李青月坐在床前,拿着小勺给昏迷的白九思喂水。

"阿月……"恍惚间,李青月听见白九思在叫自己的名字。她俯身侧耳听去,却见白九思迷迷糊糊地睁开了眼睛。

脖子上的伤口还在渗血,白九思好似觉察不出疼痛,勉强起身,准备向外走去。

"你要去做什么?"李青月连忙上前,一手扶住白九思,一手拿出棉布摁住白九思的伤口,"不要命了吗?"

"去找那邪祟,杀了它。"白九思脚步微顿,坐回床上。

"那个逍遥子果然有些本事,连你都能伤到。"

白九思靠在床上,语气中带着一丝无奈:"若不是本尊被封了法力,一只手便能捏死他。"

李青月轻笑一声:"你就算被封了法术也是神的躯体,刀枪不入、不老不死,他能伤你,便足以证明他的厉害。"

白九思沉默片刻,说道:"我在义庄看到了张酸。"

李青月飞快地说道:"不可能!"

"松鹤县为邪祟所封,外人是进不来的。你说看到了张酸,那他现在人在哪儿?"

"在义庄消失了。"

李青月眉头紧皱:"那会不会是邪祟所变,引你上钩?"

白九思沉默片刻才道:"有可能。"

李青月起身向门外走去:"下次不要再单独行动了。你饿不饿?我去给你煮点儿粥。"

闻言,白九思一笑:"你是在担心我?"

李青月又不说话了。

白九思笑着靠在床上:"我不除那妖邪,过段时日他也会找上门来,与其等他找我,不如我先去会会他。"

这像白九思的性格,可李青月又觉得哪里有些奇怪。

"今日我经历之事,你当年也曾遭遇过吧?"

他指的是,他封了李青月的法力,将她独自留在人间的十年。想必阿月也曾如他一般,妄图恢复法力,却备受极寒之苦的煎熬;想要护住身边的百姓,却只能无奈看着他们一个个从自己眼前离开;最后奋力一搏,本想要拼尽性命保护别人，却反被他们误会成妖邪……

李青月眸色微暗，一言不发地推门离去。

净云宗。

蒙楚随意拿了几件衣服塞进包裹里。

"师兄！你要去哪儿？"一直在门外看着的吕素冠猛地推开门走进来，拦住蒙楚，"是不是又要去找那个妖女？掌门和长老都不在宗门，你这是私自下山，掌门知道了定会又重罚你的。"

蒙楚避开吕素冠，将包袱背在身上，向外走去："师父已经知道了。"

"知道？那师父可允了？"吕素冠死死守住门口，不让蒙楚离开。

"让开。"蒙楚叹了一口气，终于肯给吕素冠一个正眼。

"门派内长老弟子都去找李师妹了，就连张酸和上官师兄都去了。"吕素冠急切道，"如今宗门就剩我们几个了，你要是就这么走了，门派要是出事了怎么办？"

蒙楚皱眉："净云宗立业百年，乃天下宗门之首，能出什么事？"

话音才刚落，铛的一声，古钟钟声如波纹一般向四周散去，回荡在净云宗上空。

屋内两人面面相觑。

蒋辩急匆匆地跑来。

"蒙师兄！"推开门的瞬间，三人有些尴尬，很快又恢复如常。

"鼎钟长鸣，师门有难！"蒋辩喘着粗气指着门外，"净云宗上下只有我们几人。"

蒙楚向门外望去，除蒋辩外，只有零星几个弟子，他都叫不出名字，平日里应该皆是门外弟子，入不得山门。

吕素冠抓紧腰间佩剑，先一步离开房间，然后回头看向蒙楚："师兄，你还要走吗？"

蒙楚放下包袱，拿起佩剑迅速跑了出去。吕素冠和蒋辩对视一眼，跟在他身后追了出去。

天边暗云滚滚，雷电之光涌动。

净云宗十几个弟子手持利剑站在山门前，严阵以待。蒙楚站在最前方，抬头望向天际。

一股强大的灵力威压降下，击穿了山门广场。

烟尘散去，龙渊带领一众弟子现身："将那李青月交出来，可饶你们不死！"

林桃背着一个小包裹鬼鬼祟祟地从窗口爬进来。他轻声唤道："白叔。"

正在打坐的白九思瞬间睁开了眼睛，朝林桃看去。

林桃打开包裹，里面是几个桃子。他拿起一个递给白九思，然后又拿起一个吃了起来："我家的桃树又结果了，我拿过来给你尝尝。"

白九思顿时想起了时画的话，说道："这几日城里不安稳，你不要再往我这里跑了。"

林桃却说道："白叔，你可是神仙，你这里才是最安全的！"

白九思攥着桃子沉默不语。

林桃一脸讨好地凑过来："白叔，你可不能生我娘的气。你也知道，自小都是她一个人带我，我没有爹爹，也让她吃了很多苦。"

白九思目光一闪，看着林桃真诚的小脸，心中说不清是喜是悲，只是咬了口桃子。

林桃吃完一个桃子，打了个饱嗝，然后托腮认真地看着白九思："白叔，我有时候真觉得你要是我爹爹就好了。"

白九思看着林桃，心中五味杂陈，攥着桃子的手越收越紧。

烛火摇曳，李青月正在拿着针线做虎皮帽子。

敲门声响起，白九思的声音传来："阿月，你睡了吗？"

李青月应道："进来。"

白九思走进来，看向李青月："在做什么？"

李青月说道："小桃儿长大了，往年做的帽子都小了，今日正巧得了空闲，我再给他做顶新的。"

白九思看着李青月手里的虎皮帽子，眼底有暗光一闪而过："线条明快，针脚细密,你的手艺倒是好,也是在人间的十年里学的?"

李青月闻言,手上一顿,随即若无其事地继续缝下去:"你来找我有什么事?"

白九思说道:"我想和你谈谈。"

李青月问道:"谈什么?"

白九思说道:"谈一谈我在人间六年的感悟。"

李青月抬眸看向白九思。

白九思说道:"百年前,你曾对我说过,人与花鸟鱼虫是不一样的,他们是最接近神的种族。确实,当年女娲大神造人之时便是以神的模样来造的,甚至这些年来人族中也有人通过自己的努力得到飞升。在这一点上,你是对的。可是,阿月,万事万物皆有其序列。我们得鸿蒙神主精气所化,生来便超脱俗世、不老不朽。我们活了数万载的岁月,见到了王朝倾覆、山河倒转,人间沧海桑田,变化万千。"

白九思的声音低沉而缓慢,仿佛在诉说一段古老的传说。他看向李青月,眼神中带着一丝复杂的情绪:"神总说天道无情,可神真的是无情的吗?或许你未曾想过,这不过是我们神族一种自保的手段罢了。人的寿命不过弹指之间,若是真的与之共情,怕是最后伤的只有自己。"

李青月的目光微微闪烁,她轻声问道:"譬如你对林凡?"

白九思微微一叹,语气中带着一丝无奈:"是啊。还有你与孟家祖孙三代的情谊。离别之际,伤的只是你自己。这道理太深了,我不愿多讲。我们都有自己的道,无法说服对方。旁人的道理我不爱听,我只知道自己一直在遵循自己认为的道,那就是护你平安、让你欢喜。"

李青月的眸中闪过一丝动容,她低下头,继续手中的针线活儿,轻声说道:"或许你说得对,但有些事情,一旦经历了,就很难忘却。"

白九思沉默片刻,轻轻叹了口气,拿起桌上筐子里的针线放在手中摩挲:"如今的你,会洗衣叠被,会女红、厨艺。可是,阿月,当初在我身边的你,是什么都不会的。被我封印法力的十年里,你究竟经历了什么?"

李青月的手微微一顿,针扎破了指尖,留下一点儿红。她用指尖擦掉血丝,抬起头来,静静地看着白九思:"被你抛弃在人间的那十年里,我受过苦——很多的苦。"

白九思的眼眶蓦然泛红，他轻声说道："我知道，是我对不起你。可是，阿月，如今我们还有机会弥补，等解决了城里的邪祟，你就把曾经十年里你经历过的桩桩件件都告诉我，可好？"

李青月微微一笑，笑容中带着一丝苦涩："好，我等你。"

白九思点了点头，缓缓起身，走出门外。

房门关上，李青月的笑容淡去，她握紧了手里的银针，鲜血顺着指尖蜿蜒而出，染红了虎皮小帽。

离陌走进藏雷殿，苍涂立刻迎了上来："玄尊如何？"

"元神重伤，普元、永寿正在为师尊护法疗伤，我过两日还要回去。"

"我见龙渊敲响了门口的迎战鼓，是要去做什么？"

闻言，离陌回头冷冷地看苍涂一眼："此事，你不要管。"

"果然！果然！"苍涂心中了然，急匆匆地要向天门而去，却被离陌一把拉住。

"你要去哪儿？"

李青月和玄尊一道消失，以龙渊激进的性子，定会一心要找净云宗报仇。苍涂甩开离陌："玄尊虽然与四灵仙尊之间有仇怨，但仙尊也是他心中最重要的人，若是我们伤了净云宗，那他们两人便再无和好的可能了。"

"她要杀师尊，这样的人，你也要为她考虑？"离陌盯着苍涂，语气不善。

"你不明白！"苍涂急了。

下一刻，两人动起手来。交手不过几招，苍涂便落败，离陌以捆仙索绑了苍涂，却听苍涂大喊："亏你跟在玄尊身边多年！你连你师尊的半分心思都看不破！"

离陌脚步一顿。

"以玄尊的法力，杀一个李青月根本不在话下，你说他为何不杀？还有净云宗那些人，难道玄尊自己不能杀？"

离陌回头看向苍涂："你什么意思？"

"这些都是玄尊至死都不愿做的事！你和龙渊凭什么能定夺？"

离陌怔住，猛地醒悟过来，飞身赶去天门。

"你去做什么？"苍涂一把年纪，被捆了个结实，只能蹦跳着跟在离陌身后，看起来十分着急。

"让龙渊退兵！一切等师尊回来再做定夺。"

下一刻，苍涂身上的捆仙索松开了，离陌已不见人影。

第十九章
黄粱梦

夜色深沉，松鹤县内一片寂静。

老黄狗猛地站起，冲着大门狂吠不止，打破了宁静。

李青月和白九思闻声打开房门，只见逍遥子带着一众百姓站在门外。

逍遥子手中的长剑指向白九思，嘴里厉声道："他就是邪祟！"

百姓顿时一片哗然，惊恐地看着白九思。

李青月冷冷地看着逍遥子，反驳道："胡说八道！我们来松鹤县的时间比你早得多！倒是你一来，邪祟也跟着来了。"

"我与邪祟交手时，曾伤了那邪祟的脖颈，白先生是与不是，一查便知。"

百姓们开始躁动不安。

有人提议："白先生若真的不是邪祟，那就让我们看看！"

"正是，大师也是讲证据的，不是邪祟就别怕看啊。"

李青月眼见群情激愤，只得无奈地侧身让开路，让众人进门查看。

然而，就在众人踏入院子的瞬间，一个金色的法阵亮起，将他们困住了。李青月立刻拉着白九思向外跑去，老黄狗也急忙跟上。

鸿蒙神庙中，李青月简单地收拾出一块干净地方，让白九思暂且在此避一避。

白九思环顾四周，神情有些愣怔。

李青月则自顾自地说道："那个逍遥子只是个凡人，看来是背后的邪祟知晓你的能耐，便准备借凡人之手将这件事往你身上引。"

白九思沉默片刻，突然开口："这里是我们第一次拜天地的地方。"

李青月微微一颤，垂眸一笑："现在你还有心思缅怀过去？"

白九思则反问:"我也想知道,我们之间,更忘不掉过去的究竟是谁?"

鸿蒙神庙中陷入一片寂静。

落樱林前,樊凌儿看着空荡荡的林子,咬牙走了进去。她刚踏入林中,一个法阵便启动,将她困住。

樊交交从暗处走出,脸上带着一丝笑意:"我就知道你心里肯定还是有我这个父亲的。"

樊凌儿震惊地看着樊交交,难以置信地问道:"你骗我?"

"凌儿,我这是在保护你。龙渊已带兵去了净云宗,我怕他伤到你啊。"

樊凌儿嗤笑一声:"这种鬼话你自己可信?"

樊交交还想解释,就见永寿气势汹汹地带着一队仙兵赶来:"既然人已经抓到,那我就带走了。"

樊交交有些讨好地问道:"那我的禁令……"

"仙君既然大义灭亲,自然不必再囚禁,日后可来去自由。"

樊凌儿一副"果然如此"的表情,再不肯看自己的父亲一眼。

藏雷殿众仙人与净云宗众弟子持剑对峙。

蒙楚上前一步,抱拳行礼:"我家师长有事外出,皆不在门中,诸位若是要切磋,还请改日再来。"

下一刻,一道掌风飞来,击中蒙楚,将他掀飞在地。

"师兄!"吕素冠扑上前去,扶起蒙楚。

蒙楚捂着手臂抬起头来,怒视前方:"藏雷殿也算是仙家门户,竟这般不懂规矩!"

龙渊大步上前,俯视蒙楚:"没时间与你废话。李青月在哪儿?玄尊又在哪儿?"

"不知道。"蒙楚咬牙。

"不知道还是不肯说?"龙渊上前一步,见蒙楚和净云宗其他弟子依旧不发一言,挥手道,"那便踏平山门,一寸一寸地搜!"

藏雷殿众仙人逐渐逼近,龙渊也大步向前跨去,净云宗众位弟子惊慌地举着剑。蒋辩呆呆看着一切，正要拿着剑冲上去，却被蒙楚拦下。

蒙楚挣扎着站起身来，持剑挡在龙渊身前："我净云宗立业百年，传道弟子无数，乃名满天下的仙门，岂是你可随意进出之地？！"

"名满天下？也就一个玄微能入本座的眼。你算是什么东西，也配与本座说话？"龙渊满是讥讽意味，想要一剑结果了蒙楚。

这时，天边一道白光闪过，正是离陌。

"师兄不可！"离陌大声劝阻。

龙渊则是一脸不耐烦地看过来。

"师尊失踪尚有疑点，翻天印击碎虚空，四灵仙尊此时想必也下落不明，我们贸然出兵，恐怕不妥啊。"

烛火幽暗，李青月坐在镜前，正在擦拭逐日剑。剑身反照出她凌厉的眉眼。李青月下定决心，吹灭烛火，向门外走去。

路过白九思的房间时，李青月停顿了一瞬。她抬头望过去，只见屋内灯火明亮，窗上倒映出白九思的剪影。

隔着门窗，白九思似有所觉地向李青月望来。

老黄狗趴在大门前休息。见李青月走来，它起身望向她。一人一狗对视一眼，李青月推门而出，再无半分留恋。

夜色深沉，冷风习习。

李青月走在巷子中，裙摆随风飘扬。

月光惨淡，透过破败的窗户射进义庄的大堂，供桌正中央摆着一根白色香烛。

一阵风吹来，香烛骤然燃烧起来，发出幽绿的光芒。

李青月跨过门槛，走进大堂，看向烛火的目光冷冽："出来吧。"

霎时间，阴风四起，丝丝缕缕的黑气从棺材里钻出，在李青月面前渐渐凝聚成一个黑色人形。

这黑色人形在李青月面前站定，悠悠地开口："你可算来了。"

李青月抬眸，目光锋利如刀，淡淡道："开始吧。"

"不用再等等？"邪祟看着门外，笑道，"我见他还在悲伤于往事，没反应过来啊，现在做戏给谁看呢？"

李青月眸色深沉，摇了摇头。

"好吧。"邪祟化作一柄利器，刺向李青月。

李青月快速进入状态，和邪祟缠斗在一起。

不一会儿，黑气渐渐消散，李青月越发虚弱，身上逐渐有血迹渗出。突然，邪祟近身，贴在她耳边道："来了！"

李青月怒喝一声，抬手扔起一沓符纸。下一刻，符纸四散，纷纷扬扬地向着邪祟飘去。李青月提起逐日剑，隔着飞舞的符纸向着邪祟刺去。片刻间，许多符纸贴在邪祟身上，发出血红光芒，一道道光相交，连成丝线，将邪祟缚住。李青月双手握剑刺入邪祟体内，邪祟发出一声痛呼，黑气如棉絮一般撕扯着，想要挣脱。

"两伤之术！你不想活了，竟要与我同归于尽！"邪祟惊恐地喊道。

李青月不语，眸光越发锐利。

"阿月！"白九思突然化作虚影，瞬移到李青月面前，一把握住她的双手，焦急地说道，"放手！"

李青月却倔强地回应："你不是也想杀了他吗？这是最好的机会。"

白九思怒道："他死，不能用你的命抵！"他挥袖发出灵光，阻止李青月施法。

李青月吐出一口鲜血，向后倒去。

鸿蒙神庙内，烛火幽暗。白九思坐在李青月身后，将自己仅剩的灵力源源不断地传入李青月体内。

直至天色渐亮，李青月才再次睁开眼睛。

李青月不知该是何种心情。良久，她才开口："不要再白费功夫了，我这具身体已经撑不住了。法术封印的反噬之力已经令我气海溃散、经脉阻断，你注入再多的法力也是毫无用处。"

白九思轻声唤道："阿月……"

李青月继续说道:"我知道你有许多不解。三百年前,我肉身被毁,元神在世间游荡许久,后来将大水之中死去的李青月作为宿主寄存元神。本在元神游荡之时,我的灵力便已虚耗殆尽。如今加上被法术反噬,我这具身体又是肉体凡胎,已然是油尽灯枯。"

　　白九思双目欲裂:"你是为了替这里的人除掉邪祟,不惜赔上自己吗?"

　　李青月缓缓摇头,轻声说道:"你还是不懂。我不是为了他们,而是为了你。本想着在油尽灯枯前杀了邪祟,破开结界送你离开,现在看来做不到了。"

　　她伸出手,仿佛想要抚摸白九思的脸颊,但又犹豫着放了下去。

　　"当年我们一同来人间度劫,你也曾许诺过执手白头、永不相负。可最后,你背弃了誓言,封我法术,将我遗弃在人间。"

　　李青月咳了两声,嘴角沁出鲜血,继续说道:"你是知道我性子的。我一向最恨不守承诺的人。你我纠缠了几百年,你伤过我,我也杀过你,是是非非谁也说不清。是我执念太深,放不下这份恨。其实我若能早些想明白,与你彻底断了干系,也不会生出这么多事端。"

　　白九思一把将李青月抱进怀中,坚定地说道:"阿月,你听着,我不管过去发生过什么事情,你永远也别想同我断了干系!"

　　他抬指轻触李青月的额头,自己眉间灵光闪过,一颗白色灵珠现于指尖。

　　李青月惊恐地看着他:"你要做什么?"

　　白九思继续施法,那白色灵珠一点儿一点儿地向着李青月额间飞去。

　　李青月惊呼道:"你疯了!这是维系你元神的命珠,命珠在,你的元神便永不溃散,命珠若无,你的元神便与常人无异。你真的不怕死吗?"

　　白九思深情地看着她:"你若是死了,独留我一人有什么意思?"

　　那白色灵珠没入李青月眉间,她沉沉地睡去。

　　被白九思一路逼着逃窜至松鹤县界碑处的邪祟化为一团黑气,想要穿透结界离去。

　　不料,地上忽然出现六芒星法阵,将其围困其中。法阵中金光流转,似有万钧雷霆。

　　"这是本座心头血所设的法阵,便是你有通天之能,也逃不出去。"

白九思忍着法术反噬，一抬手，一道凌厉光波穿透邪祟的身体，邪祟发出凄厉的惨叫，周身黑气如火烧般渐渐散去。邪祟的惨叫声越来越小，最终消失。白九思捂住胸口半跪在地上，喷出一口血来。他眉心处金色印记又一次闪现，周身的冰霜凝结。白九思强撑住身体从地上爬了起来，拾起一片落叶，抬手射向天际，却发现落叶竟然被结界化作飞灰。

白九思诧异万分：邪祟既去，为何结界仍在？

还没等他想清楚，数道剑气突然从白九思身侧袭来，那剑气交织如网，将白九思困在其中。

逍遥子手持长剑，目光阴鸷："白先生，又见面了。"

藏雷殿的地牢。

日光透过一扇小窗照射进来，樊凌儿身戴枷锁，坐在仅有的阳光下打坐。一大一小两个身影鬼鬼祟祟地溜了进来。

凝烟悄悄靠近她，急切地问道："你真的是我们家夫人的人吗？夫人真的就是四灵仙尊吗？到底发生了什么？"

隐童子则问道："李青月什么时候回来做饭？"

樊凌儿的目光在他们之间打转，最终落在凝烟身上："发生了什么，你们还不知道？"

"这几天藏雷殿热闹得要命，没人顾得上我们，要不然我们也没法溜进来。"凝烟回答问题向来实诚，"玄尊还昏迷着，据说是元神离体了。"

樊凌儿当下一愣。她想起张酸关于大荒碑的说法。她看看眼前两个正一脸期待的傻憨憨，忽而一笑："若是在仙尊和白九思之间要你们做选择，你们会选谁？"

凝烟愣住，隐童子毫不犹豫地说道："我选李青月！她会做饭。"

凝烟面露纠结："夫人离开了六日，我觉得像过了六年一样，我很喜欢我们家夫人，可是玄尊人也很好啊，为什么他们不能好好在一起呢？"

樊凌儿仰头望向窗外的日光，轻声说道："破镜难圆，覆水难收，很多事都是如此。"

松鹤县郊外，张酸皱着眉一寸一寸地摸索。

消失几日的猴精再度出现，探头探脑地问道："那个恶婆娘呢？"

张酸回答道："她走了。"

猴精松了口气，立刻换了一副得意面孔："我找到了桃花源！"

张酸好奇地问："在哪儿？"

猴精抬手一指，张酸顺着他的手望去，松鹤县的界碑渗出一片诡异的黑气。

松鹤县广场上，百姓齐聚，围在刑台周围。

白九思被绳索绑缚在刑台之上。这位数万年为神的大成玄尊，此时一身白衣早已狼狈不堪，满是尘土和血迹。他面色惨白，嘴角边还残留着血迹。

白九思环顾台下。郭老板、王婶子、刘姑娘、时画……这些往日总是对他热络带笑的面孔，此时眼神中只有猜忌、怀疑、恐惧和厌恶。

逍遥子手持长剑高声说道："邪祟现世，屠戮苍生！今日，我捉此邪祟，欲为松鹤县除去灾祸。上天有灵，还望引得天雷降世,使那邪祟被业火焚身！"

天空乌云聚拢，天雷阵阵，电光闪现。一道天雷降下，劈在白九思后背之上，泛着带有雷电的紫光。

"想不到白先生真的是邪祟！"

"恳请逍遥子大师为我们诛杀邪祟！"

天雷劈下，人群顿时沸腾起来，从最开始的窃窃私语变成了振臂高呼。

"诛杀邪祟！诛杀邪祟！"

站在前排的林桃忽然挣脱时画的怀抱，奔向台上的白九思，大声喊道："你们弄错了！白叔才不是邪祟！"

白九思焦急地喊道："别过来！"

然而林桃不管不顾，伸手去拉白九思的手。

白九思运气欲阻止，然而因伤势过重，无法冲破禁制。又一道天雷降下，劈在白九思身上，拉着他的林桃也被波及。林桃小小的身子从台上飞了出去。时画连滚带爬地跑到林桃身边，抱起了他，撕心裂肺地号啕大哭。

顿时，喧哗声、哭喊声、雷声冲击着白九思的耳膜，他一瞬间仿佛什么都听不到,眼前众人各异的面容如同一幅幅无声的画面,在他眼中掠过。

白九思蓦然呕出一大口血。他头颅低垂,发丝凌乱,嘴角沁血,却忽然笑出了声。白九思缓缓仰起头,根本不看逍遥子一眼,而是目光冷冽地看向虚空,冷冷地说道:"躲在背后那么久,该出来了吧?"

藏雷殿。

临渊阁卧房内,白九思躺在床榻之上,苍涂等弟子镇守一旁。

突然,门被推开,离陌焦急地跑了进来,高声说道:"出事了!"

苍涂神色一惊,问道:"怎么了?"

离陌急切地说道:"我刚到净云宗时,玄微等人已经回来了。他们祭出了护山法阵,将龙渊师兄和一众仙甲军困在其中。那法阵似乎是四灵仙尊所创,威能无比,连龙渊都无法破除。除此之外,那法阵还有削弱法力之能,若是再被困上一时半刻,龙渊的功力怕是就要消散殆尽了。"

苍涂震惊地问道:"怎会如此?"

普元和永寿面色凝重,越发焦急。

"师尊如今昏迷未醒,龙渊师兄不能再出事了!"

"我等愿随苍涂仙君前往!"

苍涂看了离陌一眼,最终还是转身,带着众人浩浩荡荡地走出门去。离陌看向众人的背影,嘴角勾起一丝诡异的笑容。

门被关上,离陌摇身一变,化作樊凌儿的模样。

"阿月……"白九思声音颤抖,"出来见我,好吗……"

松鹤县的广场上,原本混乱的人群忽然诡异地静止了,仿佛连风声都凝固了。

李青月缓缓走到白九思面前,轻声说道:"真聪明啊,被你猜到了。"

"这世上,哪有什么邪祟敢杀大成玄尊?要知道,在这九天十地、三界六道,敢杀我的、想杀我的、能杀我的,只有你。"白九思仰起头来,看向李青月,语气悲凉,"这六年里,对我施以善意的人尽数死于非命,阿月,这就是你说的要我领悟人间疾苦吗?"

李青月冷冷地说道："大成玄尊未免太脆弱了，这不过是人间常态，还算不上疾苦。"

白九思眼中冒出怒火，他质问道："阿月，你恨我，为何不直接杀了我，而要纡尊降贵地与我逢场作戏六年？"

李青月抬手，掌心灵力汇聚，现出白九思的命珠，在指尖把玩。她轻声说道："我试过直接杀你，可是大成玄尊法力无边，杀不掉啊。所以，我只能将你的元神困于此处，骗出你的护体命珠，然后才能对你下手。"她掌心用力，那灵珠破碎。白九思痛哼出声，面色越发苍白。

李青月继续说道："哪里有六年？不过是六天罢了，忍着恶心与你共度六天，着实有些不易。"

白九思震惊地看着她，问道："六天？"他看看台下的百姓，心神一震，说道，"你是说，这里是幻境？"

李青月轻笑一声，说道："对啊，就是一个幻境——一个我为你编织的幻境。怎么？你不会动了真心吧？"她讥讽地一笑，偏头看向松鹤县的百姓们。

李青月素手一挥，百姓们全都面无表情地走动起来，默默地聚在一处，仿若没有灵魂的死人。她轻声说道："那你该多难过啊！这里的一切都是假的，日月星辰是假的。"

她抬头望天，天上的乌云和太阳逐渐消散，一切化作虚无。

"亭台楼阁是假的。"

松鹤县的房屋一点儿一点儿消失，只剩下白九思所在的广场。

"就连这芸芸众生也是假的。"

李青月一挥手，一道灵力扫过，围观的百姓们一点点消失。时画抱着昏迷的林桃，双目无神；老黄狗蹲坐在一旁，动也不动，最终也化作虚无。

白九思双目通红，仿佛下一秒就会落下血泪。

李青月弯腰看向白九思，嘴角带笑："在这个地方，只有我想杀你的心是真的。"

白九思如遭雷击，脑中闪过一道灵光，过去的画面一一在他眼前闪过：时画将手里的食盒递给他，远处路过的街坊大娘指指点点；时画手里拿着针线做虎皮帽子，时不时目光慈爱地看着林桃……

白九思死死地盯着李青月，声音颤抖："时画是你。"

李青月冷冷一笑："你终于想明白了。"

白九思面色苍白，嘴唇颤抖不已："这里的每个人都是你对我设的局，那……林桃呢？……他呢？"

李青月眼中闪过一丝不忍，但很快被残忍的暗芒掩盖："你不是一直问我被封法力的十年里发生了什么吗？其实我一直都在对你说，只是你不懂而已。"

白九思心神俱裂，不敢相信地看着李青月，试图从她脸上找到否定的答案。

"我和你，曾经有过一个孩子。"

一道身影忽然闪进临渊阁的卧房。

樊凌儿手持寒麟匕首，向白九思刺来。

铛的一声，寒麟匕首被一枚白骨钉挡住了。

龙渊和离陌去了净云宗，苍涂和一众弟子被自己调走，樊凌儿没想到竟还有人为白九思护法。她握紧匕首，冷声道："我要杀他。"

樊交交扛着自己的大锤挡在白九思身前："你被四灵那个女人祸害得不浅啊。玄尊是我师尊，你是我女儿，你别叫爹为难啊。"

樊凌儿神色决绝："有什么好为难的，你从来不会选我！"

樊交交还想再说，樊凌儿却没给他机会。

"少废话！"樊凌儿手中寒光一闪，又奔着白九思而去。

这一刺力道太大，樊交交没有反应过来，险些让樊凌儿得手。

两人僵持时，屋外传来响动，似乎有人过来了。

白九思的胸口突然渗出大片血迹。樊凌儿皱眉看向白九思的身体，眸中似有不甘。

樊交交急了："走啊！"

樊凌儿一咬牙，随后化作流光，消失在原地。

白九思如坠冰窟，周身绳索猛地被震开，他无力地跪倒在地。

"曾经……有过……"

李青月冷漠地垂眸看着白九思:"你应该感谢我的,你本没有资格见十安,更没有资格听他唤你一声'爹爹',是我心软,想让幻境里的他如愿罢了。"

白九思想要站起来,但实在没有力气。他拽住李青月的裙摆,声音嘶哑:"十安?你在骗我!你肯定在骗我!你只是想让我痛!想让我死而已!"

李青月后退一步,将裙摆从白九思手中扯出来,冷冷地看着他:"白九思,心硬如你,也会痛吗?"

白九思勉强站起,整个人狼狈不堪,一步步走向李青月。李青月掌中灵光一闪,逐日剑出现在手中。白九思靠近的一瞬间,李青月手中的逐日剑猛然刺入他的胸口。

"时辰到了,白九思,你该死了。"李青月的声音冷酷无情。

白九思闷哼一声,吐出一口血。他反手握住李青月的手,声音中带着一丝绝望:"告诉我,你说的孩子究竟是怎么一回事?"

李青月看到白九思眼中落下血泪,一瞬间仿佛看到了曾经的自己,心中不禁剧痛不已,双目恨意滔天,眼泪抑制不住地落下:"是你杀了他。"

白九思心神大乱,体内灵力失控,周身燃起金色光芒,猛地将李青月弹飞。李青月从地上爬起,恨恨地看着神志不清的白九思,再次持剑上前。白九思周身的金色光芒如同一层护盾,使得李青月手中逐日剑无法刺穿。

李青月别无他法,收了逐日剑,调动全身灵力,抱住了白九思:"白九思,同归于尽吧。"

离火自李青月身上燃烧起来,包围二人的光芒越烧越盛,逐渐转为赤红。突然间,地动山摇,两人周身的世界开始晃动不止。李青月惊讶地望向四周,天地动荡,世界破碎,化为一片虚无。

松鹤县的废墟中,张酸和猴精正在拼接一块碎裂的碑文。

猴精不满地看着张酸:"我只是说曾看到这块石碑闪着暗光,才让你也来看看,你怎么一伸手就给打碎了?"

张酸郁闷地说道:"我只是把它拔了出来而已,也不知道它是为何而碎。"

"胡说八道,我之前捶都捶不碎,肯定是你用了灵力!"

张酸困惑地拿起一块碎片放在眼前观看："我真的什么也没做。"

突然，嗖的一声，一缕红烟蹿上天际，缓缓散开。

张酸起身，望向天际，眉头紧锁。

那是……净云宗的方向。

净云宗山门外，龙渊一剑挑飞了上官日月，蒙楚满身伤痕，匍匐在地。离陌还想再劝，却被龙渊的亲兵锁住了手脚。

"四灵那个女人最是阴险狡诈，今日净云宗若是还想阻拦，我就推平你们。"

蒋辩躲在一旁，偷偷掐诀念咒，一道红烟蹿向天际。这是净云宗报险的信号。

龙渊立时望向蒋辩，一道雷电直冲蒋辩击去。蒋辩一时间不知如何应对，竟然闭上眼睛哇哇乱叫。

嗡的一声，蒋辩立时睁开眼睛，低头看向自己，两手胡乱摸索，心想："我别是已经被劈成渣了，只是怎么不痛啊。"

"师兄！"忙乱完，蒋辩发现了挡在自己身前的蒙楚。

蒙楚手中的长剑已断，身上衣衫破碎，身上还有一道雷电劈开的焦黑伤口。他抬手擦去嘴边的血迹："我是净云宗首座弟子，五岁父母双亡，拜入掌门座下。我是你们的师兄，平日受的恩惠更多，便是死也得死在你们前面。"

蒙楚抬起头望向龙渊，目光中尽是不屑："凡人如何？神又如何？犯我宗门者，神亦可杀！"

小秋山山谷云雾缭绕，好似仙境。山上树木苍翠，地上芳草萋萋，水潭里弥漫着寒气。

一道灵光落在水潭中的巨石之上，李青月缓缓睁开眼睛，坐起身来。

潭中白蛇隐隐地探头，似在欢迎主人回归。

巨大的雷电劈下，净云宗山门外多了一片焦土。

龙渊迈步欲行，却发现自己的衣角被人拽住了。于是他想也没想，直接挥袖将那人击飞。

蒙楚再度挣扎着起身，飞扑过去，一把抱住龙渊的大腿，声音中带着一丝决绝："我说了，不准过去！"

龙渊怒道："你们这些小辈，法术不怎么样，让人生气的本事倒是一流。"他提起蒙楚的衣领狠狠地砸在地上，挥刀欲砍向蒙楚。

蒙楚仰面躺着，望向天际，嘴角带着如释重负的笑意。

突然间，金光大盛，上空降下无尽威压。

众人皆向上望去，只见李青月在金光之中现身。

蒋辩抬头望去，惊喜道："青月！不，师……师祖回来了！"

净云宗弟子、藏雷殿仙人闻言皆抬头望去，神色各异。

见李青月平安归来，想到白九思元神应当已经回归，龙渊便分了神，吃了李青月一掌，退后几步才勉强稳住身形。

"来我净云宗寻死？！"看到被伤的弟子，李青月面色不悦，上前几步直面龙渊，威压强大。

胜负已成定局。龙渊依旧拔剑欲继续迎战，却被离陌拦住。

"失礼了，仙尊。"离陌上前一步，冲李青月拱手，"龙渊来此并非玄尊之意，我们是来带他回去的。"

李青月不语，目光在几人之间扫了一个来回。

"带受伤的弟子回去。"李青月轻声吩咐。

"龙渊仙君，"李青月的声调高了几分，"多行不义必自毙，你要杀我前，最好清楚是因为什么。"

离陌搀扶着龙渊，默不作声。

李青月看了几人一眼才道："再有下一次，我不会放你离开。还不快滚？！"

第二十章 疑窦生

山门广场前一片狼藉,满是打斗过的痕迹。突然,一道灵光飞来,落地化为张酸。

守山弟子看到张酸,立刻抱拳行礼:"张师兄。"

张酸点头:"宗门出了什么事?"

"是藏雷殿的那个龙渊。"一名守山弟子面色畅快,"好在师祖赶了回来,已经将他们赶走了。"

"谁能想到青月原来是我净云宗师祖。"另一个守山弟子笑眯眯地看着张酸,"张师兄和她关系最好,往后也要多多提携我等。"

张酸面色有些不自然:"青月在哪儿?"

那名守山弟子立刻说道:"师兄慎言,不可直呼师祖名讳。蒙楚师兄受了重伤,师祖去给他疗伤了——"

话音未落,张酸便急奔弟子房而去。

"恭迎师祖归宗!"

殿门大敞。红烟一现,净云宗门人尽数归山。

殿内,以玄微为首,净云宗众位弟子依次整齐站立,直到门口。张酸来得迟了,只寻一处角落静静伫立。

打开的殿门正好可以遮住他,在这个位置,他能透过门缝看到李青月,而李青月若想看到他,就需要费些力气。

"此次师祖能平安归来,实乃我净云宗的福分。"紫阳率先开口。

其他弟子纷纷应和。

张酸循声看去,扫过几张熟悉的面孔,心中这才清楚,他们也早就知晓李青月的身份。

丹阳可惜道:"没能趁此良机杀了大成玄尊,是我等计划不周。"

"此次不成还有下次,几番交手下来,藏雷殿也不过如此,况且有师祖坐镇,相信不日便能成就大事。"

李青月的目光扫来,张酸有些想逃。可仓皇间,他又突然意识到,李青月早已今非昔比,她的目光不会无端落在自己身上。

果然,李青月扫视一周,淡然开口:"这些年来,辛苦诸位了,我此次能安然回来,诸位功不可没。经此一战,白九思灵体受损,功法大减,但藏雷殿必定会严阵以待,我们须守好山门,不可懈怠。"

满腔真心变作了"功不可没"。

张酸默默往后退了两步,突然觉得自己还留在这里实在可笑,便转身准备去慰问一下受伤的蒋辩。

大殿内正群情激昂,自然无人注意到他的离开,众人的视线皆落在李青月身上,一声声"师祖"催得张酸加快步伐逃也似的走了。

远离正殿,张酸突然漫无目的地走起来。他其实不想去看蒋辩,就这样走着,到了小秋山后山。一只手拍在他的肩膀上。

"张酸?"樊凌儿见他这副模样,不由得笑了,"怎么我每次见你,你不是狼狈万状就是哭丧着脸?"

潭水映出自己的面容,神情确实算不上高兴。

"仙尊在正殿呢,你见到她了吗?"樊凌儿还如上次一样,坐在亭子里,悠悠荡着腿。

张酸点头,又摇头,解释道:"我跟她没什么……"想了想,补充道,"只是我一厢情愿。"

"哦。"樊凌儿点头,没什么特别的反应,像随口寻了个话题,问道,"我很好奇,你当时怎么注意到仙尊的呢?"

这个问题对现在的张酸而言,太过具体。他想了很久,心中虽有了答案,却没有回答,只是道:"都过去了。"

现在李青月是净云宗师祖,跟他张酸再无瓜葛,就算下发任务,也要通过紫阳师尊。

张酸有意回避，却不料回头就见到了李青月。

樊凌儿狡黠地一笑，看着张酸呆若木鸡的样子，便迅速退到李青月身后，脆生生道："仙尊。"

"我曾嘱咐你留在净云宗，不可擅动，你为何不听？"李青月望向樊凌儿。

樊凌儿立刻惭愧地跪下："我本是跟着张酸去松鹤县寻您的，中途被樊交交设计，才回了藏雷殿。听闻他们找到了白九思，便想趁机帮仙尊除去这个心腹大患。"

李青月将樊凌儿搀了起来："我并非怪你，白九思身边都不是等闲之辈，你不该以身犯险。"

"你去替我看看蒙楚。"担心张酸尴尬，李青月有意支开樊凌儿。

可樊凌儿走了，张酸更无措了。

"我……"他说不出话，手指紧张地蜷曲着，还有些颤抖，他正准备就这样失力地落荒而逃时，被李青月叫住了。

"张师兄。"

张酸眼眶猛然红了，他垂头，不让李青月看见。

"别这样叫我。"他生硬地回应道。

李青月想了想，坐在石头上："按理是该叫你名字的，只是自我认识你时，你便是我师兄，我想着，往后突然叫你名字了，你会不会觉得生分。"

不知如何回答这个问题，张酸索性沉默。良久，他挥去脑子中不该有的杂念，慢慢行了一个标准的弟子礼，回道："弟子不敢。"

李青月哑然。与白九思纠缠数万年，她从未考虑过，自己这般年纪还会被一个初入门的弟子喜欢。因此一时间李青月也是不知所措的。她支开樊凌儿，想同张酸说开此事，却突然发觉，在这种事情上，她根本是白纸一张。

"重回九重天前，我都不知你的心思。"李青月努力解释道，"不过如今好了，你已知晓我是净云宗师祖，你若愿意，也可跟着其他人唤我一声'师祖'，我对你也会多照顾些——"

气氛越发诡异，张酸的脸色也越发难看，忍不住开口道："你想要补偿我？"

明显有这个意思还不自知的李青月思索片刻，坦诚道："你对我一片真心,我对你却有许多隐瞒,即便我是净云宗师祖,也不该如此作为。"她仰头,看着张酸,"我只是在表达自己的歉意。"

"过去是我甘心情愿的。"张酸垂眸,不习惯那高高在上的师祖仰视他,于是蹲下来平视李青月,"至于现在……我也自知配不上你,你不必为此感到抱歉。"

李青月点头。

净云宗太多优秀的弟子,有的自小立志成为修仙者,斩妖除邪,有的则天生阴阳眼,对于邪祟自来就比他人敏感,有的制香天赋斐然,像吕素冠、蒋辫,被散香选中……张酸这般只凭借自己努力的人,在这些人中,似乎无论怎样,都注定看起来庸碌、普通。

正因如此,张酸当年才能注意到同样庸碌的李青月。

但也正因如此,比起其他知晓她身份的弟子,李青月更愿意跟着张酸。

思及此,李青月取出云阿剑,递给张酸:"这剑名云阿,是威仪之剑,更是本心之剑,唯至纯烈之人持剑,它方能大放异彩。"

无法一直让李青月举着剑,张酸只好接过。

李青月继续道:"这些年来,我有意打磨它,却不知为何,一直用不顺手,今日就送给你了。"

"弟子不敢。"

李青月皱眉,语气也冷了几分:"你再用这四个字敷衍我,我身为师祖也是可以罚你的,到时丢脸的可是你。"

张酸一顿,再无推托的理由,躬身正色,看着李青月,一字一顿道:"张酸定不负期望。"

没有人不喜欢被重视,何况是被喜欢的人重视。心中将熄的火苗再次燃烧起来,张酸持剑定定地看向李青月,虽一言不发,却胜似万语千言。

"对了,"李青月突然想到了什么,"你前往藏雷殿救我时,我观你法术进步得很快,竟可以在白九思手下走过两招,可是有过什么机缘?"

"我在九重天遇到了一个人。"张酸皱眉,回忆起来,"那人被困在山峰之巅,说自己练了绝世功夫,有些疯癫,名叫……萧靖山。"

在脑海中认真想了一遍,李青月点头:"我听说过,他曾试图摧毁无量碑而被白九思抓住，后来被玄天使者囚禁。他的内力你不可乱用，等回头我让人查探一下他的底细再说。"

张酸颔首："是。"

"凌儿说你们曾去松鹤县寻我。"李青月想起结界碎裂前的场景，"我在松鹤县设的幻境可是你所破？"

"嗯……"张酸微顿，"你说的是这个大荒碑吗？"张酸抬手施法，手中多了一堆碎块。

李青月挑眉，疑惑道："你怎知大荒碑？"

"净云宗的藏书阁里看来的。"

李青月捏起碎块仔细观察："那可能是我随手丢进去的书，不过书中应该并未记载如何破阵，你这是怎么做到的？"

张酸摇摇头："我真的不知道，我就是轻轻一拔，这碑从土里出来就碎了。"

李青月眉头紧皱，隐隐觉得不太对，忽而又想起一事："白九思说他在幻境中见过你，你知道吗？"

"是有这么回事，我的确进入了幻境，可惜还没来得及对白九思动手，他就消失了。"张酸细细回想道。

李青月越发心惊，这大荒碑由施法之人控制，没有她的操纵，张酸不应该进入幻境才是。

还没等李青月梳理清晰，山门的钟声又响了起来。

紫纱帐内，曲星蛮沉沉睡着。门口的空气扭曲一瞬，无形的黑色结界显形，曲珂走了进来。她深吸一口气，挤出一抹慈爱的微笑，走到床边坐下。

"蛮儿，还在生为娘的气吗？"曲珂轻声说道，语气中带着一丝温柔。

曲星蛮依旧睡着，没有任何反应。

曲珂继续说道："那个蒙楚到现在都没来找你，证明他还是舍不下他的宗门，在他心中，净云宗远比你重要。"

曲星蛮依旧闭目不动。

曲珂眼里已经有了些怒气，但还是压抑着，继续道："不就是个男人嘛，你若是当真喜欢那个蒙楚,那为娘就帮你掳过来,关在你屋里可好?"

曲星蛮依旧没有反应。

曲珂腾地一下站起,双手叉腰,声音中带着一丝威胁:"你差不多行了!我数到三,你再不起来,就别怪老娘不客气!一!"

曲星蛮依旧一动不动。

曲珂继续说道:"二!"

曲星蛮还是十分平静。

曲珂察觉不太对劲,伸手去摸曲星蛮,碰到她的一瞬间面色一变。曲星蛮的身体已化作一个人偶。曲珂顿时气炸,原地咆哮:"逆女!真是白养你了!"

净云宗的山门前,两名守山弟子站在两侧,蒋辩正站在门前与曲星蛮对峙。两人皆是双手叉腰,威风十足。

蒋辩脑袋上缠着绷带,语气中带着一丝不屑:"都跟你说了不要再来了,听不懂是不是?"

曲星蛮冷哼一声:"要不是蒙大哥在这儿,你以为我愿意来你们这个破地方?"

蒋辩反驳道:"破地方?我们现在可是仙门!随便一个扫地的出来都能打死你!"

曲星蛮嘲弄道:"又不是没交过手,你们净云宗几斤几两,我还不知道?在这儿说什么大话!再不让我进去,我就带着阴莲宗攻上你们山门。"

蒋辩冷笑一声:"笑话!连龙渊都没能进得了我们山门,就凭你?"

曲星蛮不屑地说道:"龙渊又是哪个小门小派的弟子?"

蒋辩故意说道:"龙渊,你都不知道!喀喀,听好了,他可是藏雷殿大成玄尊座下首座弟子!弹指间便可将数座城池摧毁殆尽,在我手下都能坚持一炷香的时间。怎么样,怕不怕?"

曲星蛮嘲弄道:"你要不加最后那一句,我是有点儿怕。"

就在这时,守门弟子的声音传来:"师祖。"

众人回头望去,只见李青月与张酸缓步而来。

蒋辩一惊,缩起脖子退到一旁。

曲星蛮眼睛一亮，立刻欢喜地挥手道："张酸！我就知道你是个讲义气的人，你是不是来接我进去的？"

曲星蛮的目光一转，看向李青月："哎，你！对，就是你。我记得你，你就是上次被我打伤的那个女弟子。你知道的，我不是要故意伤你的，是吕素冠那个小贱人把你推过来的。"

李青月淡然望向前方，并不接话。

曲星蛮继续说道："哎！你怎么样了，伤势可痊愈了？你去帮我给你们大师兄带句话，让他来山门前见我。你若帮我这次，我就收你为我的跟班，从此以后在这汉地十二州就由我来罩着你，你出门横着走都没问题！"

李青月淡淡一笑："你想怎么罩着我？"

曲星蛮眼睛一转，似在思考："你想要什么我就给你什么。如果有人欺负你，你就报我的大名；要是他还敢放肆，你就告诉我，我去把他打得屁滚尿流，让他后悔出生在这汉地十二州！"

李青月微微一笑："你这么厉害？"

曲星蛮得意地说道："那当然了！我可是阴莲宗的莲主。阴莲宗，听没听过？"

曲星蛮欲要拍拍李青月的肩膀，一道灵光闪过，她的手掌如被灼伤一般，飞速缩回，痛呼出声。

李青月转身向着门内走去："带她去见蒙楚，让她安静点儿。"

弟子房内，蒙楚正忙着换衣服。

吕素冠就站在一旁，一手端着药，一手拿着勺子往蒙楚嘴边递汤药："师兄，这是泻心汤，我还加了川芎和荆芥，治疗气血虚亏最是有效，我特意给你熬的，你多少喝一点儿。"

蒙楚抱着衣服挡住自己的身体，腾出一只手来拦住递过来的勺子："使不得，吕师妹！男女授受不亲，况且我在更衣，这样着实有些不便。"

"什么'男女授受不亲'、什么'更衣不便'，你我小时候从未有过这些讲究，怎么如今就不行了？说到底还不是你怕那个小妖女介怀？"吕素冠神色不悦。

蒙楚皱眉，看了吕素冠一眼："她不是妖女，是我的心上人，你就不要再执迷不悟了。这净云宗有多少优秀子弟，再不济，你也可以去其他的宗门找一找，总会有你心仪之人，又何苦在我这一棵树上吊死？"

"旁人是好是坏与我何干？"吕素冠不大高兴，"在师兄眼中，我就是那么势利的人？今日我便直言，就算是大成玄尊下凡，我也是瞧不上的。这些年来，我心中只有师兄一人。你若不愿，我就等，等上千载万载，你总有回头的一日！"

"砰！"房门被猛地推开了。

曲星蛮瞪大眼睛，看着屋内的蒙楚和吕素冠，惊奇道："你们这里的弟子房，难道不分男女？"

"阿蛮——"

蒙楚素来嘴笨，遇到这种情况，还没想好说辞，却见吕素冠抽出佩剑，紧张又防范地盯着曲星蛮，大喊："来人啊！那妖宗女人闯入山门了！"

张酸和蒋辩就站在门外，门都没关，闻言直直看着三人。

"师祖嫌吵让她进来的。"蒋辩干笑着解释，又故意严肃几分，摆出主人的姿态："跟蒙师兄说完话就赶紧走啊。"

吕素冠不悦，盯着曲星蛮，正要出言讽刺几句，便被张酸拦下了。

"师姐，"张酸指了指门外，"蒋辩有事找你。"

被当场安排事情的蒋辩慌张地看向张酸，又接收到蒙楚求助的视线，扯出个笑容："对……对啊，我有事要找师姐。"

张酸带着蒋辩和吕素冠离开后，屋内便只剩下蒙楚和曲星蛮。

蒙楚沉默片刻，小声开口："我跟她说过了，也说了不要再把心思放在我身上，我的心是阿蛮的……"

曲星蛮扑哧一笑，气势汹汹地将肩上扛着的两把长刀和一个大包袱放到桌上。

"这是什么？"蒙楚胆战心惊。

曲星蛮解开包袱，里面满是法器。

蒙楚咽了下口水，再次解释："我跟她真的没什么，你若不信，等下我可以叫上你，当面跟她说清楚——"

"我都听到了。"曲星蛮忍不住笑,"听到你说我不是妖女,还说我是你的心上人。"

蒙楚脸色微红:"那你拿这些做什么?"

"来救你。我跟我娘说了,但她不肯来。"曲星蛮轻哼一声,"还想做第一魔宗呢,就这胆子,瞧不起她。"

"不用来救我的。"蒙楚握住曲星蛮的手,"往后再遇到这样的事,你一定要先保护好自己,再来找我。"

曲星蛮点头,将头埋进蒙楚怀中,终于露出一丝女儿的娇憨,小声委屈道:"找你好难,都怪你师尊不好。"

蒙楚轻拍着曲星蛮的后背无声安慰。怀中的人却话锋一转:"但你们这个新师祖还算不错。"

蒙楚闷笑一声,明知故问:"为什么?"

"她不拆散我们,而且我觉得她不讨厌我。"曲星蛮认真想了想,"我觉得,净云宗内,除了那个姓吕的和你师尊,别人都不错。"

蒙楚怔住。他将曲星蛮紧紧抱住的同时,心中也记下了李青月和张酸的恩情。

圆月皎洁,夜风轻柔,李青月与张酸一前一后走在净云宗的小径上。

"大荒碑就先放在我这里,我让凌儿看看能否修复。你去藏书阁,把你曾经看过的那本书找出来给我。"李青月思索道。

张酸有些担忧地说道:"我是不是破坏了你的谋划?"

李青月摇了摇头:"你也是无心之失,我自然不会怪你,或许是我曾经看书时遗漏了什么。"

张酸看向李青月,只见她一副心事重重的模样,忍不住问道:"经此一战,藏雷殿那边想必不会善罢甘休,你可想好了接下来的对策?"

李青月冷笑一声:"白九思一向高傲,如今在我手里吃了这么大的亏,自是不会轻易罢休。不过,如今他元神受到重创,他已经不是我的对手了。"

张酸犹豫了一下,继续说道:"他虽孤傲,但对你是有些情分的。"

李青月横了他一眼:"小孩子家家,懂得还不少。"她正色道,"好奇心别太强,妄图去了解一些你不该了解的事情。"说完,转头离去。

张酸站在原地,看着她的背影渐行渐远。

夜色中,李青月独自站在鸿蒙大殿的平台上,手中拿着一本有些破旧的书。书的封面写着"器录"二字,显得格外古朴。她目带审视,缓缓地翻开了书本,一页又一页地查看。

"寒麟匕首。取上古真龙的护心鳞片炼制而成,以血开刃,则能使其神力无比,可伤世间一切,乃至古神。"

"血铃。此法铃具有蛊惑之力,无论飞禽走兽、人神鬼怪,将其血滴在血铃之上,便可使其任凭摆布。"

"大荒碑。此碑有摄人魂魄、拘人元神之力。入此碑者如入幻境结界之中,幻境由施法之人所创,心念一动便可幻化万千,既可让其身在极乐之地,亦可让其身处无间深渊。"

....

李青月看了许久,她的目光才从书上离开,越发深不可测。她轻轻合上书本,眼神中带着一丝思索,似乎在思考什么重要的事情。

古道幽暗、漫长,白九思独行其上。

前方是一片云雾缭绕之地,看似是云海尽头,实则已然无路可走。白九思抬手一挥,云雾散去,显露出一个山洞入口。他大步踏进山洞之中。

山洞上方有四个朱红大字——"混沌之境"。

洞内一片黑暗,不见洞壁,形如混沌。中心处立着两个剑槽,闪着光辉,色如日月。日光槽空空如也,显然那把剑已经被拔走了,月光槽插着一柄长剑,剑身修长,散发着凛凛杀气。

白九思缓步走来,站在剑槽前。契月剑如同有感应一般,剑身振动,剑柄之上的纹路绽放光芒。他缓缓拔出长剑,平举在手中端详,雪亮的剑身映出他冰冷的双眸。

藏雷殿,临渊阁。

龙渊、苍涂、离陌三人面面相觑，白九思盘腿坐于床上，周身神光外溢，正是入定之态。

龙渊伸手去碰，却被白九思的护体金光弹开了。

"这怎么回事？！才一个晚上，师尊怎么又愿元神离体了！"

离陌揣着手，不疾不徐地回答道："不清楚，今天我来看时就已经是这样了。"

"你不确定？！"龙渊急得上前抓住离陌的衣领，"事关师尊安危，你怎么能不确定！"

"护体神光仍在，比上次的情形好多了，师尊元神应无大碍。"离陌拿开龙渊的手，"我习的是医理，又不是招魂之术。"

龙渊面色阴晴不定，想了想，拔腿就往外走："必定是四灵！肯定是她又用了什么诡计拘走了师尊的元神。我现在就去灭了净云宗！"

苍涂连忙上前阻拦："你忘了玄尊说过不可动她吗？你可别再闯祸了！"

龙渊一袖子将苍涂挥开："那是玄尊被她蛊惑了，我等身为弟子，本就该护卫玄尊安危，你休想拦我……"

苍涂爬起身，追着龙渊而去。离陌却没动，只是望向白九思。

师尊……你究竟，要做什么啊？

藏雷殿的崇吾殿内，龙渊站在上首，藏雷殿其余弟子站在下方，气氛凝重而紧张。

龙渊的声音低沉而有力："师尊被奸人陷害，至今仍未醒来，自今日起，藏雷殿上下皆听我号令！"

众弟子齐声应道："是！"

龙渊继续下令："普元、永寿，你们在丹霞境降下结界，任何人不得随意出入！同时集结所有兵力于藏雷殿外，严阵以待，随时准备降下凡间！"

普元和永寿齐声应道："是！"

龙渊看向樊交交："樊交交，你派人去通知四境尊者，告诉他们藏雷殿将要出兵，诛杀四灵仙尊！四灵当年曾掠夺他们的仙器，问他们如今可愿来助我藏雷殿。"

樊交交应道:"四境尊者已经回信,愿助藏雷殿一臂之力,只等玄尊发出号令。"

龙渊扫视藏雷殿众位弟子,声音中带着一丝愤恨:"天姥峰一战,四灵与净云宗沆瀣一气,伤我师尊灵体,辱我仙族神威!四灵心思歹毒,净云宗助纣为虐,我们理当为师尊讨个公道!定要一举踏平净云宗、诛杀四灵、夺回师尊元神!"

苍涂忍不住上前提醒:"龙渊,如今事态并未查明,你是要违背玄尊先前下的口谕吗?"

龙渊毫不动摇,声音中带着一丝决绝:"我所行皆是为师尊安危着想,日后他若是怪罪,我一力承担!"

众弟子越发义愤填膺,齐声应道:"我们愿与龙渊师兄同担罪责!"

苍涂看着群情激昂的弟子们,顿时说不出话来。

龙渊冷笑一声:"两军交战,总要先知会对方,方能显出我藏雷殿的神威。"说罢,他双手结印,一道灵光自掌心腾空而出。

"通明三界,太上皓凶,四明破骸,北斗燃骨,遮天镜,出!"

一道白光自虚空而来,腾于云海之上。龙渊掌心的光芒越发明亮,一道灵光飞射而出,巨大灵力注入白光之中。那白光化作明镜,在广袤的天空无限延伸,遮天蔽日,光芒万丈。

这遮天镜光芒大盛,在广袤的云海无限延伸,将云海分为上下两层。遮天镜之上的九重天依旧霞光璀璨,云海翻腾,绚丽无比;遮天镜之下的人间,黑暗犹如幽冥地府,山河草木、沙漠戈壁、城池农田,逐渐陷入无尽黑暗之中。

街上的游人惊恐地看着逐渐黑暗的天空。

野狗在路边狂吠,野猫抓挠着围栏,鸟雀逃命一般扑腾着四处乱撞。

喧闹的街市人头攒动,沸反盈天,慌乱不已。烟火人间,繁华不再,黑暗所到之处,莫不是一幅大难来临、盛世将倾的景象。

凡间,蒋辩家中,蒋辩的父亲将家书狠狠扔在桌上,满脸愤怒。

蒋辩的母亲满脸担忧,轻声说道:"要不咱们还是去看看吧?如果真如辩儿信中所言,那净云宗也不是长留之地。"

蒋辩的父亲愤怒地说道:"看什么?守山门的小师妹变成了师祖,宗门长老一起攻上九重天,还喊打喊杀,这种谎话他也编得出来,简直不可以理喻!"

蒋辩的母亲的目光追随着丈夫,她想说些什么,似又不敢。

蒋辩的父亲拿起家书又狠狠扔在桌上,在屋子里踱了几圈,一副恨铁不成钢的样子:"我看他一定是闯祸了,要不就是觉得修炼太苦,想回家躲清闲。这小子,从小就让人不省心,勤勉好学哪次都没有他,偷奸耍滑每次都落不下。"

蒋辩的母亲轻声说道:"就算不接他回来,也该派人去看看,万一辩儿在宗门受了委屈,我们也好为他打点一二。"

蒋辩的父亲正要反驳,门外传来家丁的声音:"老爷,快出来看看,外面变天了。"

蒋辩的父亲和母亲走出屋子,来到院中。

家丁和丫鬟聚集在庭院中,抬头看天,表情震惊又恐惧。一名丫鬟只顾抬头看天,手里的茶壶倾倒,热水浇在前面的家丁身上。那家丁哎呀一声,躲闪之时撞倒了花架,院落里顿时鸡飞狗跳,一片嘈杂。

蒋辩的父亲用力敲了敲拐杖,厉声呵斥:"都别乱,慌什么?"

家丁们指着天空,声音中带着一丝颤抖:"老爷、夫人,你们快看天上。"

蒋辩的父亲抬头看天,陡然变了脸色。

天空从一侧开始转黑,仿佛被一块巨大的黑布慢慢遮住,黑暗如潮水般袭来,逐渐盖住众人头顶。很快,院落里一片漆黑,如同金乌未出的万古长夜,不见一丝光亮。

蒋辩的父亲神色茫然,想起那封家书,嘴唇不由得哆嗦:"夫人,你说得对,可能真出事了。"

净云宗的山门前,阳光慢慢消失,黑暗逐渐袭来。守山的弟子抬头,看到逐渐黑暗的天空,脸上露出惊惶之色。

与此同时,净云宗鸿蒙大殿的平台上,李青月自然睁开双眼,抬起头,犀利的目光似要穿过大殿的穹顶,直射九天之上。

第二十一章
因果絮

龙渊手上结印,继续用法力驱动遮天镜。

遮天镜不断旋转,镜中央映照出黑暗无边的凡间缩影。

"鸿蒙之初,天地混沌,鸿蒙神主开天辟地,嘘为风雨,吹为雷电,开目为昼,闭目为夜,骨节为山林,体为江海,血为淮渎,毛发为草木。"

龙渊的声音透过九霄传入净云宗。

"神以躯干,造福万千生灵,散尽一身血肉,方有人族如今之天地。凡间人族,本为诸虫,因缘际会,化为黎氓。神族守卫三界六道、四海八荒,才令尔等存于凡尘之间。尔等本应心怀感念,下立足于地,上敬奉于天,安常守分,是为天道,敬神畏仙,是为纲常。"

他的声音犹如惊雷,自暗无天日的寰宇阵阵袭来,穿云裂石,震耳欲聋。

净云宗众弟子面面相觑,看向李青月。

李青月眸光犀利,面容沉静地望着黑暗天空。

"今有玉梵山净云宗,不尊神族,亵渎神恩。此等宗门,如若不惩,三界无序,六道无秩,遗祸苍生。五日之后,天罚将至,神族必灭其宗门。望凡间人族,以此为戒,如有违背,当如此!"

苍涂飞身而至,难以置信地盯着龙渊,语气中带着责备:"龙渊,你这是在做什么?你身为仙君,怎能乱用法术扰乱凡间!"

龙渊眼神锐利,语气坚定:"一个小小的净云宗都敢到九重天上行凶,若是再纵容下去,那才会天下大乱!身为神明,理当给世人警醒。何况我已经足够仁慈了,还给了净云宗里的人迷途知返的机会。"

苍涂看着龙渊的背影,长叹一口气:"龙渊,你誓要灭净云宗,究竟是为公还是为私?"

龙渊站定回头,目光锐利:"是公也是私!师尊的安危为公,我对师尊屡屡被害的不平为私。苍涂,我念你平日里侍奉师尊左右,便不同你计较,倘若你再行阻拦,休怪我不留情面!"

说完,龙渊领着众人甩袖离开。

弟子们齐声应道:"是!"

苍涂望着龙渊离去的背影,无奈地摇了摇头。

无际的黑暗笼罩人间,净云宗广场每隔几米立着一个火盆,盆中燃着炭火,火光跳跃,映照在众人脸上。

众弟子静坐在广场上,空气仿佛凝滞,四下安静得落针可闻。

有守山弟子举着信路过广场,快步跑向鸿蒙大殿。

"启禀师祖,玉昙宗送来书信,询问发生了何事。"

李青月沉默地拆开那封信,脸上的表情中看不出喜怒。

那守山弟子话音刚落,又一个小弟子快步走入。众人的目光落在那小弟子手中的信件上,又沉重了几分。

"启禀师祖,朝廷来信,询问发生了何事、可有应对之法。"

不出片刻,李青月旁边的案桌上,信件已经堆积如山。她一一接过信件,并未翻看,都随手扔到桌案上,小山般的信件瞬间倾倒,稀里哗啦落了满地。

众人不敢出声,齐齐望向李青月。

李青月慢慢起身,负手而立,犀利的目光扫视众人。她缓缓开口,声音沉稳、坚定,在整个鸿蒙大殿、在辽阔的广场、在众人耳边回响:"本尊名号四灵,乃九重天一品上神。自鸿蒙神主开创天地之时,本尊便已诞生,与天同在,与地同寿,数万年前,与大成玄尊白九思便已相识。

"我同他积怨已久,四百年前我将他封于涿光山下。随后,他解开封印,带领众仙攻入藏雷殿,将我驱赶到人间。我蛰伏三百年,最初建立净云宗却是为了同他对抗。"

大殿的气氛庄严、肃穆,众人仰望着李青月——这个在人间流落百年的神祇。

李青月的双眼明亮而犀利,她缓缓说道:"诸位之中,有人知晓此事,曾助我对敌,也有人不知真相。事到如今,你们已经帮我足够多了,我不能再以个人私怨拖所有人下水,你们都应当有自己的路,若要离开,我绝不阻拦。"

李青月的声音在大殿中回荡,带着一种无法抗拒的威严,也透着几分无奈。她的眼神扫过每一个人,仿佛在寻找什么,又似乎在告别。

"我给诸位三天时间,何去何从,还请诸位思量清楚,他日若有机会,再与诸位把酒言欢。"李青月的声音中带着一丝不易察觉的温柔,仿佛在安慰每一个即将面临抉择的弟子。

夜色如墨,广场上火光跳跃,映照出弟子们或坚定或迷茫或不舍的面容。张酸、蒙楚、吕素冠、蒋辩等人,彼此对视,却无一人离开。

李青月站在大殿的高处,目光穿透黑暗,望向台下仍坐在原地的宗门弟子,颇为动容。

"我净云宗斩妖除魔百年,是为守护凡间安宁。百年来,我严律要求宗内弟子,不得残害生灵,不许伤及无辜,不得将仙法用于牟利,不得以仙法用于欺瞒同胞。"

李青月的声音从鸿蒙大殿传来,笃定如山,仿佛有种力量,安抚着躁动的人心。

"但诸位也都看到了,白九思身为上神,却失职失责,弟子龙渊更为私仇动用神器,为凡间引来天灾。今日起,藏雷殿众仙,在我净云宗眼中与邪祟同罪!"

静坐在广场上的弟子们纷纷站起,看向天际。

李青月亦抬起头,看着远处黑暗无边的天空,声音坚定,蕴含无穷的力量:"鸿蒙神主耗尽神力,劈山川河流,分陆地平原,化一身血肉,造日月星辰,令天地万物得见光明,是大爱。"

李青月又望向台下的宗门弟子:"神,我做过;人,我也做过。人族不是蝼蚁,神族也并非天地主宰!我净云宗屹立人间数百年,斩妖除魔,守卫苍生,所作所为,俯仰无愧于天地,行止不怍于人心。如今,本尊倒要看看,白九思有何能耐,敢诛我宗门!"

短暂的沉闷,似在等待龙渊的回应。可天际再无声音传来。

李青月嗤笑一声:"净云宗诸位可愿同我上九天诛杀上仙?"

玄微带领一众长老跪下:"弟子谨遵师父号令,决不离弃,卫我宗门!"

而后,净云宗弟子纷纷立指起誓:"弟子谨遵师祖号令,决不离弃,卫我宗门!"

一队仙甲兵正在巡逻,经过一座庭院。

一个女孩的脑袋慢慢从柱子后面探出来,警惕地四下打量。

见庭院空无一人,凝烟从柱子后面悄悄走出来,背着包袱鬼鬼祟祟地溜向藏雷殿大门。

守门大将军和守门大元帅正精神抖擞地站在门口。

凝烟躲在门边偷看,捏了一个仙诀,一片细碎的微光自她指尖缓缓飞出,好似花粉。

那法术花粉钻入两人的鼻孔,两人同时打了个呵欠,揉了揉眼睛。

"我怎么突然困了?"守门大将军看着守门大元帅,又打了一个哈欠。

"我也困了。"

守门大元帅看向守门大将军,两人开始面对着面哈欠连天。

"一、二、三。"凝烟伸出手指,望着守门的二人,口中默念三声。

"砰"的一声,守门大将军和守门大元帅倒在地上,呼呼大睡。

凝烟见计谋得逞,开心地笑了,马上又捂住嘴,抱着包袱小心地迈过地上的两个人,撒腿就跑。

然而,她的衣袖突然被一只小手拽住。她一回头,看到了一脸无辜的隐童子。

"你是不是要去找李青月?"隐童子的声音稚嫩而坚定。

凝烟皱了皱眉:"你自己回去玩,我没时间陪你!"

隐童子揉着自己的肚子,咽了口口水,语气中带着一丝倔强:"我也要去找李青月!"

凝烟无奈地看着隐童子,试图挣脱他的手:"我是去办正事的!你别闹,等我回来,给你带好吃的,行不行?"

隐童子毫不迟疑地摇头:"我不要吃的!我就要找李青月,要不然你也别想走。"

凝烟诧异地看向目光坚定的隐童子,最终无奈地点头:"好好好,我答应你,快点儿走吧,再等下去会被发现的!"

隐童子露出一丝得意的笑容,跟着凝烟一起向远处跑去。

阳光透过石林的缝隙洒在地上,形成一片片光斑。隐童子迈着小短腿,费力地跟在凝烟身后奔跑。

前面的凝烟忽然停下,隐童子一个没刹住,撞了上去,顿时二人摔得一个前扑,一个后倒。

"你干吗……"隐童子揉着屁股,语气中带着一丝委屈。

凝烟从地上爬起来,警惕地看着前方的樊交交,眼神中带着一丝警惕与不安。

樊交交站在那里,微微一笑:"你是要下凡间吗?"

凝烟哈哈一笑,试图掩饰自己的紧张:"怎么会呢?我就是自己无聊,出来转转。"

她手背到身后,暗自施法,微光再度出现在她指尖。

樊交交却一脸可惜地说道:"嘻,看来是我误会了,本来还想着,你若是要下凡,就能送你一程呢。"

凝烟一愣,见樊交交作势要走,急忙上前拦住:"樊仙君,且慢!你当真是要帮我吗?"

樊交交微微一笑,手中变出一个木匣:"我可以帮你离开九重天,但是你要帮我做一件事。"

凝烟接过木匣,眼神中闪过一丝疑惑:"什么事?"

樊交交只是微微一笑,并未多言,转身离去。

隐童子则在一旁弱弱地开口:"还有我。"

樊交交瞥了隐童子一眼,压根不把他不放在眼里,继续向前走去。

净云宗内，吕素冠追在蒙楚身后，正苦心劝导："师兄，如今宗门正值多事之秋，实在不宜收留旁人。更何况曲星蛮可是阴莲宗的人，过去还与我们同门师兄弟大打出手，难保她这次来不会有其他心思。"

蒙楚摇了摇头，语气坚定："阿蛮是为了我从阴莲宗逃出来的，她自然不会有异心。"

吕素冠面色发白，语气中带着一丝无奈："那也只是她说的而已，谁知道她是不是和她母亲串通好，想要在净云宗危难之际，趁火打劫。"

蒙楚站定，回头看向一脸关切的吕素冠，语气中带着一丝决绝："师妹，你我自小一同长大，同门之谊不用多说，只是日后请你不要再把心思放在我身上了，我的心只会是阿蛮一人的，过去、现在、以后，都是如此。"

吕素冠面色难看，苦笑一声："师兄，我——"

曲星蛮的声音突然响起："说得好！"她大步走来，挤开吕素冠，站在蒙楚身边，眼神中带着一丝挑衅。

吕素冠面色有些不自在，却还硬撑着道："畏死是人的本能，我不想多解释什么，你一个闹事的外人，更没有资格说这种话。"

曲星蛮挑衅地抱住蒙楚的手臂，几乎半挂在他身上："蒙大哥，你说我是外人吗？"

吕素冠气得身子隐隐发抖，却只能咬紧牙关，不再多言。

蒙楚看了看面前剑拔弩张的二人，最终头疼地拉着曲星蛮准备离开："别闹了。师妹，你先去找丹阳师叔吧，阿蛮不熟悉这里，我带她去吃饭。"

吕素冠看着二人的背影，双目泛红，神情落寞。

蒙楚拉着曲星蛮，看着她一直回头冲吕素冠做鬼脸，无奈地摇了摇头："我师妹说得倒也并非全错，如今净云宗处于危难之际，你就不怕吗？"

曲星蛮微微一笑："怕呀，但是我更怕跟你分开。"

蒙楚沉默片刻，最终叹了口气："那为什么不叫我跟你一起走？"

曲星蛮抬起头，眼神中带着一丝坚定："我知道你一定不会走的，我喜欢的蒙大哥是个顶天立地的男子汉，怎会临阵脱逃？"

蒙楚微微一笑，拉着曲星蛮的手向着远处走去，留下吕素冠独自站在小径中，身影显得格外孤单。

夜色中，鸿蒙大殿内，桌子上放着大荒碑的碎片。李青月随手翻动着碎片，眼神中带着一丝思索。樊凌儿一脸惭愧地半跪在地，眼神中带着一丝不安。

"请仙尊降罪，我所习炼器之术尚浅，至今未能修复此碑。"樊凌儿的声音中带着一丝自责。

李青月放下大荒碑碎片，微微一笑："无妨，本来也只是让你随便看看。"

樊凌儿松了口气，随即认真地说道："修复此碑我的确无能为力，但是我在研究此碑时发现了一个精妙的法阵。"

她伸手往碎片上面一扫，数道金光从碎片上浮现、升空，在半空中组合成一个圆形的法阵图案，圆形中无数线条交错，复杂无比。

"我猜测此法阵是大荒碑炼制的原理，上面的每个线条都是灵力流转的脉络，催动此法阵，不仅可修复大荒碑，亦能重塑它制造过的结界幻境。可惜我试了无数种法子，输了无数灵力，都无法催动此法阵。"樊凌儿的声音中带着一丝无奈。

李青月看着片刻空中的金色法阵，抬手一挥，将大荒碑碎片收起："一时半会儿也用不到大荒碑，就先放我这里吧。修复这事儿不着急，我有更重要的事情需要你去做。"

樊凌儿微微一愣："什么事？"

"接下来你帮我盯着张酸。"

樊凌儿面露惊愕："他有何问题？"

李青月摇了摇头："他没有任何问题，只是他曾进入过我用大荒碑制造的幻境，而关于大荒碑的文字记载，并未提及大荒碑制造的幻境能被随便闯入。这件事我想不明白，以防万一，所以才想让你帮我盯着。"

樊凌儿郑重地点头："是，仙尊。"

樊凌儿走后，李青月独自站在鸿蒙大殿的平台上，月光洒在她身上，显得格外清冷。

青阳抱着两大坛酒，从柱子后面露头："乖徒儿，还没睡啊？"她的声音中带着一丝调侃。

"你叫我什么？"

青阳推给李青月一坛酒，自己抱起另一坛："一日为师，终身为师，你可不能不认账啊。"

李青月看着死皮赖脸的青阳，很是有些无奈："我很忙，你回自己屋里喝酒去吧。"

青阳却赖着一动不动，只是傻笑："别啊，你以为我是来找你喝酒的吗？我是真的有事找你。"

"什么事？"

青阳从怀里掏出两只碗，一脸八卦："你和大成玄尊过去究竟有过什么爱恨情仇啊？"

李青月微微皱眉："你是想听来当下酒的谈资吗？"

"你师父我是那种人吗？我这也是在关心你啊！"她给李青月倒了一碗酒，"我知道，小姑娘家家的，有些话不好意思说出口，要不你先喝点儿？人一喝多，就喜欢什么话都往外说。你放心，你师父我的嘴很严的。"

李青月看着青阳一脸期待的样子，无奈地摇了摇头，接过酒碗："这不是你能管的事情啊。"

青阳立时抬手，在李青月脑门上狠狠一敲："除了我，还有谁敢问你这些！当初你加入藏雷殿，我就觉得不对劲，你个小兔崽子也不肯和我说实话！我可是你师父！即便你当了师祖我也是！"

青阳骂骂咧咧地敲完李青月，又突然正色道："别什么话都自己憋着，你可是有师父的人。"

李青月看着青阳义正词严的模样，不由得轻笑一声，拿起碗来喝了一大口："好，我告诉你。"

青阳又不知从哪儿掏出一把花生瓜子，一脸期待地望着李青月。

"天地初始，一片混沌，鸿蒙神主开创天地，三界重建，万灵复生。我和白九思是神主眼中精气所化，诞生灵智的那一刻，他在极北，我在极南，他是我在这世间唯一能感受到的存在。"

李青月抬头望向一片黑暗的天空，思绪渐渐回溯。

"沧海桑田，白驹过隙，数千年的光阴不过弹指一挥间。渐渐地，人族建立了王朝、城池，我也修炼出人形。我见到了很多人，有男有女，有老有少，有美有丑，但他们都不是我在混沌之中感受到的那个人。"

她闭上眼睛，声音也柔和起来。

"我一路向北，穿过风沙漫天的古道，越过人潮汹涌的城池，走过茫茫无边的大漠，穿过一望无际的戈壁。从烈日炎炎走进大雪纷飞，终于来到冰封之地，见到了白九思。"

青阳瞪大了眼睛，听得入神，忍不住插嘴道："那他是不是一见到你就喜欢上你了？"

李青月微微一笑，摇了摇头："他当时只是静静地坐在冰层后面，仿佛在沉睡。我走过去，隔着冰面看着他，那一刻，我突然明白了什么叫作一眼万年。我喜欢上了他，想要和他在一起。"

青阳嚯了一声，感慨道："这感情来得也太突然了吧？"

"在那之后，很多年里我们总是争斗，见面就打，整个九重天被我们闹得不得安宁。我们又从九重天打到凡间，可是我们从未真正分出胜负。"

李青月放下酒碗，远处一群飞蛾围绕着火盆，为了丁点光热，舍身赴死。

"后来，有一天，他突然和我说要换个方式相处，做一对人间夫妻，共同度劫。我们在一起生活了百年，虽然偶有拌嘴争斗，但那是我最开心的日子。我甚至在心里祈祷过，永远都不要度过情劫，这样，我们就能一直在一起了。"

青阳听得眼睛都亮了起来，忍不住问道："那后来他是不是移情别恋，另觅新欢了？所以你便誓杀渣男，大闹九重天，踏上了因爱生恨的复仇之路？"

李青月实在没忍住，顶着仙尊身份，还是翻了一个白眼。

青阳傻笑一声："嘿……你继续……继续……"

"我与他最大的不同就是，我从出生起便喜欢亲近凡人，而他高高在上，冰冷孤寂，与世隔绝，比我更像一个神。因为一件事，他封住了我的法力，将我留在人间。我那时才发现,原来动心的只有我一个人。他和我在一起,只是为了度劫,再无其他……"

混沌之境,天空浑浊,灰雾弥漫,举目望去,满目蛮荒。

"鸿蒙神主在上,"白九思掀开衣摆跪了下去,"数万年前,神主以精气化为我和阿月肉身,赐我二人骨血,又让我们在这世间游历一番,体验世间至欢至苦,以便来日飞升成神,主管三界六道。"

"弟子不肖,未能完成神主之愿,反因这一遭游历生出些许烦恼。"白九思垂眸,诚心敬香,"今日来此,也想请神主为我解惑。"

清脆的银铃声回荡在混沌之镜。一个曼妙的身影出现在迷雾之中,朝白九思缓缓走来。

迷雾散开,少女姿容灵秀,宛若朝阳,脚步轻盈,赤足而立,看起来不过十六七岁的样子,左边脚腕上挂着一串银铃,铃声悦耳,犹如天音。

白九思望着眼前的少女,微微皱眉:"你是何人?"

少女莞尔一笑,款款走到白九思面前:"鸿蒙乃我旧识。"

上古尊神?白九思皱眉,一副不大相信的样子。数百年前封押邪祟,上古尊神皆已陨灭,或得道,与天地化为一体,这少女为何还存在于世,且多年不曾露面,无人知晓?

"我乃时间之神羲娥。白九思,你是鸿蒙精气炼化的上仙,因尚未度过情劫,一直不能飞升成真神,我说得可是?"

白九思略略吃惊。

羲娥只是一笑,继续道:"若论辈分,你该唤我一声'姑姑'才对。"

白九思皱眉,看着羲娥道:"我向神主求助,你可能帮我?"

"自然。"羲娥伸出右手,指尖在虚空中轻轻一划,便在混沌之中开出一道幻境之门,从入口向内看去,灵力环绕,幽深无比。一切完成后,她轻巧地转身,依旧一副少女模样,巧笑倩兮,对白九思做了一个请进的姿势。

"进入之后,你便会得到想要的答案。"

羲娥率先走入幻境,脚腕银铃轻晃,一路摇曳,诡异,神秘。白九思朝入口深深看了一眼，随即跟上。

幻境内是一条长长的隧道，一望无际，两侧快速飞过七彩流光。

羲娥掌心腾起一团白色灵光，灵光化作一个通体透明的水晶灵球，灵球里映照出的便是那喧喧闹闹的三千世界。而后她掌心一翻，灵球消散，隧道两侧出现无数画面，快速在二人身边飞掠而过。

白九思惊讶地看着两侧飞快流过的景象："你可以穿梭在三界时空之中？"

"我乃时间之神，掌管日升月落、天地时历，把握时间节奏，自然能穿梭在三界时空之中。"羲娥轻笑一声，不以为意，"三界有限而寰宇无限，原生质，质生空，空生时，时生万物。我便是那御日之神、时间之母。"

这种能力已远超白九思对上古真神的认知，且若是能掌控时间，可以穿梭于过去和未来，也可以修改过去和未来，重置因果。

"你是说，世间万物、因果轮回皆在你手？"

羲娥于黑暗的隧道中散发出点点星光，她看了白九思半晌，摇了摇头："时间于我们这些存在于朝夕的生灵，或许是万能的，但于这天地，只是微不足道的一环。"

三千世界，有太多规则是无法改变的，比如太阳东升西落、草木春荣秋枯、因果轮回相报，这些都不仅仅和时间有关，也不仅仅是改变时间便可以改变结果的。

白九思沉思片刻才道："我只求一个真相，无关因果。"

自古以来寻到羲娥之人，无一不希望能改变因果，像白九思这般只求真相的倒是不多见。

羲娥手指捏诀，射出一点儿光芒，点在隧道一处："最后还有一句话要嘱咐。"

盯着羲娥手指的那一处画面，白九思隐约看到，那是他将花如月独自留在凡间的时段。

"恶因会有恶果，善因会有善果，但无论哪种因果，皆是环环相扣，牵一发而动全身的。"羲娥的声音越发缥缈,周围的光芒却愈盛,"你要知晓,因果虽不可改动,但万般一切皆是因果的一环,包括你今日来到此处。"

无数画面从白九思眼前飞过,均是他跟花如月相处的片段,上至九天云海,下至凡间城池,从过去到现在,从恩爱不已到仇恨滔天,数百年的光阴如同一场大梦。

望着眼前的画面,白九思呼吸开始变得急促,一时间思绪万千,五味杂陈,到了最后,涌上心间的只有酸楚。

来不及思考羲娥的话,白九思已被漆黑的雨夜彻底吞没。

四周一片漆黑,大雨落下,不见日月星辰,唯有雨声响彻天地,无处不在。

白九思睁开眼睛,入目是一片阴森诡异的乱葬岗。雨滴从无尽的夜空纷纷落下,落在他脸上,却打不到他。

站在雨中,白九思困惑地伸出手,惊讶地看到雨滴从他掌心穿过,砸向地面。

羲娥走到白九思身边,二人周身均笼着一层淡淡的灵光,与周边的景色并不相融。

"这里是松鹤县,是你将四灵留在凡间那十年中的第一年。"羲娥指向乱葬岗的一处,"不过,你不属于这个时空,你可以看到这个时空的人和事,但是他们看不到你,也听不到你。"

白九思轻轻点头,顺着羲娥手指的方向,眼神中带着一丝复杂的情绪,抬步朝画面中走去。

夜色中,栖迟斋的主人院落里一片漆黑,只有雨淅淅沥沥地落下。白九思站在院落中,雨水落在他脸上,却打不到他。他的眼神中带着一丝复杂的情绪,看着屋内的一切。

屋内,花如月神情憔悴地坐在床边,抱着一坛酒大口喝着。她的头发凌乱,眼神中带着一丝迷茫与痛苦,仿佛试图用酒精来麻痹自己。白九思一步步来到花如月的身边,眼中闪过一抹震惊,他从未见过花如月如此模样。

"白九思……"花如月的声音中带着一丝哽咽,却并未看向白九思,只是狠狠地将手里空了的酒坛抛出去,砸在地上,发出清脆的声响。

白九思心口一阵发涩,他下意识地伸手去接,却什么也没有碰到。这时,屋外传来一阵脚步声,身披蓑衣的孟长琴冲了进来。

"师父!"孟长琴的声音中带着一丝焦急。他冲到花如月面前,夺过花如月手里的酒。

"师父,都已经三个月了,你不能再喝下去了!"孟长琴的声音中带着一丝哭腔。

花如月却似乎并未听到,继续找酒,眼神中带着一丝迷茫:"为什么不能喝?你们凡人的酒……可真是好东西啊。"

孟长琴再次夺过花如月的酒,声音中带着一丝哀求:"师父!"

花如月愣愣地看着孟长琴,醉意蒙眬的眼中忽然溢满泪水:"他走了……他丢下我了。"

白九思的心瞬间仿佛被攥住,让他透不过气来。

花如月头一歪,昏死过去。白九思下意识伸手去接,但孟长琴已经抱起花如月向外跑去。

夜色中,医馆的厢房里,花如月躺在床上,孟长琴为她盖好被子,眼神中带着一丝担忧。

"以后别喝酒了,再这么喝下去,就算是神仙也扛不住啊。"孟长琴的声音中带着一丝无奈。

花如月看了孟长琴一眼,慢慢闭上眼睛。

这时,大夫走了过来,对孟长琴说道:"你随老夫来一下。"

孟长琴点了点头,跟着大夫走到窗边。

大夫站在窗边,对孟长琴说道:"你娘子有身孕了,你知道吗?"

孟长琴震惊地看着大夫,声音中带着一丝颤抖:"什么?!"

花如月听到大夫的话,猛地坐起,眼神中带着一丝惊喜:"你们说什么?"

大夫微微一笑:"已经四个月了,你们都不知道吗?"

花如月难以置信地摸着自己的腹部，眼里逐渐溢满光彩，缓缓笑了起来："真的吗？"

　　白九思颤抖着上前，将灵光包围的手掌贴在李青月腹上。

　　彼时，花如月错愕地将手贴在自己腹上。两人的手掌似隔空紧紧相握，皆是小心翼翼的，贴上去便不敢再动。

　　在凡间两百年，她在百般艰辛境况下竟然怀了身孕。对这个新来的生命，白九思有惊喜，更多的却是忧虑，他隐约能猜到，这孩子会成为花如月的希望，可不幸的是，这孩子寄托着花如月最后的希望。

　　一道灵光闪现，羲娥的虚影出现在白九思虚影旁边，勾唇一笑："还要往下看吗？"

　　白九思双拳攥紧，声音隐隐颤抖："我要看。"

第二十二章
前尘事

羲娥挥手,四周景物骤然破碎,化作七彩流光从四周飞速掠过。

七彩流光流速减缓,逐渐变化成实体,四周景象骤然一变,成了一座寒酸简陋的民宅院落。

白九思神情错愕地站在院落中,只见一村妇端着一盆水匆匆进了院中小屋。

孟长琴焦急地在院中来回踱步,不时看向小屋。

"出来了!孩子出来了!"稳婆的声音自院内响起,伴随着房中传出的花如月剧烈痛苦的惨叫声,随即响起婴儿的啼哭声。

孟长琴脚步一顿,露出欢喜之色,匆匆进了小屋。

简陋的房间中,花如月满脸汗水,疲惫地躺在床上。稳婆笑着将襁褓中的婴儿递给孟长琴:"恭喜,是个男孩。"

小孩子尚是满脸褶皱,一副没长开的样子。孟长琴欣喜地抱着孩子来到床前:"师父,你看。"

花如月脸上难得出现了笑容,她伸出手戳了戳孩子肉嘟嘟的小脸蛋,满脸疼惜和爱怜。

孟长琴抱起孩子,小心翼翼地放在一旁的摇篮中:"师父,我想做他舅舅。"

花如月点头:"那你以后要多教他说话、读书。"

"真的?"孟长琴欣喜看向花如月,见花如月点头,又兴奋起来,"你放心,我一定将这孩子教成栋梁之材,青史留名不说,至少也要文成武就……你快些养好身子,日后你来教他武艺,这孩子成才定然指日可待!"

听着孟长琴絮叨,花如月似乎终于有种脚踏实地的感觉。

"对了,你日后有什么打算?我们找个地方隐居起来吧,现在世道太乱,你又有了孩子,为孩子考虑,也不该太过操劳,至于银钱,我可以去赚的——"孟长琴猛地顿住,"他还没有名字。"

花如月看着软乎乎的小团子,心念微动,但转瞬间又黯然神伤。她虽是不死之身,但孩子不是。这孩子身上没有白九思的灵力保护,又没有仙气护体,只是个平凡脆弱的小生命。

"就唤他'十安'吧。"花如月伸手摸了摸攥着拳头的小手,"十方之地皆平安。"

"十安,你有名字了。"孟长琴笑着哄摇篮里的婴儿。

"十安……"白九思百感交集地看着婴儿的双眼,目光涌动,似有千言万语。他缓缓地伸出手,想要触碰婴儿。

在他指尖将要触到婴儿的脸颊时,四周画面却片片破碎,化作碎屑,而后变成飞速掠过的七彩流光。

七彩流光放缓,破碎画面再次重组,四周变成了民间小巷。

白九思垂眸站在小巷中,见一只竹藤编织的球儿缓缓地滚来,停在他脚下。他抬头看去,脸上渐渐露出欣喜之色。

十安站在不远处,懵懂地看着白九思,然后小心翼翼地向他走来。白九思忘了孩子看不见他,缓缓蹲下身子,激动地向十安张开双手。

"十安。"他轻唤他的名字。

可十安看不见白九思,他盯上了小巷墙上落着的一只十分好看的蝴蝶。蝴蝶扇动翅膀,将要飞起来时,被十安一把扣住了。

他空握着手,不敢打开看,也不敢动作,就这样上半身僵硬着,只用小腿缓缓移动,兴奋道:"娘!舅舅!我抓住蝴蝶了!"

花如月和孟长琴远在街角,听不见十安的声音,街边嬉闹的孩童却闻声赶来,看到十安,便一把将他推倒在地。

手中扣着蝴蝶,加上身体本就弱小,十安没有任何还手之力,便被推倒在地。小小的身躯穿过白九思的身体。白九思似乎想将他抱起来,却无能为力,只能看着那些孩子从地上捡起石头向十安丢去。

"又是他，没爹的野种。"

孩子们嘲笑着十安，丢来的石头砸在他身上、脸上。十安到底还小，伸手去挡的时候，蝴蝶钻出指缝，飞走了。

"还敢来我们这里抓蝴蝶！打他！"

"看他下次还敢不敢来这里玩！"

随便捏造的借口，就可以成为欺负十安的理由。孩子们一拥而上，将十安围在中间。

"我有爹的。"被打得鼻青脸肿，十安却依旧认真又坚定道，"我有爹。"

"娘说过，爹是位仙君，镇守着无量碑。

"人间能长乐久安就是因为有无量碑镇压邪祟。

"娘还说，爹现在没有回来，一定是镇守无量碑去了。

"爹是能拯救天下苍生于水火的英雄……"

他细细地将花如月骗他的话都记在心里，又认真地、一字一句地说给这些只是想无端找碴儿欺负他的人听。

白九思眼眶发红，他看向羲娥，微微启唇。半晌，他无力地垂下双手，没有说话。

现在说什么都为时已晚。未出口的话却如同千刀万剐，让白九思的心绪再也不得安宁。此刻，他终于明白李青月斩杀旱龙誓死要守护天下苍生的意义。

所有人皆活在世道之下，若是世道难见光明，便无人可以幸免，除非顺应这世道，变成一个恶人。

他过去，是在强迫阿月变成这样的人。

"回仙界后，我……"白九思的声音很轻，却听得出内疚和自责。

"其实我知道，这十年你在哪里、都做了什么。"羲娥周身闪烁着光芒。

闻言，白九思身形一顿，错愕看向羲娥，转瞬又释然。

羲娥轻叹一口气，继续道："所以，凡间岁月十载，你现在见到的不过是沧海一粟。"她不疾不缓地走上前来，轻轻挥手，四周景象再次破碎，七彩流光缓缓流动。

待流光散去，白九思站在荒野上，茫然四顾。

天降邪祟的七年，人世疾苦，终于爆发了最大规模的战争、饥荒、瘟疫。

战争过后，遍地疮痍，到处都是燃烧的硝烟，一具具尸体倒在血泊中，沟渠中的鲜血染红了倒塌的战旗。流离失所的百姓们，或推车或相互搀扶，衣衫褴褛，神色麻木地经过战场。

白九思目睹百姓的悲惨，心下一惊，慌忙寻找花如月的身影。

长巷尽头，白九思终于看到了一身狼狈、头破血流、怀中抱着药篓惊慌失措跑来的花如月。

她身后，还有一群衣衫褴褛的百姓，发疯一般地追着她。

"她手中有药，还有粮食，抢她，我们就可以撑过去！"

百姓们凶相毕露，用石块和木棍攻击李青月。一块石头打在李青月腿上，她抱着药篓向前打了个趔趄。

"阿月！"白九思瞬移至阿月面前，想要将她扶住，结果扑了个空。

花如月穿过白九思的身体虚影，狠狠地摔倒在地，药篓中的草药散落一地。她顾不得摔破的手掌，手忙脚乱地收拢地上的草药。她咬着牙起身继续往前跑，没有回头，更不敢停下脚步，不一会儿便甩开众人，向一间破旧的草屋奔去。

她一进门，孟长琴就将大门牢牢关上，又将石块堵在门口，铁锹横在门闩之上。直到四周一片漆黑，两人才平息下来，松了口气。

白九思站在院中紧握着双拳，呼吸急促，气愤难平。

他那时封印花如月法力，是怕她斩杀旱龙，因一身法力惹来九天之上的神君追责，没想到，法力被封却使她被这些百姓欺负。

那些拼命夺来的药材被花如月用石头捣碎。他们不敢生火，便只能用这种方式将药材混在一起。

花如月将那药材碾好，端到十安面前，轻轻哄了两声，将孩子唤醒："十安，醒醒。"

"十安不要吃药，太苦。"

半大的孩子看起来懵懂，却也知道这药都是娘亲和舅舅拼命夺来的，于是他借口药太苦,希望娘亲和舅舅不要再这样为他拼命。

"有蜜糖,娘给你找了蜜糖回来……"李青月慌忙从口袋中翻出一块脏兮兮的糖果,"十安最勇敢了,把药吃了,好不好?"

十安小脸被烧得通红,他看着花如月,依旧摇头:"十安不想吃药,也不想吃糖,舅舅也病了,娘把十安的药给舅舅吧。"

这话说出来,花如月和孟长琴哪还能不清楚十安的意思?两人对视一眼,心中的苦涩蔓延开来,化作死一般的沉寂。

良久,孟长琴接过那药,对着花如月摇头:"我来吧,你去门口守着。"

花如月沉默半晌,还是起身,将药递给孟长琴。

孩子身患重病,作为母亲却无能为力,花如月确实再也撑不住了,她觉得自己急需发泄。可她转了一圈,最后只是坐在门口捂着脸无声地落泪。

孟长琴的做法简单粗暴许多,他捏着十安的鼻子,直接将药灌了进去。十安咳嗽不止,他便轻拍着他的后背,同样也是无能为力。

"都喝下去了。"等花如月不再抽泣,孟长琴才将十安交给她。

第二日清晨,花如月抱着昏迷又满脸通红的十安,慌得六神无主。

"你别急,看好孩子,我再出去找药。"孟长琴再度跑了出去。

"娘亲,舅舅呢?"

花如月强忍着哽咽,将采来的野果子递给十安:"他去给十安找药了。"

十安怔然:"娘,我好难受啊。"

"等吃了药,十安病就会好,就不会难受了。"

这下十安没有说话。他看着黑沉沉的天际,忍不住问出心底的疑惑:"娘,你说爹去镇守无量碑、镇压邪祟,他什么时候才会回来呢?"

花如月沉默。

"邪祟难缠,爹一人能斗得过他们吗?"

花如月依旧沉默。

"娘,如果我死了,也会上天吗?"

心被狠狠揪了一把,花如月忍不住哽咽,她想开口哄骗孩子些什么,却说不出一个字来。

"十安想去帮爹。"

花如月彻底哑然，她看着十安，下意识捂住十安嘴巴，摇头："十安不能去，十安要留下来陪娘亲。"

十安似懂非懂地点头，看着娘亲，安抚似的伸出自己的小手，贴在她后心："娘亲不要怕。"

画面戛然而止，白九思像预感到了什么，他挥袖击碎羲娥的时空长河，周遭突然陷入一片黑暗。

"不要让他死。"

羲娥听见白九思的声音。随后，她看着白九思跪在自己脚下，全然卑微的姿态，不断哀求她："只要不让他死，无论什么我都肯答应你。"

可羲娥摇头："我做不到。"

"你不是时间之神？"白九思双目赤红，盯着羲娥，"让他活过来，无论什么，我都可以办到，求你……我只求你不要让他死！"

白九思已近崩溃，羲娥却依旧摇头。

"小神无能。"羲娥斟酌着用词，诚恳又认真。

过了很久，一滴泪重重地砸在地上，白九思颓然垂下头，仿佛整个人都失去了光彩。

画面再次展现，已是三日后的情景。

十安高烧不退，昏睡的时间已远比清醒的时间长。少有的睁开眼还神志清醒的时候，他便会喃喃着叫"娘亲"，偶尔也会冒出一声"爹爹"。

终于在第十天，十安再支撑不住，开始胡言乱语。

"娘亲，"十安拉起花如月的手，轻轻贴在自己的小脸上，"我抓住蝴蝶了。"

"什么？"

"十安见到爹了，他帮我抓的蝴蝶，你看……是不是好漂亮的一只蝴蝶？"

花如月僵住，将十安牢牢抱在怀里。

"爹原来是这个样子啊。"

十安的胡话还在继续，花如月却再也受不住，抱着十安跑了出去。

"蝴蝶……蝴蝶就给娘了，十安有点儿困……"十安的声音越来越小，小手慢慢落了下去。一双眸子没了神采，气息奄奄。

"十安！十安别睡，千万不能睡，娘去给你抓蝴蝶去，抓完蝴蝶去买糖吃，然后去看舅舅……"花如月拼命掐诀，指尖神光闪动，却转瞬即灭。

"娘，你身上好香啊，难怪蝴蝶会落在你身上。"十安含笑闭上眼睛，彻底没了声息。

那柔软的躯体从花如月臂弯里滑落，被烧红的身体终于慢慢冷了下来。

"十安！不要！十安……"花如月惊惧地看着十安，整个人都慌了。她将手掌贴在十安额头上，神光涌出，可每次施法都被金光牢牢束缚，功亏一篑。金光的反噬让花如月五脏俱焚，喷出一口血来。她跌坐在地上，又匆忙爬起来，抱着十安向着什么方向没命地跑去。

花如月抱着十安从白九思的虚影中穿过，白九思双眼赤红，摇摇欲坠。

荒山僻静无人，寒风阵阵，枯草飞扬。

花如月抱着十安，几次险些从山上滚下去。她就这样一路跌跌撞撞地跑着。白九思看到了花如月死命奔向的地方——山下的鸿蒙神龛。

花如月双膝跪地，将十安放到一旁破旧的蒲团上，满脸泪水地望着鸿蒙神像，跪地叩首。

"神主在上，弟子阿月，请求神主帮我找到白九思！请神主告诉他，一切都是我一人之错。"

一句话，她对着神像重重地磕了三次头。

白九思僵在原地，动也不能动。

原来，在花如月心中，他抛下她在凡间十年，是因为那场赌气的辩论。

不过一场争执，就算他们理念不合，他白九思也断不会为此这般对待花如月的。

解释的话难以开口，白九思吐出一口血来。

"你若是撑不住了,我们现在便可以离开这里。"羲娥想上前扶住白九思,却被他挥手制止了。

白九思擦了擦嘴角,只觉得眼前的一切有些模糊,唯独清晰的只有不断磕头认错的花如月。她一声声叫着他的名字,哀切又绝望。

可他与她隔着四百年,只能袖手旁观,置身事外。

终于,白九思也跪在地上,对着鸿蒙神主重重叩首。

"神主在上,弟子白九思叩首。愿神主保佑阿月……"到嘴边的话有些哽住,白九思稳了稳心神,继续道,"万般顺意……往事如烟。"

最后四个字将将落下,鸿蒙神龛外突然下起了大雪,大风呼啸,大雪飞扬。

羲娥也是一怔,看着白九思的神色变了变,到底没有说话。

鸿蒙神庙外大风呼啸,灰色的雪重重压下来,掩盖了一切。

花如月枯坐在鸿蒙神像前,窗边的雪花零星飘了进来,花如月也毫无知觉,只仰头望着天空。

"她在看什么?"羲娥不解。

她在看我。

白九思启唇,却说不出这个答案。

花如月的目光里没有怨恨,也没有不满,她甚至有些期待地看着天空。她就是在看白九思,或者说,在等白九思——等他下凡来解救苍生、解救她自己。

夜色如墨,鸿蒙大殿的平台上,李青月坐在石阶上,面前摆着一坛酒。她轻轻抿了一口,眼神空洞地望向远方。

青阳坐在一旁,满脸震惊,声音带着一丝哽咽:"你的孩子是……"

李青月微微点头,声音中带着一丝木然:"死于瘟疫,殁年六岁。"

大殿内一片寂静,只有石盆里的火焰噼啪作响。

青阳半晌不语,抱着酒坛一口气喝了半坛,才抹了一把嘴看向李青月:"这便是你们的恩怨,是你筹谋百年杀他的缘由吗?"

李青月微微一笑,笑容中带着一丝苦涩:"还不止如此。"

青阳一愣，不明所以。

李青月缓缓开口，声音中带着一丝沧桑："你知道世上最大的痛苦是什么吗？"

青阳摇了摇头。

李青月的声音低沉而坚定："就是不死。"

漫天飞雪，白九思仍跪在地上，花如月却已擦干眼泪，抹去额上的鲜血，一步步走出神庙。

花如月抱着十安的尸体，神情呆滞地走在街道上，雪地上留下一串清晰的脚印。白九思亦步亦趋地跟在她身后，眼神中带着一丝绝望。

一群灾民围住了花如月。

"就是她！我明明杀了她！但她居然没死！她肯定是扫把星转世，就是她害我们受苦！"

"打死妖孽！不能放过她！"

"打死她！"

灾民们凶相毕露，捡起石块攻击花如月。花如月护着十安的身体，任凭石块砸在自己身上，一动不动。

白九思扑在花如月身上，试图保护她，但石块纷纷穿过他的身子。

孟长琴挥舞着一柄长刀跑来，大声喊道："滚开！都给我滚开！"

灾民们受惊，纷纷躲开。

孟长琴一手拉着花如月，一手挥舞着长刀，逐渐脱离围堵的灾民。

灾民头目望着花如月离去的背影，目光中透着阴狠。

白九思如同一个提线木偶一般，只是追着花如月离去。

突然，远处，一支长箭破空而来，射穿了孟长琴的胸口。

花如月陡然一惊："孟长琴！"

远处的灾民头目缓缓放下手中的弓箭，朝身后的灾民们挥了挥手："抓住他们！除掉妖孽！"

孟长琴一直将花如月护在自己身下，任凭棍棒落在自己身上。

鲜血从孟长琴的胸口源源不断地流出，染湿了花如月的衣物。花如月身上金光闪现,一道灵力波震荡开来,将四周的灾民们都击倒在地。

花如月捂着胸口吐出一口血来,面容苍白,身子摇摇欲坠,但她还是咬牙坐起,查看孟长琴的伤势。

孟长琴奄奄一息。

花如月伸手压住他胸前的伤口,勉强保持声音平稳:"孟长琴,你快起来,起来我们去找大夫!你这点儿小伤,很快就治好了。你先前不是好奇九重天吗?等你好了,我就带你上九重天见见世面。"

"你呀,连骗人也不会。"孟长琴努力扯了笑容。

"花如月要万事顺遂、一切平安,不再受人欺负。"一句话,他说得气喘吁吁,"这世间要再无瘟疫,百姓安居,天下太平……"

"说这些做什么?"花如月隐约意识到了什么,难免慌了起来。

"听说,人在将死之时的祝福和诅咒最是灵验,"孟长琴深吸一口气,"我想试试。"

"师父……你不用为我难过,相反我一直很庆幸遇见了你。"孟长琴看着花如月,"我这辈子,骂过贪官,做过逃犯,斩过旱龙,谁有我活得精彩?倒是你,还要被限制法力多少年?以后我不在了,有没有什么人能帮你?"

花如月的眼睛再次红了:"你管好自己,别替我操心这些。"

孟长琴咳嗽一声。花如月茫然地看着孟长琴,只见他嘴角开始流血,耳朵里也流出血丝。

"孟长琴!长琴!"

孟长琴慢慢抬起自己的手,又无力垂下:"师父,我……看不见东西了,还有点儿冷,原来人死之前是这个样子。"

花如月抓住他的手,泪如雨下:"对不起,如果不是为了帮我,你就不会沦落到这个地步……"

"你为什么要道歉?"孟长琴伸出颤抖的手,摸索到花如月的掌心,他用尽力气抓着花如月,呼吸开始急促,嘴角流出一丝鲜血,却依旧在笑。

"师父,我从不后悔认识你,你是我见过……最好的仙君,虽然……我也没见过其他仙君,"他轻笑一声,"但你以一己之力……救万民于水火,你让无数百姓……免去旱灾之苦,你很了不起,你知道吗?跟在你身边,我觉得骄傲,哪怕是死,也心甘情愿的。"

花如月泪流不止,试图使用法力救活孟长琴,却被反噬,吐出一口血来。她跌坐在地上,狠狠地捶了一下地面。

孟长琴呼吸越来越急促,最终转为虚弱地抽气:"师父,别试了,我不成了。"

孟长琴双眼突然空洞,他望着某处,喃喃道:"小时候……书堂的先生对我说,做人逆势而行,如同逆风执炬,早晚……引火烧身。可我就是不信邪啊,面对不公……如果没人抗争,那不是更糟糕吗?师父……世道如此,但总会有些人像我们一般永不妥协。这些人多了……总会有什么变化的。"

花如月用衣袖去擦孟长琴嘴边的血,心疼道:"你别再说了。"

孟长琴置若罔闻,只是道:"就如我相信,逆水行舟的人多了,水流的流向也就变了……这逆势而上的人多了……世道也一定就要变了!"

说完最后一句话,孟长琴修长苍白的手指慢慢失去力量,最后,他不再挣扎,他的手也从花如月手中滑落,双眼失去了神采。

"长琴?"

孟长琴停止了呼吸,一双失神的眼睛还看着花如月的方向。

花如月失声痛哭,死死抱住孟长琴:"孟长琴!你睁开眼睛!我不要你这么窝囊地死!你是同我斩杀过旱龙的人!我们都敢同天道抗争!为何……为何……"

后来,她的声音越来越小,似乎她终于明白,即便同天道相抗,也无法避免死亡。

良久,她伸出颤抖的手,为孟长琴合上双眼。

一把火烧了孟长琴的尸骨,花如月只捧起地上一把灰烬装进口袋,随身携带。

"十安,长琴。

"我会亲手改变这世道,证明给你们看。

"我还要以鲜血告诫诸位上仙,他们所恪守的'天道',不过是故步自封、墨守成规。

"这世间万般规矩,皆是人定,什么仙君、上神,亦是蝼蚁、凡尘,不过因久居高位,便忘德忘本。

"遇邪祟不除、遇旱龙不斩,德不配位,有何资格自称为逍遥仙人?"

白九思身形僵硬,此番话让他终于明白,或许花如月不是恨他,而是厌弃他。

阿月要杀他,并非因为当年他辜负了阿月的感情,甚至并非因为死去的孟长琴和十安,这一切可以称为导火索,却不是理由,最重要的原因是,他身为上仙,德不配位,身处世局,却总想将自己摘离。

白九思颓然地跪坐着。

羲娥步步走来,怜悯地看着眼前的一切:"白九思,这是你自己要看的。"

白九思沉默,拳头紧攥,指尖刺破掌心流出血来。

羲娥声音平静:"还没结束呢。"她抬手一挥,周遭破碎,化作无数七彩流光。

破败的村庄里,一群衣衫褴褛、面黄肌瘦的百姓发疯地冲向花如月。

"她不死的!吃了她的肉,我们就可以撑过去!"

"她是妖孽,吃了她的肉,就能祛除瘟疫!"

烈日当空,花如月被绑在高台之上,嘴唇干裂,脸色苍白、虚弱,痛苦不堪。

灾民头目满眼戾气地站在一旁,大声喊道:"她是会妖法的妖孽,我们的灾荒和疾苦都是因她而起!只要除掉她,我们的苦日子就能结束了!"

百姓们纷纷厌恶地看着花如月:"除掉她!除掉她!"

一名巫师打扮的人拎起酒坛浇在花如月身上,嘴中念着咒语。台下众人神情冷漠地望着花如月。

突然,巫师将燃着的火把丢在花如月脚边,火舌一路攀爬,最终花如月没入熊熊大火之中。

白九思痛苦地爬过去,指尖刚接触到火焰,周遭再度化为七彩流光。

漆黑的雨夜,郊外一片荒芜,野草遍地,天上乌云聚拢,大雨滂沱。一把铁锹在地上铲土,已然铲出一个一人大小的大坑。
"绑结实了吗?"
"铁链绑的,结实得很,过来搭把手。"
花如月躺在草席之中,目光木然,望向无边的夜空。
众人将花如月抬进坑中,开始填土。坑被填平,百姓们才离开。
白九思站在雨中,雨水淋不湿他,他只能神情麻木地看着这一切。
雨逐渐停下,几只瘦弱的野狗循着气味而来,撕咬着埋在泥土里的草席。
几块石子砸来,打跑了野狗。游乐仙走了过来,将草席从泥土里拉了出来。
"命可真大啊!"游乐仙打开草席,发现花如月依然有呼吸。
"可惜了,世人多愚昧……"游乐仙摇了摇头,走开了。一本书从他身上滑落,掉在花如月身边。
"复生阵。此法阵有使已死之人复生之力,需集齐四方尊者以元神所炼的本命神器,于仙魔之气汇集处启动,加之血亲肉身献祭,可使已死之人复生。"
花如月看着书中这一页,缓缓坐起,眼中闪过一丝希望。

跳动的火光映在青阳的脸上,她满脸的震惊与难以置信。
"复生阵!万物运转皆有天地规律,还有此等逆天法阵?"
李青月则是淡淡瞥了一眼角落的《器录》,解释道:"我那时也不确定,但书中所记的寒鳞匕首确实可以弑神。何况,我也没有选择。"
"那……大成玄尊知道法阵的事吗?"青阳接着问道。
李青月轻轻放下手中的酒坛,声音中带着一丝嘲讽:"他心中只有天道,我所做之事是逆天而行,他知道之后定会阻拦,所以我恢复法力后,假意同他重修旧好,用翻天印将他封印,让他无法阻拦我。"

青阳愣住了。她缓缓摇头，声音中带着一丝希冀："那也是他的孩子，你若说了，说不定他会帮你。"

李青月蓦然攥紧了拳头："他不会的。他心中只有天道，我的孩子在他眼中，或许只是个意外。他天性凉薄，我和他相伴万年，他都能丢下我，回九重天。我怎么敢赌他对这个没见过的孩子有情呢？"

白九思愣愣地望着眼前熟悉的天姥峰。

羲娥在他身后轻轻说道："这就是最后了。"

阳光洒在天姥峰的广场上，白九思咬着牙一步步走向高台。

那里，花如月正全力施法，试图启动一个被神光笼罩的大阵。她的面容显得格外专注和坚定。她的双手在空中快速结印，身体周围散发着淡淡的金光。

游乐仙站在一旁："令郎的元神已经在大阵之中了。"

花如月没有回答，只是更加专注地施法。神光闪耀的大阵中，渐渐凝聚成一个模糊的身影。随着花如月的法力不断注入，那身影逐渐变得清晰，那是十安。

"娘！娘！"

花如月面露喜色，但眼中闪过一丝泪光。她轻声回应道："十安，娘在这里。"她更加艰难地施加法力。

法阵中十安的身影渐渐凝实，他惊喜地看着自己的双手。

白九思站在高台边缘看着这一切，心中百感交集，情不自禁地向十安走去，眼神中带着一丝渴望和犹豫。

然而，就在他即将触碰到十安的瞬间，心中突然涌起一股强烈的不安。

"不……这不对……"

他突然变得惊恐，仿佛想起了什么可怕的东西。他猛地回头，只见一道凌厉的剑光从远处飞来，直指大阵。

"不要！！！"

白九思飞扑向大阵，试图阻止那道剑光，但那道剑光穿过他的身体，狠狠地劈在大阵上。大阵瞬间破碎，灵力四散。

花如月被爆破之力冲击在地,喷出一口鲜血。十安刚刚凝聚成的身影慢慢消散,他稚嫩的声音哭喊着:"娘!我不想离开你!娘!"

花如月无力地瘫倒在地,她的脸上满是绝望和痛苦。她缓缓抬起头,目光穿透虚空,仿佛在寻找什么。

"十安……"

远处,白九思手持长剑,一身冷傲和戾气,缓缓走上高台。

白九思看着三百年前的自己,彻底明白了一切。

花如月缓缓回头,她的目光中浸满血泪。她咬紧牙关,声音中带着一丝愤怒和质问:"白、九、思!"

二人缠斗在一起,如搏命般厮杀,剑光闪烁,灵力四溢。

"是你杀了他……"

"白九思!是你,杀了他!"

白九思再也无法支撑,他捂住胸口,仰起头无声地嘶吼,痛苦和悔恨纷至沓来,铺天盖地,无法阻挡,巨大的灵力居然震碎了时空的隔断。

白九思脚下的土地向四周裂开,巨大的灵力从白九思的身体向外散出,周遭的世界开始摇晃。他的身体开始颤抖,仿佛无法承受这沉重的真相。他的手紧紧握成拳,指甲深深嵌入掌心,鲜血缓缓渗出。

他的声音中带着一丝绝望:"我……我到底做了什么……"

羲娥自荒原深处遥遥走来。到了白九思面前,她指尖轻触他的眉心,一道灵光自她指尖溢出,白九思瞬间安静下来,颓然地跪坐在雪地上。

这个世界的画面缓缓破碎,层层漫开,直至消散。

白九思双眼通红,单膝跪地。

羲娥微微弯腰,直视白九思的双眼,冷酷地问:"她为何要杀你,你现在明白了吗?"

白九思没有回答,猩红的双眼仍死死盯着地面。

羲娥并不在意,她直起身体,声音中带着一丝冷漠:"这世间没有无来由的爱,也不存在无来由的恨。我看了你的过去,知你是尊重因果、敬畏法则的神,是时候去面对你的因果了。"

羲娥绕过白九思,不再理他,向混沌深处走去。灵光一闪,她的身影消失了。白九思浑身颤抖,几欲疯狂。

讲完故事,李青月丢掉了已经喝空的酒坛,站了起来。
"好了,故事你都听到了,三日之期也要到了,你不下山去吗?"
青阳沉默片刻,站起身来,拍了拍自己的胸口:"我可是你师父,谁走,我都不能走!"
李青月微微一笑,抬步朝外走去。青阳看着她的背影,长长地叹了口气。
忽然,李青月脚步一顿,只觉无数灵力涌入自己的身体。她难以置信地伸出手掌召唤离火,掌心的离火空前明亮。
李青月攥紧拳头,声音中带着一丝惊异:"白九思……受伤了?"

藏雷殿的崇吾殿内,茶香袅袅,雾气缭绕。
四方尊者随意地闲坐,各自品着茶,脸上带着一丝若有若无的笑意。
颢天尊者率先开口,声音中带着一丝不屑:"这四灵仙尊也真是好命,三百年前,她将九重天搅得天怒人怨、人仰马翻,恰逢本尊那时潜心修习,云游四海,不在九重天,否则怎能容得她那般放肆?"
朱赤尊者缓缓放下茶杯,不以为然地说道:"本尊那时正在画山河表里图,那幅画集合山河万物、天地灵气,极耗精力,本尊画了十几年才将此画完成。出关之后,四灵已经被大成玄尊诛杀,元神逃窜到凡间,否则本尊定叫她形神俱灭,怎会如今日这般麻烦?"
玄幽尊者捋了捋落地长须,笑道:"本尊倒是在九重天,可那四灵是大成玄尊的道侣,说到底,这是人家小夫妻的家事,我怎好插手?但没想到……唉,看来无论是法力多高的上神,只要沾染上情爱,都会失去理智。"
颢天尊者和朱赤尊者点头称是。玄幽尊者放下茶杯,看向一身武将打扮的北方尊者烈阳:"烈阳尊者那时在做什么?"
烈阳尊者冷哼一声:"说来可惜,本尊在闭关,等出关了,大成玄尊已经将四灵肉身诛灭,未给本尊施展的机会,为了这件事,本尊三百年都没来藏雷殿。白九思不够意思,此等大事,怎能不等本尊到场,白白放过那个祸害。"

四境尊者你来我往,相谈甚欢。

永寿与普元凑在一块儿小声嘀咕。

永寿低声说道:"这四位尊者可真神奇,需要他们的时候一起不在,如今我藏雷殿一出头,他们就都来了。"

普元附和道:"看破莫说破,还是好仙友。"

龙渊眼中闪过一丝嘲讽。他站起身来,声音中带着一丝冷意:"明日下凡诛杀四灵,还望四位尊者莫要再找其他缘由推托。"

四境尊者齐声应道:"那是自然。"

藏雷殿众弟子纷纷斗志昂扬,殿内杀气腾腾。

第二十三章
姻缘劫

净云宗的静室里，烛火跳动，光与影不断变幻。

张酸盘腿而坐，面容端正，周身散发着一种静谧的气息。

樊凌儿坐在桌子对面，双手支着下巴，目光灼灼地盯着张酸，仿佛在研究一件稀世珍宝。

张酸终于忍无可忍，睁开眼睛，皱眉问道："你一直看着我做什么？"

樊凌儿微微一笑，眼神里带着一丝狡黠和玩味，却不言语。张酸被她看得浑身不自在，忍不住起身欲走。

"又要去找仙尊？都跟你说了，仙尊心里有人，你没机会的。"樊凌儿的声音里带着一丝嘲弄，却也透着几分认真。

张酸停下脚步，回头冷冷地看了她一眼："那是我的事，和你有什么关系？"

樊凌儿从怀里掏出一个玉佩，在手里抛着玩，眼神却始终没有离开张酸。

"你偷我的玉佩？"张酸的目光一凝，语气里带着一丝质问。

"会不会说话？你的玉佩不是在你腰间吗？"樊凌儿挑眉，眼神里带着一丝戏谑。

张酸低头一看，自己的腰间果然挂着一个和樊凌儿手中一模一样的玉佩。

"你记不记得你身上这个玉佩是什么时候来的？"

"不记得，这个玉佩自我记事时就挂在我身上，家里人说是我的保护符。"

樊凌儿语气慎重："那应该就是你。我曾经问过掌管命簿的瑜珈仙君，他说拿着另一半玉佩的人就是我的姻缘，可助我度情劫。"

张酸的眉头紧皱成一个"川"字，最终面无表情地解下自己的玉佩，丢给樊凌儿："你换个人度劫。"

樊凌儿一愣,眼神里闪过一丝错愕:"你从小戴到大的玉佩说不要就不要了?"

"对,不要。"张酸语气坚决,大步离开。

樊凌儿顿时气急,抬手一道灵光射向张酸手腕。张酸手腕一痛,撸起袖子一看,只见左手腕上缠绕着一条红线,那红线仿佛长在骨血里一般,闪着红光。

"你对我做了什么?"张酸的声音里带着一丝愤怒。

"我什么也没有做,这是我的姻缘线,我只是施法让你看到而已。"

张酸明显不信,伸出手腕:"我不想跟你胡闹,给我去掉。"

"我没办法给你去掉,天注定的姻缘,不是说断就能断的。"

灵光散去,张酸手腕上的红线再度消失,他以为樊凌儿在胡闹,冷哼一声:"无聊。"说完,转身离开。

樊凌儿追在后面,急切地喊道:"我说的是真的!"

夜色深沉,旷野荒凉,人迹罕至。

一根藤条从天际垂下来,化成凝烟的样子。她站在路边四下张望,自言自语道:"好久没来凡间,找不到路了,净云宗到底在哪儿啊?"

凝烟在原地转了几圈,还是找不到方向,干脆捏了个仙诀,变出一个罗盘。

罗盘悠悠旋转,凝烟却迟迟未动。良久,她摸摸脑袋:"净云宗在什么方向来着?"

夜风吹过,带着一丝凉意,也吹乱了凝烟的发丝。从她身侧显出身形的隐童子有些不耐烦地问道:"你到底知不知道路啊?"

凝烟摇了摇头:"我好久没来凡间了,再说,我也没去过净云宗。"

"啊?你根本就不知道净云宗在哪儿,那还下凡干什么?"隐童子的声音里带着一丝抱怨。

"我又没让你跟着,是你自己非要跟我下凡的!"凝烟反驳道。

两人大眼瞪小眼了半天。

突然,远处传来一阵赶马的吆喝声,打破了他俩的僵持。

凝烟和隐童子同时循着声音的方向望去,只见一辆马车卡在官道中央,家丁们正卖力地驱赶马匹,却无济于事。

蒋辩的父亲神色焦急,提着灯笼在马车周围转来转去。

"找人帮忙来抬啊,净云宗要出大事了,我们今天必须赶到,再晚就来不及了。"蒋父的声音里带着一丝急切。

"这荒郊野外,乌漆墨黑的,哪里有人啊。"家丁无奈地说道。

蒋父叹了口气:"这可怎么办?我的辩儿还在净云宗呢,他还是个孩子,什么都不懂,如果跟着宗门遭了难,我这把老骨头也不要活了。唉,我当初就不该把他送过来。"

就在这时,凝烟的声音传来:"你们需要帮忙吗?"

蒋父回头一看,一个小姑娘和孩童站在路边,眼中闪过一丝惊喜:"你们住在附近吗?家里可有父兄,能帮忙叫几个人过来抬车吗?老夫必有重谢。"

凝烟摇了摇头:"不住附近。"

隐童子也跟着说道:"没有父兄。"

蒋父叹了口气:"唉,这可怎么办呢?"

"我就行啊。"凝烟走到车后,单手一抬,向前一推,马车便轻松地从坑里抬了出来。

马匹终于解脱,兴奋地用蹄子踏地,鼻子呼哧呼哧往外冒粗气。

蒋父大喜过望,感激地看着凝烟:"姑娘好大的力气,太谢谢你了,有劳了。"

凝烟拍了拍手上的灰,微微一笑:"不必客气。你们要去净云宗?"

蒋父点了点头:"是啊。"

凝烟眼中闪过一丝惊喜:"太巧了,我也要去净云宗,你知道怎么走吗?"

隐童子立刻抱上了凝烟的大腿,兴奋地说道:"我也要去!"

家丁正在检查车轮,插话道:"老爷,车轮坏了,得修修才能走。"

蒋父叹了口气:"唉,诸事不利。"他转向凝烟:"姑娘,你和你弟弟先等等,我们的马车坏了,等家丁修好马车,就带你们过去。"

凝烟几步上前,挽了挽袖子:"不用这么麻烦,我带你飞,你指路就好啦。"

隐童子闻言，立刻抱上了凝烟的大腿。

凝烟揪住蒋父的后脖领，用力一拉，带着他飞了起来。蒋父两脚腾空，双手乱舞，吓得哇哇大叫："啊啊啊啊！"

五日之期已到，龙渊撤去了遮天镜，准备去净云宗大开杀戒。

离陌和苍涂守在白九思身边，面露担忧。

"天马上就亮了，玄尊再不醒就没人能阻止龙渊了。"苍涂盯着窗外微微透出的曦光说道。

"师尊的元神不像被人掳去，更像他自己不愿归体。"离陌同样面色凝重。

白九思的护体金光闪烁，只是面色越发苍白。

净云宗的山门广场上，日光从东方升起，洒在弟子们身上，为他们镀上一层金色的光晕。

净云宗余下的弟子早早站立成队，如同往常一样有条不紊地练习剑法。然而，蒋辩心不在焉，眼神时不时地飘向远处。

玄微、紫阳、丹阳等长老站于队列前，审视着每一个人的剑法，眼神里带着一丝严厉。

李青月和樊凌儿走来，众弟子整齐划一地收剑，对着李青月一拜："拜见师祖。"

藏雷殿的山门口，龙渊站在那里，扫视着整装待发的仙甲兵，眼中闪过一丝冷芒："四境尊者呢？"

晋元恭敬地说道："已经派人去请了好几次，他们都说马上就到。"

龙渊嘲讽地一笑："不等他们了。"

他开始施法，雷电环绕他的周身，顿时乌云聚集，云层剧烈翻涌，电闪雷鸣。

"下凡，迎战！"龙渊的声音里带着一丝威严。

樊交交眼中闪过一丝忧虑，但还是拿出了锤子和白骨钉。

仙甲兵均亮出兵器，寒光凛然。

然而，龙渊刚抬步，一道剑气便劈在他脚下，惊得他连连后退。众人慌忙化盾备战，抬头看去，只见白九思手握契月剑缓缓降下。

众人大喜过望，慌忙跪拜："玄尊！"

龙渊亦惊喜地上前："师尊，您无事了？"

白九思冷冷地看了龙渊一眼，而后看向众弟子："收兵，回去。"

龙渊脸上的笑容凝固，他不甘心地上前："师尊，那四灵——"

白九思冷声打断："都听好了，日后藏雷殿若有人敢对净云宗任一人出手，便废去仙骨，逐出藏雷殿。"

众人大骇，再不敢妄动。

净云宗的山门广场上，翻滚的乌云散去，露出晴朗的天空，天上地下一片祥和。李青月不明所以，疑惑地看着天空。众弟子面面相觑，皆不知道发生了何事。

蒋辩有些疑惑地说道："这还打不打了？"

曲星蛮也跟着说道："就是啊，怎么没动静了？"

长老们对视一眼，玄微朝李青月走来："师父，看来是藏雷殿出现异变了。"

李青月不语，收起了逐日剑，蹙眉思索。

就在这时，凝烟的声音传来："夫人！"

众人闻声望去，只见蒋父瘫倒在入口处，气喘吁吁。

蒋辩惊呼一声："爹！"朝自己父亲跑去。

一大一小两个身影朝李青月扑来，玄微下意识想要阻拦，李青月抬手示意不必。凝烟和隐童子一个抱胳膊，一个抱腿，挂在李青月身上。

"夫人，我终于找到您了。"凝烟的声音里带着一丝哽咽。

"李青月，我好饿啊。"隐童子的声音里带着一丝委屈。

众人错愕地看着这一幕。

李青月扫视一圈，微微皱眉："看来今日这场仗是打不起来了，都回去自行修炼，切勿放松警惕。"

众弟子齐声应道："是，师祖。"随后如同水潮般散去。

蒋辩也扶着自己父亲离开。

鸿蒙大殿内,隐童子面前摆满了美食,他埋头大吃大喝,不亦乐乎。

李青月看着絮絮叨叨的凝烟,微微皱眉:"你说白九思元神又离体了吗?"

凝烟点了点头:"对啊,我就知道肯定不是夫人做的!可是龙渊仙君他咬死了是夫人做的,不但集结了丹霞境的兵力,找来四境尊者,还擅用遮天镜下战书,完全不顾玄尊曾经说的不能对您下手的命令。"

李青月一愣:"白九思还下过这种令?什么时候的事?"

凝烟继续说道:"就是玄尊之前刚醒来时说的。"

李青月目光一闪,似是难以置信。

凝烟察言观色,继续劝说:"玄尊心里肯定是有夫人您的,所以哪怕夫人您对他下杀手,他还是舍不得动您分毫。要我说,这一切都是龙渊仙君一意孤行,我们背地里还笑话他,不知情的人,还以为被辜负的是他呢。"

李青月面色变得晦暗,凝烟察觉了,立刻辩解道:"夫人,我不是说您辜负了玄尊——"

樊凌儿冷笑一声,打断了凝烟的话:"龙渊既然如此针对仙尊,你又为何能从藏雷殿里逃出来?"

凝烟一拍脑袋:"嘻,你不说我都忘了。"她从背着的包裹里翻出一个木匣,递给樊凌儿,"在龙渊仙君用遮天镜下战书那天,我就偷溜出来了,后来还是多亏了樊仙君的帮忙,我才能逃到凡间。他托我一件事,就是把这个匣子给你,还说,虽然阵营不同,但这是他为人父能最后为你做的事情。"

樊凌儿面若冰霜:"他的东西,我不要。"

凝烟把木匣放到桌子上,实在道:"我只负责送,你不想收,就自己跟他说。"

樊凌儿看着木匣,微微抿唇。

李青月看着凝烟,微微皱眉:"你是藏雷殿的人,不但下凡间找我,还告诉我这些事情,就不怕龙渊会为难你吗?"

凝烟摇了摇头:"我是怕夫人误会玄尊,所以才偷溜出来找您。都怪我找不到路,耽误了好些天。还好你们没打起来,我觉得肯定是今日玄尊醒来拦住了龙渊仙君。"

李青月眼中露着似有如无的嘲讽:"白九思竟然不想杀我?"

凝烟点了点头:"玄尊爱您都来不及,怎么会杀您呢?"

樊凌儿看到凝烟拼命劝和的模样,不由得翻了个白眼,嗤笑一声。

李青月闭口不提白九思,看向凝烟:"你既然来到净云宗,怕是日后都不能再回藏雷殿。"

凝烟摇了摇头:"不会啊,只要夫人和玄尊重修旧好,我就能回藏雷殿了。"

李青月看着凝烟期待的模样,面色冷漠:"不会有这个可能。"

藏雷殿的殿门口,白九思的身影一闪而过,苍涂紧追不舍:"玄尊又要去哪里?"

白九思脚步不停:"有一件事,我需要去查明。"

苍涂有些担忧:"可是,玄尊您若是离开,怕是龙渊仙君又擅自……"

白九思回头看了一眼藏雷殿,眼中冰冷彻骨:"这一次,他不敢。"

苍涂还想再说什么,却见白九思化作一道灵光消失在原地,只留下他一人在原地叹气。

九重天的文宣宫正殿内,一排高大的书架如同参天大树,直通穹顶,几位老神官站在书架边的扶梯上整理卷宗,十分忙碌。

突然,一道灵光闪过,白九思出现在书架下。

白须白发的瑜琊仙君从堆积如山的书简后抬起头,手中还拿着酒囊。看到白九思,他微微一愣,随即露出一丝笑意:"大成玄尊?"

白九思大步走来,语气冷峻而急切:"帮我查两个人的命簿。"他抬手,手心浮现出两个人的虚像,正是曾经欺负李青月的灾民头目和后来帮助李青月的游乐仙。

瑜琊仙君凑近看了看,眉头微皱:"这两个人姓甚名谁?"

白九思摇了摇头:"不知道。"

瑜琊仙君无奈地叹了口气:"什么都不知道,让我怎么查啊?"

白九思从怀中掏出一个酒壶,轻轻丢给瑜琊仙君。

瑜琊仙君接住,轻嗅一口,顿时双目放光:"好酒!这可是千年灵酿!"

白九思面无表情,只是冷冷地说道:"能查吗?"

瑜琊仙君连忙点头:"能查!能查!"

净云宗的弟子房内,蒋辩正忙着收拾行李,蒋父在一旁帮忙,脸上带着一丝焦虑。蒋辩的动作却显得有些迟疑,他似乎并不想离开。

门外,路过的师兄弟探头进来:"蒋师弟要走啊?"

蒋辩一惊,连忙否认:"谁说的?我不走啊!"

"看你说的,蒋师弟怎么会是那种贪生怕死,丢下师兄弟跑路的人呢?"

蒋辩尴尬地笑了笑,对上蒋父的目光,挺起了胸膛:"爹,你不用再劝我了,现在我不能离开净云宗。"

蒋父有些惊讶:"不是你写信让我来接你——"

蒋辩打断他的话,拿起一杯茶,堵住了蒋父的嘴:"爹,我知道你十分思念我,所以才编出此等谎言来看我,但是我一日为净云宗弟子,就终身为净云宗弟子,你不要再劝我了。"

蒋父还想再说什么,蒋辩却抢先一步:"爹,说了半天,都渴了吧?赶紧喝口水吧。"

师兄弟离开后,蒋父有些无奈地看着他:"辩儿啊,人贵在有自知之明,这骨干弟子的名头,咱不要了。"

蒋辩摇了摇头,眼神坚定:"爹,你不要这么看轻你的儿子行不行?早晚我也会成为这宗门里响当当的人物!"

蒋父有些无奈地摇了摇头,不再说话。

凝烟带来的木匣正端端正正地摆在樊凌儿的桌上。

樊凌儿站在桌前,紧紧地盯着桌上的木匣。木匣被一层淡淡的光晕笼罩,显得神秘而诡异。她犹豫了许久,最终还是下定决心,伸手去拿木匣。

然而,就在她触碰到木匣的瞬间,粉色的烟雾扑面而来。樊凌儿躲闪不及,吸入了部分烟雾。她顿时感到全身无力,手中的木匣滑落,她震惊地看了一眼木匣，咬牙向外走去。

"仙尊……找……仙尊……"樊凌儿用尽最后的力气说出这句话，便晕倒在地。

张酸正好路过樊凌儿的房间，听到她的声音，连忙推门而入。看到樊凌儿倒在地上，他下意识地扶住她，反应过来后又赶紧松开。

"我说了让你换个人，别找我。"张酸的声音里带着一丝无奈。

樊凌儿已经无力计较他的举动。张酸见樊凌儿的样子不似作假，迟疑片刻还是上前抱起了她，大步离开。

李青月用灵力在樊凌儿周身探了一圈，始终未发现伤处。

张酸站在一旁，皱眉说道："她的最后一句话只说让我找你，并没有说自己怎么了。"

就在这时，凝烟走了进来："夫人，您找我？"她看到床上昏迷的樊凌儿，微微一愣。

张酸听到凝烟的称呼后不由得眉头一皱，李青月却没有什么反应。

李青月看向凝烟："你是木系树灵，能不能看出她怎么了？"

凝烟凑近樊凌儿查看，眼中始终困惑："她睡着了？"

李青月眼中流露出失望。

忽然，凝烟站直身子，猛地嗅了嗅，眼中闪过一丝惊恐："夫人，离远些，小心别沾染到了，这里面有魇花的气味。"

李青月微微一愣："魇花？那是什么？"

"魇花是狱法墟特有的花株，在妖兽的遗骸上生出，长到开花需要数以万计的骸骨为养分，所以百年也难能有一株。此花无论人、神，闻到都会不省人事，七日后在梦中死去，唯樊仙君能解。"

李青月目光一紧："狱法墟里的花？"

凝烟点了点头，困惑地打量着木匣："奇怪，明明是樊仙君让我交给他女儿的，为什么里面会有魇花呢？难道有什么人想要借他的手害樊凌儿？"

李青月看向昏睡的樊凌儿，微微叹了口气："不，樊交交这是在逼我们把他的女儿还给他，否则宁可她死。"

张酸皱眉道:"若是把樊凌儿还回去,那是要她父亲来接,还是我们找人送她回藏雷殿?"

李青月依旧沉默,看着樊凌儿,似是在抉择。

张酸挡住了李青月的视线,定定地看着她:"我们如今尚不能确定这是不是一个引你入瓮的圈套,所以无论如何你都不能出面。"

李青月微微摇头:"藏雷殿里没人能打得过我。"

张酸语气坚定:"一个是打不过,那十个、百个、千个、万个呢?更何况如今那白九思还情况不明,如她所说,是白九思醒来阻止了那个下战书的龙渊,那你更不能前去自投罗网。"

凝烟不满地说道:"玄尊不会对夫人不利。"

张酸懒得理会凝烟,只是盯着眼前的李青月:"那也不能眼睁睁地看着凌儿死去。"

李青月微微叹了口气:"不是有七天的时间吗,先探一探藏雷殿的情况再做决定也不迟。"

净云宗的鸿蒙大殿内,隐童子盘腿坐在地上,面前放着一个小茶几。他煞有介事地将手里的包子一个个放在桌上。

隐童子的声音清脆而稚嫩:"数一数,桌上究竟有几个包子?等数完了,小童子就要一口把它给吃掉。一,二,三——"

路过的蒋辩听到后,不由得停了下来,有些好奇地看着隐童子。

隐童子瞥了蒋辩一眼,并不理会他,继续数着包子:"——四,五,六——"

蒋辩起了逗弄之心,他蹲了下来,捏了捏隐童子的脸,笑道:"来,叫声'哥哥',我给你买更多的包子好不好?"

隐童子却毫不理会,继续数着包子:"七,八……"

包子终于数完,隐童子缓缓张开了嘴。他的嘴角越咧越大,几乎能装下一个头颅,而后一口将面前的包子吞下,面无表情地看向面前的蒋辩。

蒋辩满脸惊恐,连滚带爬地尖叫着离开。

角落里目睹这一幕的青阳不由哈哈大笑起来。

隐童子转头看来,青阳的笑僵在脸上,她若无其事地爬起来准备离开。

这时,玄微和紫阳、丹阳面色凝重地走来,青阳忙不迭地走过去,微微心虚地说道:"师叔,师兄。"

玄微微微颔首,紫阳却瞪着青阳,有些不满地说道:"不是让你好好练功吗,怎么又喝起来酒了?"

青阳心虚地将手中酒袋往身后藏,瞥了一眼远处虎视眈眈的隐童子,更是紧紧地跟着他们。

青阳试探着问道:"师兄是去找我徒——师祖吗?是有什么事吗?"

紫阳冷哼一声:"和你没什么关系——"

玄微打断他的话:"她也是宗门里的长老,有些事情也该参与了,一起去吧。"

紫阳还想再说什么,玄微却率先离开了。紫阳无奈,只能扯着青阳小声警告:"一会儿见师祖,别喝酒,少说话,也别打盹⋯⋯"

青阳有些不满地嘟囔了几句,但还是跟着他们走进了鸿蒙大殿。

大殿内,李青月坐在上方,玄微、紫阳、丹阳立于正中间。青阳站在角落,有些局促不安。

玄微率先开口:"那位凌儿姑娘既然是师父的人,那自然不能见死不救。师父坐镇净云宗,我去一趟藏雷殿也无妨,正好也能探一探为何昨日忽然停战。"

紫阳却有不同的想法:"我倒是觉得不必着急,总归还有七天时间。"

丹阳也点头附和:"对,我可以去翻古籍查一查是否有解魔花之毒的法子,实在无解,再去藏雷殿也行。"

青阳看着面前的众人,还是忍不住开口:"你们有没有想过,你们都曾打上过九重天,和藏雷殿是结了仇的,若是你们前去,那岂不是又闹出纷争?"

众人皆是安静下来。

青阳继续说道:"所以倒不如让我去——"

紫阳立刻反驳:"胡闹,你法术不精,怎么去?"

青阳却毫不示弱:"你们随便一个人用法力助我前去不就行了吗?我还

未同藏雷殿里的人交过手,他们看到我肯定也不会太过仇视。再说,两国交战,不是不斩来使吗?神仙也应该有这个规矩吧?"

殿内一片安静。紫阳想反驳却一时找不出借口。

李青月微微皱眉:"此事日后再议,先查魔花的解毒之法。"

玄微、紫阳、丹阳齐声应道:"是。"

青阳还想再说什么,只是碍于师叔和师兄们在场,她也不好再提,眼珠一转,另有打算。

夜幕降临,净云宗的鸿蒙大殿里,月光如水,洒在平台上,显得格外清冷。青阳偷偷溜进来,一边不满地抱怨,一边打量着门口有没有人注意到自己。

"这天下有我这么憋屈的师父吗,来见自己徒弟还得偷偷摸摸的。"青阳的声音里带着一丝无奈。

李青月坐在一旁,微微皱眉:"你又来做什么?"

青阳晃了晃手里的酒袋,扯出了老牌的无赖笑容:"还是找你喝酒啊。"

李青月似乎有些无奈,微微叹了口气。

青阳才不管她的脸色,一屁股坐下,喝了口酒,才开口说道:"你知道我今天为什么主动开口说想去藏雷殿吗?"

李青月微微摇头:"为什么?"

青阳坐直身子,认真地盯着李青月:"是为了你啊!"

"我?"

青阳继续说道:"上次你跟我说了你和大成玄尊的恩怨,我听下来倒是觉得并非没有回旋的余地。好歹我是你的师父嘛,所以我想当你和白九思之间的说客。"

李青月不屑地笑了笑:"我和他不需要说客。"

青阳故作高深地摇了摇头:"那未必。你是当局者,自然看不清,我这个旁观者倒是比你清明。如你所说,大成玄尊天性凉薄,生来无情,那他先前发现你踪迹之时就应当直接抓了你,而不是耍你回藏雷殿。"

李青月微微皱眉:"是他自负罢了。"

青阳看着李青月冷漠的模样,恨铁不成钢地凑近几分:"真是个木头,怪不得到现在都没能度过情劫。你说的那些全是你以为的，从未问过大成玄尊的想法，或许他并非你想的那般无情。就冲你先前对他做的那些事，藏雷殿到现在都没有打上门来，就足以证明他并非全然绝情。"

李青月目光飘忽不定，微微叹了口气："我也疑惑他为何至今都没有动作，说不定是在筹谋更大的反击。"

青阳望天哀叹："朽木不可雕也啊！算了，谁让我是你师父呢，也的确该教教你一些事。"

李青月看着青阳一本正经的模样，有些无奈。

青阳继续说道："你先前为了杀他而筹谋几百年，这我都能理解，毕竟你所受之罪、所承之苦都是因他而起，更别说……是失去骨肉之痛。不管他是否有意，伤害也都已造成，这是他之过，但也罪不至死。"

李青月欲说话，却被青阳捂住了嘴："我知道你大概会说我没经历过你的事，凭什么两张嘴皮子一动就替你原谅。我只是想告诉你，你伤害他的过程也是在一次次伤害你自己，因为你放不下，恨了他几百年，也恰恰说明你爱了他几百年。没有爱，哪里来的恨呢？"

李青月如同被刺到，拉开青阳的手，声音变得越发冷硬："我不想再听你说这些乱七八糟的东西，出去。"

青阳微微叹了口气，却不理会李青月的话，继续说道："想不想听听你师父我的故事？"

李青月没有接话，只是冷冰冰地看着青阳。

青阳也不在意，厚着脸皮地开口："曾经我有一个喜欢的男子，他对我也十分好。可惜啊，我年少不知爱，总是用伤害他的方式来试探他对我的情意，折磨得他遍体鳞伤，他最终选择离开。其实他很爱我，我也很爱他，等到我想明白之后去找他，却发现他早已不在人世，天上人间都再寻不到这么一个人了。"

青阳又喝了一口酒，看向李青月："所以啊，有什么事都得坐下来好好聊一聊，女娲娘娘造人时，张了张嘴的意义就在于此。"

李青月面无表情地看着青阳，仿佛在忍下什么话，却又忍不住开口："如果我没记错，你上次说的是自己喜欢一个人，结果他是个负心汉，将你送的东西都给了别人,你一气之下就离开了。"

青阳微微一愣,随即尬笑起来:"啊?还有这种事?你记错了吧?"

李青月懒得再理青阳,错开目光,看向窗外的夜空。

青阳却毫不介意,再次凑了过来,晃了晃手里的酒。

"你知道师父我为什么喜欢喝酒吗?"青阳的声音里带着一丝调侃。

李青月斜眼瞥她:"又要讲故事?"

青阳哈哈一笑:"是啊,因为你师父我胆小,喜欢一个人却不敢告诉他,只敢隔几日在他住处门口放一束花。玉梵山上的花几乎被我摘了个遍,所以我就四处云游,找新的花放在他门口。我整日喝酒是想喝了酒胆子就能大一些,下一次见他就告诉他,我喜欢他。可惜啊……我却天赋异禀,这酒越喝越清醒,根本没办法给自己壮胆。"

青阳微微一笑,看向李青月,微微叹了口气:"好徒儿,别学你师父我,白长了张嘴,却连想说的话都说不出来。"

李青月微微一愣,转头一看,青阳已经歪倒在一旁呼呼睡去。李青月眼中闪过一抹茫然,抬头看向窗外的夜空,微微叹了口气。

"白九思,为何到现在,你都没有来找我……报仇?"李青月的声音里带着一丝迷茫和期待。

殿门外,张酸低头站着,也不知听了多久,虽看不清神色,却可看出他的落寞。

阳光透过高大的书架洒在瑜珈仙君身上。他艰难地从"书山"里爬出来,手里拿着一个卷轴。卷轴一展开,灰尘飞扬,瑜珈仙君被呛得连连咳嗽。

"喀喀喀……还得是我,换个人还真不一定能找出来。"瑜珈仙君的声音里带着一丝自得。

白九思的目光落在卷轴之上,只见上面一片空白。

瑜珈仙君指尖轻点纸面,顿时流光在纸张上流转。许久后,瑜珈仙君才抬起头来,满脸疑惑地看向白九思:"此二者一人一仙,五百年前就已陨落,玄尊如今找他们做什么?"

白九思目光一缩,微微皱眉:"五百年前?"

瑜琊仙君点了点头："对啊，还是在同一天呢。就是清虚真君围剿鹠鸟的那一役里，死伤不少，他们正是其中之二。"

白九思目光越发深邃，像在思量什么："五百年前就已陨落的人和仙，无论如何都不该出现在四百年前吧？"

瑜琊仙君微微一笑："那是自然，神仙陨落便会在天地间彻底消散，而凡人就算是轮回转世，也不会再是同一个人了。"

白九思看向空中灾民头目和游乐仙的虚像，眼深越发凝重。

第二十四章
战事起

天色大亮,阳光透过高大的殿宇窗户洒在大殿中,空气中弥漫着淡淡的木香。丹阳一脸惭愧地手捧着木匣站在大殿中央。

木匣的表面雕刻着复杂的符文,正是迷晕樊凌儿的那个。

丹阳低着头道:"这魔花并非凡间之物,弟子孤陋寡闻,实在找不出解毒之法。"眼神中透露出一丝焦虑和自责。

凝烟闻言,越发不安,她咬了咬嘴唇,轻声说道:"终归是我送来的东西,要不就让我带着凌儿姑娘回藏雷殿找樊仙君吧。"

凝烟话虽说得坚定,但声音中带着一丝颤抖,显得底气不足。

李青月沉默片刻,看了凝烟一眼,又环顾了一圈屋内,微微叹了口气:"你先前是逃出来的,如今回去,龙渊定不会轻饶你。"

凝烟认认真真地想了片刻,攥着拳头一脸坚毅:"他罚归罚,总不至于要我的性命……吧?"她的声音越来越小,似乎连她自己也不太相信。

李青月沉默片刻,目光落在紫阳身上,微微皱眉:"玄微呢?"

紫阳微微摇头,声音低沉:"他似乎是有事被叫走了。"

升仙台下,青阳满脸哀求地望着玄微,全然没有往日吊儿郎当的样子。

"事态紧急,还哪里有时间去征求她的同意?师叔,你肯定也不愿看到师祖以身犯险吧?"青阳言辞恳切。

玄微面色迟疑,但青阳的话让他微微动容:"即便如此,你的法力也不足以对抗藏雷殿。"

青阳微微一笑:"师叔不必担心我的安危,当初藏雷殿的人想要降罪净云宗,也给了五天时间,想来九重天上的神仙也并非全然不讲情面。再说,师叔你身为师祖的亲传弟子，肯定也清楚她和大成玄尊之间的恩怨吧？"

玄微微微一愣，没料到青阳竟然是知晓其中缘由的。但青阳的话确实让他陷入了沉思。

青阳继续说道："我是觉得师祖和大成玄尊之间还有回旋余地，或许大成玄尊并非她口中那般冷酷无情。我知道，对师叔来说，最重要的事情就是师祖的安危。那你更应该答应我。若能就此解开他们的恩怨，那净云宗和藏雷殿都能相安无事。"

玄微依旧犹豫不定，但青阳的眼神让他无法忽视："师叔，你信我一次，我能成为净云宗的长老，并非只靠年纪和资历。"

对上青阳坚定的目光，玄微终于松动："既然是师父亲口告诉了你过去之事，想必她也是信任你的，那我也可以选择信你。"

青阳面上立刻露出欣喜之色，兴奋地走上升仙台，看向台下的玄微："太好了，多谢师叔！"

玄微双手结印运气，灵力传递到升仙台上，光芒四溢。

青阳站在光里，眼中闪过片刻挣扎，但还是开口询问："对了，师叔，你可有什么喜欢的花吗？我给你带回来当谢礼。"

玄微目光一闪，深深地看了青阳一眼，声音中带着一丝淡然："我不喜欢花。"

青阳眼中闪过落寞，但玄微的目光在她脸上停了片刻，微微一笑："不过蒲公英倒是还不错。"

青阳一愣，随即笑得眉眼弯弯："我知道了。"

神光消失，青阳的身影消失在升仙台上。

白九思闭目打坐，元神出窍，无数灵光从他身体中溢出，仿佛在探寻什么。一阵清脆的铃声响起，打破了时空隧道的宁静。

羲娥气急败坏地出现，一掌将白九思的元神打回他体内，她的声音中带着一丝愤怒："你有完没完了？你想要的不是都给你看过了吗？干吗又召我来？"

白九思睁开眼睛站了起来："我想再看一遍。"

羲娥错愕地看着白九思，声音中带着一丝不解："什么？"

"阿月被我封了法力的那十年光阴，我想再看一遍。"

藏雷殿的山门口，神光一闪，两尊麒麟石雕中化出一高一矮、一老一少两道身影。

守门大将军和守门大元帅满眼戒备地看着眼前的青阳，眼神中带着一丝警惕。

守门大将军声音低沉："是个凡人？"

"你姓甚名谁？怎么上来的？你来做什么？"两人齐声问道。

青阳理了理衣衫，端正地抱拳施礼："我是净云宗的长老青阳，此次是来拜访大成玄尊。"

守门大将军和守门大元帅不由得一惊，守门大元帅声音中带着一丝警惕："净云宗？不就是那个——"

守门大将军声音中带着一丝戒备："四灵建立的宗门！"

守门大元帅和守门大将军警惕地拿起了武器，眼神中带着一丝敌意。

"等等！别误会，我是代表净云宗前来求和的，方便给你们的大成玄尊通报一声吗？"青阳连忙举起手来。

守门大元帅冷哼出声："玄尊岂是你说见就见的？"

守门大将军也立刻接上："就是！"

青阳倒也不恼，很是好商量："那麻烦你帮我传句话，就说李青月的师父求见。按辈分亲疏关系来说，大成玄尊也该叫我一声'师父'，他肯定会见我的。"

通幽园中，阳光透过树叶洒在地上，显得斑驳陆离。永寿在龙渊耳边窃窃私语。

龙渊冷笑一声："好大的胆子！竟然敢自己送上门！师父远行未归，我去会会她。"

龙渊走出几步，又回头看向永寿，警告道："切记不要再告诉旁人净云宗的人来过。"

青阳苦口婆心地劝着守门大将军和守门大元帅，两个人愣是不理，坚决不肯回去汇报。

忽然，一个身影从山门中大步走来。

青阳打量了龙渊一圈，有些不确定："你是大成玄尊？"这大成玄尊，竟是个如此魁梧的样貌吗？她这便宜徒弟竟是这种偏好啊。

龙渊面色不悦："你找师尊做什么？"

青阳"哦"了一声，倒似如释重负。

"大成玄尊是你师父啊？是这样的，你们的大成玄尊和我的徒儿青月有些误会，我是想来替她解释一下。"

龙渊眼神中闪过一抹厉色："误会？"接着大步往山门内走去，头也不回地对青阳说，"既然这样，你随我来吧。"

青阳不明所以，立刻紧跟其后，打算见了白九思后和他好好聊一聊那些陈年旧事。

鸿蒙大殿中，阳光透过窗户洒在大殿之中，显得庄严、肃穆。李青月和玄微相对而坐，气氛显得有些沉闷。

玄微毕恭毕敬地给李青月斟茶，李青月却忽然间问道："玄微，你有什么事瞒着我？"

玄微一顿，还是决定暂时瞒下青阳的事情。于是，他并未回答，而是不着痕迹地岔开话题。

"这几日下来，弟子一直有个疑惑。这次回来，弟子见师父只是下令让宗门休养，未做下一步的筹谋，难道是师父已经了结抑或放下曾经的恩怨了吗？"

李青月语气中多了些迟疑："恩怨仍在，只是多了些让我弄不懂的事情。"

"师父不妨一说，弟子说不定也可为师父解惑。"

"我只是忽然发现，冥冥之中，似乎有一双无形的手，在推着我和白九思决裂。"

玄微眼神中闪过一丝诧异："师父为何会有此种想法？"

李青月拿起桌上的《器录》："过去我沉浸在恨意里，并未发觉，现在想想,这本书出现得太巧合。当初给我此书的游乐仙窜逃后再未出现过,这里面的法器,大部分都能为我所用,像为我量身定做的一样。"

"师父的意思是……有人故意把此书给你?"

"我也只是怀疑,这一次没能杀死白九思,倒是让我有了意外的收获——想杀白九思的,或许并非我一个,所以才会有这本书,毕竟里面的法器都能助我对付白九思。"

"这……过去从未听说有谁和大成玄尊结仇啊?"玄微微微皱眉,话语中有隐藏不住的担忧,"若是当真有这么一个人存在,那师父可要小心些了。"

丹霞境入口,一道瀑布出现在云海之中,水从天上来,落入云海之中便消失了,瀑布闪着金色光芒,不似凡间之水。

瀑布中飞出一道人影,重重地摔在地上,满身狼狈。

龙渊从瀑布里飞出,手中雷电环绕,冷厉地盯着青阳:"我不管你是耍了什么手段进来的,但是休想见我师尊!"

青阳从地上爬起来,一道雷电击打在她脚下,逼得她连连后退。

"我不是来闹事的,是来求和的。"

龙渊冷笑一声,声音中带着一丝嘲讽:"求和?又是四灵的新把戏吧?天上地下谁人不知,四灵一心想杀我师尊,又怎会求和?"

青阳表情诚恳:"我是背着她前来的——"

"少来这套!师尊会被你们的把戏欺骗,我可不会!若是想求和,就让四灵跪着上九重天!劝你一句,识相的话就赶紧离开,你还不配见我师尊。"龙渊掌中雷光暴涨,噼啪作响。

青阳被雷光闪得睁不开眼,只好用手挡面:"若是我今日一定要见大成玄尊呢?"

龙渊眼睛微眯,攥紧拳头,雷电开始在他身上环绕:"那我也就不必对你留情面了!"

夜幕降临,山门口显得格外寂静。龙渊大步走来,到门口时脚下一顿。

"今日无任何人前来,忘掉你们看到的一切。"

守门大将军和守门大元帅面露疑惑，但龙渊的目光让他们不敢反抗："是，仙君！"

清晨，草木露水未散，净云宗的山门显得格外宁静。
蒋辩打着哈欠朝山门走来。忽然，他惊叫一声，跌倒在地。
一个人影被吊在山门上，飘来飘去。蒋辩难以置信地揉了揉眼，眼前人影仍在，顿时吓得他魂不附体。
蒋辩惊恐地大喊："来来来来……来人啊！"
青阳衣衫褴褛，蓬头垢面，身上挂着一行血书。
"犯藏雷殿者，死！"

紫阳双目通红，暴跳如雷，声音中带着一丝悲愤："藏雷殿欺人太甚！他们竟然对青阳师妹痛下杀手！"
丹阳强忍着心疼，给青阳查看伤势，声音中带着一丝哽咽："师祖，青阳师妹是被雷电击杀，五脏六腑皆已震碎，救……不回来了。"
玄微表面色发白，跪在青阳尸身旁边，一言不发。
李青月面无表情，身子异常僵硬，她缓缓起身，走到青阳身边，蹲下身来，伸手为青阳擦去脸上的血迹，动作轻柔而缓慢，仿佛在安抚一个熟睡的孩子。
做完这一切，李青月缓缓站直，询问身侧的凝烟："龙渊所习的就是雷电之术吧？"
凝烟畏惧地缩了缩脑袋，支支吾吾说不出话来。
"先安葬了吧。"李青月的目光穿过大门，看向天空，眼底是压抑的愤怒。她的身影在阳光下显得格外平静，仿佛一座即将爆发的火山，平静之下隐藏着汹涌的力量。

羲娥的时间隧道中，白九思定定地看着复生阵中发生的缠斗。过去的白九思又一次打断了花如月施法，十安刚刚清醒的面庞又化作流光，烟消云散。
白九思的手在身侧紧紧攥拳，身体忍不住发抖，但神情前所未有地专注。
羲娥依旧不理解白九思为何还要重温过往，不禁神情古怪地看着白九思。

"这个人，可以给我看看他的踪迹吗？"白九思忽然抬手，指向幻境中偷偷溜走的游乐仙。

羲娥摇摇头："花如月的过去中，有你的因果。而他人的因果，你无权去看。"

"但这个人，不该存在。"回忆起在瑜琊仙君处查到的信息，白九思犹疑地开口。

"无论人或物，既已存在，必有缘由，只是你还没看破其中的道理。"

白九思喃喃："既已存在，必有缘由……吗？"

夜幕降临，寒风凛冽，净云宗后山，李青月独自坐在新坟前，背影在夜色中显得格外孤独。坟前放着两碗酒，酒香在寒风中飘散。

李青月喝下一碗，又将另一碗倒在坟前空地。

忽然，她回身，抽出了自己的逐日剑。

山风猎猎，阴云翻滚，这个世界没有一丝光亮。

李青月坐在升仙台最高处，仰望头顶暗无天日的浩瀚苍穹。

众人屏气凝神，神色庄重、肃穆。

凝烟正一脸发愁地看着眼前傻乎乎的隐童子。下凡这几天，虽然找到了夫人，但好像玄尊和夫人和好的事情遥遥无期。

"你说，青阳不会真的是龙渊杀的吧？"凝烟冲隐童子问道。

隐童子却没工夫搭理她，这孩子正忙着数满桌的好吃的，数完就一口吞掉，再摆上新的，重新数，乐此不疲。

凝烟还在困惑，脚下的大地突然开始震颤。她抬眼望去，窗外的山峰正被连根拔起，轰隆隆地将天顶出一个窟窿。

那是净云宗的升仙台。

山脉轰鸣，振动不止，尘土飞扬。净云宗弟子却在远处伫立如山，稳稳立于其上。

玉梵山顶，李青月衣袂翻飞，双手结印。法术光芒化作白练，将玉梵山的山顶层层缠绕，犹如藤蔓，仿若银鞭。

"精华罗毕，群魔自息，乘云吐雾，皎皎无穷，起！"

玉樊山彻底被拔地而起，随着李青月，飞向无际的夜空，飞向九霄云外的另一个世界。

凝烟看呆了，难以置信地喃喃自语。

"不会……"

东南西北，她分不清楚，但她知道，往上只有一个去处——九重天。

那山峰顶出的窟窿漏出阳光，玉梵山也犹如飞火流星，带着耀眼的白光，穿过黝黑的云层，飞过黑色迷雾。

不消片刻，黑暗散尽，一片光明，云海翻腾，霞光璀璨，金色的阳光透过白云洒下来。九重天上的仙山仙树，隐约展露于凝烟眼前，很快又如海市蜃楼，被层层仙云缭绕着遮住。

"完蛋了啊……"如此景色没有令凝烟感到震撼，相反，她只觉得崩溃。天知道，她多么希望玄尊和夫人能够见面，但绝不是这样见面啊。

云海茫茫，霞光万丈，一条星河连接四方九天，在云海之中闪着白色灵光。

星河远处，一叶小舟徐徐而来，摆渡人撑着竹篙，一小童托着下巴无聊地望着九天云海。

"这几日九重天上不太平啊，听说四境尊者齐聚丹霞境藏雷殿，要跟一个凡间宗门开战。啧啧，那阵势，千年未见，十分骇人。"

小童大眼睛眨了眨："爷爷，您说的是真的吗？不过一个凡间宗门，居然连四境尊者都出面了？"

"自然是真的。"摆渡人悠悠地撑篙，"你爷爷我是从太虚境守门人那里听来的，他飞升前是太虚境赤雷殿管事座下小仙侍家隔壁邻居姨妈家的爱犬，这还能有假？就在前几日，你爷爷我摆渡了一个朱赤殿的小仙童，听那位小仙君说，藏雷殿那位上神这次是动了真火，龙渊将军连遮天镜都放了出来。"

那遮天镜是四千年前云墟尊者用通天碧石炼制成的法宝，能遮烈阳、蔽天光，可将凡间遮蔽得仿若幽冥地府。此镜一出，天地变色，万灵惧怕。

"不知道那个宗门到底犯了何事,惹得大成玄尊如此震怒。"小童惊奇道。

摆渡人却不再回答，只是道："不管发生何事，都与你我祖孙二人无关，咱们只管摆渡，积福报，攒仙缘，有朝一日，机缘聚合，也可换个天地。"

"换个天地？"小童不解，"那爷爷想做什么？"

"继续摆渡啊，你爷爷我只会做这个。"

小童以手托腮，认真评判："爷爷，您真没追求。"

"仙路漫长，做仙就要知足常乐，懂吗？"

祖孙二人正说着话，远处的云海不断翻腾，越来越剧烈。小童揉了揉眼睛，一副难以置信的样子："爷爷。"

摆渡人打着哈欠撑船，一派悠然。

"爷爷！"小童扯了下老人拖地的胡须，"您快看，那边的云海好像开锅了似的，怎么翻腾得那般厉害？"

"什么啊……"摆渡人不慌不忙望去，一眼便僵在原地。

只见远处白云滚滚，翻腾不息，云雾缭绕，霞光万丈。

玉梵山冲破云雾，自云海之中拔地而起，云海翻腾不止，一波波灵力向四周扩散，将九天云海生生撕裂。云雾散开，净云宗的亭台楼阁、大殿广场一一展现，云海围绕，仙气袅袅，灵光四溢，美轮美奂。

升仙台上，李青月和一众净云宗弟子伫立，俯瞰九重仙境。

九重天，一片巨大的云彩缓缓移动。下方已聚集起阴云，似乎随时将要降雨。小神官费力地拖拽着云彩，向文宣宫走去。

离近些看，那云彩上竟然放满了书册、竹简，从新到旧，从薄到厚，各式书卷都堆在一起，那巨大的云彩被压得很低。

"灵枢！"文宣宫里传来一声巨大的怒吼，"你又用云彩运卷宗？"

小神官灵枢连忙卸了法力，任由卷轴堆在文宣宫门口，自己只管挥手驱散云彩。

终于，瑜琊仙君晃晃悠悠地走出来，云彩已经被驱散，灵枢先发制人道："仙君，您又喝酒了！"

对上灵枢清澈灵动的双眸，瑜琊沉默一瞬，错开目光："交代你的差事办得如何了？"

文宣官大殿内，一排高大书架如同参天大树，直通穹顶，灵枢一人来回忙碌，将卷宗逐一归位，按照年份收录到架子上。

瑜琊仙君就在堆积如山的书简下，偶尔帮灵枢递几次书卷、搬搬梯子。

灵枢走到桌案边，从书堆里拿出一个小本子，翻开后恭敬地说道："师父，太虚境五音山的微木仙君因多饮朝露，酒醉后腾云驾雾，凿山穿海，危及水族，阻碍南海交通，还撞伤了一条蛟龙，已由赏罚使押送至太微宫受审，判了九十九道天雷之刑，三日后于雷神台受刑，之后送至灵囿院，做三百年杂役，以示惩戒。"

瑜琊仙君一口酒喷了出来："判得这么重，他同意了？"

灵枢幽怨地看了看桌上的酒壶："他自然不同意！都告到了玄天那里，说咱们文宣官胡编滥造。"

"确实有些过了，本座为何会判得这么重？"

灵枢缩缩脖子，嫌弃道："因为您喝多了！"

瑜琊仙君装傻充愣，摇头不语。

灵枢叹了口气，声音中带着一丝无奈："师父，弟子初来文宣官时，您便对我讲过，文宣官负责九重天所有文书，上对诸位上古大神，下对各路小仙，关系到九重天四十八境所有大小神仙的功过赏罚、生死记录、福禄升迁，切不可轻忽大意。"

瑜琊仙君梗着脖子道："这各人自有各人的道法，为师的道，便是逍遥。这逍遥，又怎能少了酒呢？"

灵枢无奈地摇头："师父所言极是。"

瑜琊仙君随手拿起一个书简塞进灵枢怀里："凡间大禹州岳麓山上有一只白虎修炼成仙，已投到了玄幽尊者的境内，等着记录在案，你明日抽空便去看看。"

灵枢收起小本子，恭恭敬敬地接过书简，小心揣进怀里。

旁边几位整理卷宗的老神官插话进来，声音中带着一丝感慨："瑜琊仙君,似乎已经很久没有人族成仙了。"

"是啊,上一次樊交交父女飞升成仙也差不多过去两百年了,听说人族修士在凡间十分活跃,怎会比山精树怪更难踏上成仙之路?"

瑜琊仙君醉眼蒙眬,摇了摇酒壶,却发现里面空无一物。他随手将酒壶丢在一旁:"天地轮回,坏劫将至,这凡间灵力稀薄,人族又建了自己的道路城池,远离荒野,吸不到天地灵气、日月精髓,想修炼成仙成神,可比那山精树怪要难咯!"

众人纷纷点头称是。

就在这时,文宣官正殿外忽然响起钟声,如雷贯耳,传进殿内。

众神官惊讶地抬头,望向殿内中央的一块通顶玉璧。玉璧发出耀眼的光芒,一卷巨大天书出现在玉璧之上,书页向两边慢慢舒展,一行铄金大字现于书页之上,十分耀眼。

一名神官的声音中带着一丝惊讶:"人族修士,雍地玉梵山净云宗,玄微。"

众神官聚集在天书之前,露出讶然之色。

"净云宗玄微?定是人修中的大能。"

一名神官声音中带着一丝兴奋:"此等盛事,该在神历上记录一笔。灵枢,拿笔来。"

话音刚落,天书振动,又现出一行金光闪闪的鎏金大字。

"人族修士,雍地玉梵山净云宗,紫阳。"

众神官面面相觑,再次惊讶。

"净云宗是什么地方?居然有两个人族修士飞升成仙,如此厉害!"

天书继续振动,文字出现得极为快速,光芒大盛。

"人族修士,净云宗,丹阳。

"人族修士,净云宗,张酸。

"人族修士,净云宗,蒙楚。

"人族修士,净云宗,吕素冠。

"人族修士,净云宗,蒋辩。

"……"

钟鸣不止,寰宇震颤。众神官已经无法言语,盯着天书上不断出现的文字，惊骇非常。

瑜琊仙君打开一个新的酒壶，醉意蒙眬地瘫靠在椅子上，斜眼望向天书，一副通晓一切的样子。

广场四周云雾缭绕，仙气飘飘，金色霞光自云间透出，照射在大殿琉璃瓦上，流光闪闪。

净云宗众弟子站在升仙台下的广场上，人头攒动，四下却静得出奇。

突然，一阵细微的抽泣声传来，蒋辩可怜兮兮地四下望了一圈，死闭着双眼小声道："不知诸位师兄可知这里有多高，可……可还能看见地面？"

身边师兄皆奇怪地看向他，神色不解。

"我……我……我怎么觉得呼吸困难，不知是不是因为我法力低微，又是肉体凡胎，不适应这众神之地。"蒋辩自顾自捂着胸口，脸涨得通红，呼吸不畅。

身边弟子看了蒋辩一眼，只见他的手死死压着自己胸口，几乎要压出一个坑来，不由得无奈道："你要是不按自己的胸口呢？"

果然，蒋辩放下按着胸口的手，深吸一口气，顿感呼吸顺畅起来，脸色也由紫青逐渐恢复红润，可依旧死死闭着双眼。

"师弟这是怕高？"那弟子终于明白过了，扶住蒋辩的手臂，"你可睁开眼睛看看四周，与平日无甚区别。"

闻言，蒋辩终于睁开眼，缓缓环顾一圈，正想向那弟子道谢时，突听升仙台传来声音。

"蒋辩。"

李青月自升仙台走下，缓缓看向蒋辩。

大约刚才的声响被李青月听到了，蒋辩面色微红，上前一步行弟子礼，嗓音洪亮道："弟子在。"

大战将至，他却走神，甚至恐高之事还瞒了宗门多年。蒋辩心里琢磨着李青月会问他什么，他又该如何解释。

可他万没想到，李青月手上灵光一闪，从掌心中化出一封信，而后，在众目睽睽之下，那封信轻巧地落入蒋辩之手。

"这是我净云宗送给白九思的战帖。"

字字掷地有声。

那轻飘飘的信封突然有了重量,好似千斤,压在蒋辩手里,令他不知所措。迎着众人的目光,他只能僵硬地维持着弟子礼,不敢看李青月,也不敢围观的弟子。

"蒋辩,你去送。"

蒋辩呆住,下意识抬起头看向李青月,疑惑道:"师祖?"

这并非平日下山铲除妖邪般玩闹,这是净云宗同白九思乃至九重天第一次正面对抗。蒋辩自己都觉得让他这般胆小之人去送绝对不合适,更何况,前两日整个净云宗都外出去寻李青月,只有蒋辩一人和门外弟子留在宗门内。他想不明白自己如何担此重任。

"可是修行不够?"这边,蒋辩还在琢磨自己究竟何德何能被选中,那边李青月已经再次发话,"我会送你过去。"

话音刚落,没再给蒋辩反应的时间,李青月已经挥出一道灵光。下一瞬,蒋辩随着那道灵光飞了出去,伴随着的还有一声惨叫。

"啊啊啊——"

蒋辩被灵光托着,一路飞到丹霞境入口,然后啪的一声四脚着地落在一团云彩上。他摔得七荤八素,扑腾了半天才爬起来,晃了晃脑袋,看着眼前的景象,目瞪口呆。

云海之上,瀑布闪着金色光芒,落入云层。蒋辩稳住心神,大步流星地向藏雷殿走去。

到了藏雷殿山门前,蒋辩的小腿不由自主地颤了颤,他开口道:"我……我……"蒋辩鼓足勇力,大声吼道,"我,乃玉梵山净云宗丹阳长老门下弟子,今日来替师祖四灵仙尊送信,有人在吗?"

瀑布飞流直下,除了水声,没有其他声音。

蒋辩等了一会儿,没人回应,便参着胆子伸手去摸瀑布。突然,瀑布里闪出一片灵光,将蒋辩的手挡在外面,令他触摸不到内里。

蒋辩发现,原来瀑布外有结界,可他不管,咳嗽几声,贴着这结界依旧大声喊道:"我乃玉梵山净云宗丹阳长老门下弟子蒋辩,今日来替师祖四灵仙尊送信,里面有人吗?如果有人,就出来应一声。"

一声声喊多了多遍,他非但熟练起来,也自信了不少。他自以为无人能听见,却没看见头顶的结界突然被一道灵光破开。原本封闭声音的结界突然变成了一口回音钟,被放出来的声音响亮且连绵不绝。

玉梵山上,丹阳怔怔看向李青月。他的徒弟他自己最清楚,就蒋辩的修行,如何能让声音穿透九霄?他本以为是李青月所为,可看李青月意外的神情,他心中更是疑惑。他想问明缘由,但底下净云宗弟子已经欢呼起来,远远迎合着蒋辩的声音,一时竟有天摇地动般的声势。

丹阳将疑问憋回肚子里,李青月也只是微微皱了下眉,没再提起此事。毕竟蒋辩那些话令净云宗弟子们士气大振。

"师祖,可要现在就攻去藏雷殿?"玄微向李青月请示。

"藏雷殿守备森严,白九思想当缩头乌龟,我们强行冲破结界会挫伤锐气。"李青月思忖一瞬,"玄微、紫阳、丹阳、散香,你们留在这里守住净云宗,我先去看看。"

几人颔首,郑重道:"是,弟子谨遵师命。"

藏雷殿的门口,龙渊、离陌、樊交交、普元、永寿、苍涂等人站在殿门外,抬头看天,神情各异。

蒋辩的声音在众人头顶不断回响,如同响雷,传遍整个丹霞境:"藏雷殿的人听着,我乃玉梵山净云宗丹阳长老门下弟子蒋辩,今日来替师祖四灵仙尊送信,里面有人吗?如果有人,就出来应一声。"

龙渊脸色铁青,双拳紧握,气得浑身发抖。

守门大将军和守门大元帅听不下去了,气呼呼地上前请战,声音中带着一丝愤怒:"龙渊仙君!请让我兄弟二人出门迎敌!那厮欺人太甚!"

龙渊正要答应,离陌轻咳一声,声音中带着一丝提醒:"别忘了玄尊说过,敢动净云宗的人,都废去仙骨,逐出藏雷殿。"

守门大将军和守门大元帅顿时鸦雀无声,永寿和普元也面露难色。

龙渊眼神阴鸷地望着天空，声音中带着一丝愤怒："我就说，师尊不该对她心软。"

说完，龙渊大步向外走去，离陌连忙拦在他身前，声音中带着一丝急切："我已给师父传了血咒，他很快就能回来。师兄，你忍一忍吧，别忘了上次是我和苍涂仙君帮你说了很多好话，师尊才勉强没有将你赶出藏雷殿。若是这次闹得大了，怕是师尊真的不会留你了。"

龙渊愣了愣，肩膀垮下，愤怒地看着天空，眼神中闪过一丝无奈。

蒋辩累得坐在地上，用手扇风，心里不住地抱怨，嘴上却不停地接着喊。

"我第一次来九重天，没想到是这样。九重天的神仙不但没种，还不好客，我来了这么久，连口水都没有喝到，都不如我们凡间的宗门，上门送信，不但有茶水喝，还有点心吃。"

一道灵光出现在蒋辩眼前，李青月挥手破了蒋辩面前的结界，蒋辩却并未察觉，依旧大声重复着那句话。

"行了。"

李青月看蒋辩一眼。她让蒋辩来此地只是为了探探路，宗门内一个不上不下的弟子过来探路最为合适，谁想到蒋辩真的探对了路。

"师……师祖！"蒋辩口干舌燥，见到李青月，不禁万分欣喜，差点儿一句"师妹"便脱口而出。看到李青月一本正经的神色，他方才想起，这小师妹早已今非昔比。

他强行改过称呼，却又忘了礼数，将信还给李青月后，讪讪解释："师祖，你这身份转换得突然，我一时间还有些无法适应……"

李青月一怔，看向蒋辩，嘴角不自觉上扬，似乎觉得有些好笑。她想跟蒋辩说，不必在意这些虚礼，但又想到蒋辩不似张酸，她若是对蒋辩说不必在意这些东西，想必蒋辩真会成日喊她"师妹"，且不说她在宗门的威信恐怕维持不住，一个数万岁的人被二十多岁的愣头青这样叫，李青月也是受不住的。

想到这里，李青月压住嘴角，避开了蒋辩的话题，问道："你这收声结界为何破了一个口子？"

"对对。"蒋辩连连点头,又疑惑地看向李青月,"难道不是师祖助我?"

李青月沉默,思索片刻,望向藏雷殿大门:"白九思,你不愿出来见我,却在背地里捣鬼,是何居心?"

里面依旧一片死寂。

"好,既然你真不打算出来,那我便进去!"说罢,李青月点出一道灵光,化成一只金色飞鹰,那飞鹰眼眸锐利,尖喙利爪,身姿矫健,流光溢彩,穿过大门,飞入藏雷殿。

飞鹰快速穿过藏雷殿院落,飞入大殿之内,化作李青月的虚影。

李青月的虚影扫视四周,嘴角含笑,眼神轻蔑:"诸位好久不见,故人登门,为何不出门迎接?还设下结界,似乎不是待客之道。"

"四灵,你胆敢带着凡人擅闯众仙之地,你可知罪?"龙渊愤怒出声。

李青月面露寒意,眼神睥睨,姿态傲然:"你们能去凡人领地,凡人为何不能来九重天?"

众人面面相觑,无人应答。

李青月抬手直指龙渊:"龙渊,你既然敢杀我净云宗的青阳长老,就该料到会有今天!"

龙渊怒火冲天,大步上前:"你少往我身上泼脏水!"

"哟,敢作不敢当吗?"李青月环视大殿,"藏雷殿的人都给我听着,明日你们若是能交出龙渊的项上人头,一命换一命,我们就既往不咎,不再找藏雷殿的麻烦。若不然的话,我定血洗藏雷殿,叫这丹霞境易主!"

一语闭,四下皆倒抽一口凉气。

众仙并非怕,而是惊讶于李青月的胆量。要知道藏雷殿并非只白九思一位上仙,他座下弟子就有千百人,而且皆是修行千百年的大仙,真要打起来,别说是净云宗,就是整个九重天,恐怕都不在话下,李青月却敢扬言血洗藏雷殿。众人皆被点燃了怒气。

樊交交抢先上前一步,声音中带着一丝急切:"四灵,如今已是第五日,我的女儿,你该还给我了。"

李青月冷眼看着樊交交,声音中带着一丝冷酷:"想要凌儿,自己前来净云宗领人!"

樊交交还欲再言,李青月的身影已经消失,屋内陷入一片寂静。

李青月收回灵力,看了一眼丹霞境入口,眼神坚定、冷漠,转身对蒋辩道:"走吧。"

蒋辩一脸崇拜地看着李青月,眼神中带着一丝敬佩。

忽然,李青月似有所觉一般,抬头望向云海深处,眼神锐利:"有故人来见,你先回去。"

蒋辩一脸绝望:"不是,师祖,我……我怎么回去啊……"

不等蒋辩回话,李青月飞身化作一道神光,闪入更深的云海。

蒋辩望着层层云海,高耸无边,哀号起来:"这可怎么办啊……"

第二十五章
入瓮计

云海翻涌，如同无际的白色波涛，层层叠叠地铺满了整个天空。阳光从云层的缝隙中透出，洒在波涛上，泛起一片片金色的光。

在这片浩瀚无垠的云海之上，玄天使者负手而立，他身上的黑袍随风翻飞，不怒自威。

李青月的身影从远处飞来，她的衣袂在风中飘舞，如同一片轻盈的羽毛。

"若是玄天使者此次来是为了劝架，那便不必再谈了。"李青月的声音清冷而坚定，如同一把利剑，直刺人心。

玄天使者微微皱眉，他的眼神中带着一丝审视，仿佛试图看透李青月的内心："四灵，你携凡人飞升九天，此行本就有违秩序——"

李青月打断了他的话："先前龙渊使用遮天镜向凡间百姓示警之时，玄天不管，如今凡人上天，你就露了面。怎么？难不成神仙犯人无事，人犯神仙就当诛吗？"

玄天使者被李青月的话问得无言以对，他的眼神中闪过一丝复杂的光芒。

李青月继续说道："我与白九思自天地初开便开始争斗，但这么多年来，我们从未干扰过这天地间的秩序。如今龙渊既然下了战书，那我前来应战，也算是维系天地法则吧？"

玄天使者语重心长地说道："神仙亦有恩怨，你们私斗如何，我确实无法管束，可是你们不该连累无辜之人或仙。"

"先前龙渊给了净云宗之人离开的时间，如今我也给了藏雷殿弟子离开的时间，所以最后自愿留下来的人或是仙都是出自本心，亦不会牵连其他人。"

玄天使者看着李青月不容辩驳的模样，心中不禁生出几分无奈。他缓缓说道："四灵，从始至终，玄天看中的只有两件事，一是维系天道法则，二是无量碑。龙渊是白九思的首席弟子，你杀他，白九思定不会坐视不理。想必你也清楚，白九思虽不在这天道运行之中，但肩负守卫无量碑的重责。你若是以私人恩怨危及无量碑的存亡，玄天自然不会坐视不理。"

李青月仿佛对玄天使者要说的话早有预料，她微微一笑："若使者担心的是此事，那我可以向你保证，我与白九思同为鸿蒙神主的精气所化，法力相当。他能做的事，我亦能做！无论我们之间谁生谁死，都会有人镇守无量碑。"

"无量碑可不是你能拿来轻易许诺的物件！"

李青月看到玄天使者俨然誓不罢休的架势，最终靠近他，低语片刻。

玄天使者目光存疑地看着李青月，带着一丝不信任："无凭无据，我为何要信你？"

"明日一过，使者就会全然知晓。无论最后结果如何，此事一了，我就会带着净云宗降下九天，定不会乱了天地间的秩序。"

玄天使者沉默许久，最后抬头看向李青月："好，那我就且信你一次，若是你存心诓骗，定会受到天罚。"

李青月神色从容，掷地有声："绝不食言！"

"怎么是你守门？"李青月微微皱眉，语气中带着几分疑惑。

张酸有些不好意思地笑了笑："那些第一次上九重天的师弟正在兴奋地来回看。"

李青月微微摇头，叹了口气："不守也罢，你也去休息吧，明天是场恶战。"

张酸还想再说什么，忽然，一道声音插了进来："请问前面的可是四灵仙尊？"

李青月和张酸一同望过去，只见灵枢背着一个巨型卷轴好奇地看着他们二人。

"是我。"李青月淡淡地回应道。

灵枢正了正衣冠，恭敬行礼："拜见上神。我是文宣宫瑜琊仙君座下的书记神官灵枢，前来贵地，是为此次飞升九重天的诸位仙长登记造册的。玉梵山有数百名修士飞升，因为人数过多，我担心只对照卷宗会有失误，特来此是想向诸位求证。"

李青月没有说话,只是淡淡地看着灵枢。

灵枢欣喜地张望了一下李青月身后的宗门,眼中满是羡慕:"小神在文宣官供职千年,见过夫妻成仙,见过兄弟成仙,从未见过整个宗门都飞升成仙的。诸位法力高深、福泽深厚,有此造化,千年难得,恭喜啊。"

张酸微微惊讶,看向李青月:"师祖,这是为何?"

九重天乃众仙之境,非魔族、邪祟登天,便会被视作飞升。她牵动整个玉梵山来到九重天,这些弟子自然也就成了仙人。

说完,灵枢一个手势,身后大卷轴飞出,摊开在眼前。他以灵力化出毛笔,看向张酸:"从这位仙长开始吧。请问怎么称呼?"

李青月淡淡地说:"不用入仙册。"

灵枢一愣,有些茫然地看着李青月:"为何?"

"我们上来不是成仙的。"

灵枢更加茫然了:"不为成仙,贵宗门的诸位仙长为何来这九重天?"

"杀人。"

灵枢受惊,擦了擦额头的冷汗:"可是,九重天没有人啊,只有神仙。"

李青月并未再答,只是冷冷地看了灵枢一眼。

灵枢反应过来,目瞪口呆,手上的毛笔掉在地上,化作灵力碎光,消失在空气中。

藏雷殿的崇吾殿内,众人齐聚一堂,面色皆十分凝重。

龙渊坐在主位上,面色阴沉,眼中带着几分愤怒。

离陌担忧地看着龙渊,轻声问道:"师兄,刚才四灵仙尊说你杀了净云宗青阳长老,这是怎么一回事?"

龙渊冷冷地看着离陌,语气中带着几分不耐:"当然是她记恨我先前的警告,想除掉我,从而栽赃给我的污名!"

离陌微微皱眉,有些担忧地说:"可是过去四灵从未用如此手段……"

龙渊不理会离陌,转而看向其他众人,语气中带着几分决绝:"我龙渊光明磊落,一人做事一人当,没有做过的事情休想赖到我身上!明日我会出门迎战四灵，便是为她所杀，也绝对不会认这个污名！"

永寿和普元一同站出来，语气中带着几分坚定："龙渊师兄放心，我等定不会让你孤军奋战！"

普元也跟着说道："我愿与师兄同生共死。"

其他弟子连声应和，都不愿离开。离陌和苍涂对视一眼，眼中皆带着几分无奈。

苍涂低声安慰离陌："少安毋躁，师尊应该能赶得回来。"

龙渊环视一圈，皱起眉头："樊交交呢？"

普元回答道："樊仙君似是去接他的女儿了。"

竹沥暗自发誓，这辈子再也不去净云宗了。樊交交不敢面对自己的女儿和四灵仙尊，便把接人回家的重任交给了他竹沥。顶着净云宗众人嫌弃、责备的目光，竹沥觉得自己嗓子眼发干，脊梁骨发软，很是不好意思开口要人。

这会儿，看着樊凌儿昏睡在床上，竹沥心中生出几分不忍。

"凌儿，你怪我也认了，只有这样你才不会惹祸啊。"樊交交缓缓抬手，悬在樊凌儿丹田上方。

昏迷中的樊凌儿依然痛苦难忍，额头冷汗密布。

"仙君……"竹沥还是没忍住，开口劝阻，"小姐醒来肯定会恨你的。"

樊交交却丝毫没有停顿："我是为她好！原本她对我这个爹也没多少敬意，恨我，也好过她被殃及。"

净云宗的鸿蒙大殿内，李青月正在打坐，周身散发着淡淡的灵力光芒，显得格外宁静。

张酸径直走了进来。李青月缓缓睁眼。

"你现在当真是越来越放肆了，不经通报就擅自进来。"李青月的声音清冷而平静。

张酸却丝毫不介意地在李青月身边坐下："我有个问题，不问不行。虽然我不喜欢白九思和藏雷殿里的人，但是我还是想问一句，你当真觉得青阳师叔是为龙渊所杀吗？"

李青月冷冷地看着张酸，语气中带着几分愤怒："除了他，还能有谁？"

张酸再度沉默下来，眼中神色不明。

李青月猛地起身，看也不看他就朝外面走去："有这时间乱想，你还不如好生休息！"

张酸看着李青月的背影，眼中神色不明，似乎在思考什么。

藏雷殿的大门口，夜色如墨，月光如水，洒在大地上，显得格外清冷。一道白光掠过，白九思的身影出现在藏雷殿门口。守门的二人看到白九思后，难以置信地揉了揉眼睛。

"玄尊回来了！玄尊回来了！"守门大元帅和守门大将军抬手给了彼此一巴掌，然后欣喜若狂地捂着发疼的脸，眼中满是惊喜。

崇吾殿内，龙渊跪在白九思面前，满脸愤愤不平："师尊，这次是四灵主动上门滋事，分明是报复我上次宣战一事，依我之见，上次就不该饶过他们净云宗！"

白九思不语，目光淡淡地看着龙渊。

龙渊被得有些不自在，顿觉更加悲愤："师尊如此看着我，是当真信了那四灵给我编造的污名吗？"

白九思的目光逐渐变得冰冷，令龙渊不禁打了个寒战。

离陌看着气氛不对，便上前一步，劝解道："师尊，虽然龙渊师兄过去行事激进，但他应当不会擅自下杀手，我想着其中或许有误会，如今师尊既然回来，不如约四灵仙尊前来谈一谈如何？"

白九思收回了看龙渊的视线，语气中带着几分冷意："不必。"

屋内众人皆是一愣，苍涂忍不住问道："玄尊的意思是？"

白九思淡淡地说："明日打开结界，放他们进来。"

息元殿樊凌儿房间内，随着天光亮起，樊凌儿睫毛一动，缓缓睁开了眼睛，逐渐清醒过来。她坐起来看了看四周，皱起了眉头。

樊交交走进来，看到樊凌儿已醒来，不禁一笑："凌儿，你醒了啊。"

樊凌儿看到樊交交后,目光一冷,起身欲下床,忽然察觉异样,停了下来。她盘腿而坐,调运灵气,半晌后难以置信地睁开眼,看着自己的双手:"你对我做了什么?"

樊交交沉默不语。

樊凌儿的声音逐渐变得愤怒:"我的灵力呢?!你对我做了什么?!"

樊交交避开了樊凌的眼神:"凌儿,你莫要怪我,是你执意不听我的劝告,我只有废了你的修为,才能让你听话些,不再插手危险之事。"

樊凌儿难以置信地看着樊交交,双目逐渐赤红:"你废了我两百多年的修为?"

"你放心,虽然你的修为没了,但你依旧是长生不老之身,日后我会好好照顾你,不会让你有丝毫危险的。四灵马上就要打上门来了,我还要去帮师尊,就不在这里陪你了,你有什么事找竹沥。"

樊交交匆匆逃离,不敢再面对愤怒的樊凌儿。

净云宗众人聚集在广场上,李青月站在高台之上,望着远处的云海。众人站在猎猎风中,衣袂翻飞,神色肃然。李青月一身红衣,在狂风中肆意翻飞,灰暗的天幕下,烈烈如火。

玄微上前几步,拱手行礼:"师父,时间到了。"

李青月点头,望着远处的藏雷殿,目光冷冽、决然:"布阵。"

净云宗百名弟子聚集在一处,灵力聚集,光芒远胜阳光。

李青月看向一旁的上官日月,语气中带着几分严肃:"待我们走后,你便带领其他外门弟子开启护山法阵,自此飞鸟不过,法力不侵,诸邪避退,你们莫要忘了。"

上官日月和外门弟子齐声应道:"是,师祖。"

李青月又看向眼巴巴地看着自己的凝烟和隐童子,语气中带着几分温柔:"你们在宗门里好好待着。"

蒙楚径直上前,语气中带着几分坚定:"无论艰难险阻,此行弟子愿陪师祖前往!"

丹阳给吕素冠使了个眼色,让她留下。吕素冠假装看不到,站到蒙楚身后。曲星蛮也不服气地挤在蒙楚和吕素冠中间。

李青月看到他们三人的互动，微微摇头，语气中带着几分无奈："你们三个都留下。"

蒙楚还欲说话，被紫阳打断："师祖开口，你听从就是。"

蒙楚眼中满是担忧，却也不好违抗师命，只能郁闷地应下。

李青月的目光扫过张酸，见他根本不看自己，便明白了他的心思，索性不再开口。

蒋辩站在人群里左右张望，眼看着李青月一直不看自己，顿时急得抓耳挠腮，欲言又止。李青月这才瞥了他一眼，语气中带着几分无奈："蒋辩，你也留下看守山门。"

蒋辩顿时兴奋起来，大声应道："是！"他察觉众人看他的目光异样，赶紧收起了笑脸。

玄微来到李青月身边，顿了顿开口："师父，小心。"

李青月和玄微交换了一个眼神，玄微眼中清明，似乎看透了什么。李青月亦明白了玄微心中所想，微微一笑，深意不言而喻。

李青月看向藏雷殿的方向，目光冷冽，一身肃杀，坚定决绝："走吧。"

逐日剑飞出，李青月踩着逐日剑，率先飞了出去。玄微、紫阳、丹阳、张酸等弟子紧跟其后，御剑飞行。乌云翻涌不休，一个又一个人影消失在乌云之中。

留守众弟子齐声恭送："恭送师祖！"

丹霞镜入口，瀑布结界前，苍涂和几个仙甲兵站在一起。

瀑布入口处放着凤辇，凤凰、金雕做顶，四根金色立柱刻着繁复的花纹，红色纱幔自顶部垂下，尊贵非凡。远处云海剧烈震动，云雾翻腾，光芒大盛。灵光消散后，李青月带着众人御剑而来，收剑在瀑布口停下。

"苍管事，怎么就派了你一个人出来迎战啊？藏雷殿里没人了吗？"李青月冷笑一声，语气中带着几分嘲讽。

苍涂上前一步，恭敬行礼："苍涂奉命恭迎四灵仙尊，我家玄尊为仙尊准备了凤辇，还请仙尊移步。"

"白九思不再躲着了？"

众人都面露不解，他们是来打架的，对方怎么还安排上凤辇了？

苍涂回答："仙尊去了就知道了。玄尊说，只要您肯坐凤辇而来，今天一定让您满意而归。"

李青月凝视苍涂片刻，冷笑一声："好，我倒要看看白九思能搞出什么名堂。"

李青月举步进入藏雷殿抬来的凤辇，玄微、紫阳、丹阳、张酸等人跟在李青月身后。

头顶的乌云翻涌不休，渐成旋涡状，仿佛随时要将他们吞噬。

凤辇四周的帷幔垂下，仙侍拉着车向藏雷殿行去。

苍涂双手结印，一道白光飞出，丹霞境结界瞬间消散，通天瀑布慢慢向两边分开，里面别有洞天。

藏雷殿内外仙树环绕，树上挂满了一串串的红灯笼，到处张灯结彩，布置得如同凡间喜堂，桌上放着各色点心和鲜果，茶香四溢，仙乐飘飘。

藏雷殿众人一身红衣，均是迎亲的打扮。

白九思身穿婚服站在众人面前，静看远处云海剧烈震动，云雾翻腾。

龙渊垂首站在他身侧，严阵以待。离陌和樊交交站在另一侧，神情严肃。众弟子分列两侧，如同夹道欢迎一般。

凤辇在丹霞境的石林中穿行。突然，一道灵光飞来，石胎三兄弟落在凤辇前，挡住了众人去路。

石一兴奋地大喊："娘儿们，是你吗？"

石二紧接着问道："娘儿们，你睁眼了吗？"

石三则大声说道："娘儿们，你输了。"

端坐在凤辇上的李青月微微一笑："是我，我睁眼了。是的，我输了。"

石胎三兄弟齐声大喊："娘儿们认输了！我们赢了！"声音巨大，震碎了一片石林。

除了李青月，众人均捂住耳朵。石胎三兄弟睁开眼睛，三道白光激射而出,直冲李青月而去。

　　李青月眉心微皱,掌心一抬,一道灵光飞出,冲向对面的石胎三兄弟。石胎三兄弟被击打得后退几步,却依旧毫不畏惧,飞身而起,再次冲向李青月。净云宗众人纷纷围攻石胎三兄弟,但石胎三兄弟游刃有余,甚至能用激光法术攻击李青月。

　　苍涂见状,来不及阻止,凤辇突然裂开,李青月飞身而起,神色不耐,双手结印,口中轻喝:"镇!"她悬在半空中,掌心的灵光化作一只巨大的兽笼,带着法术灵光,朝石胎三兄弟狠狠落下。石胎三兄弟被兽笼罩住,用尽全力抵抗,但最终还是不敌。待兽笼彻底落下,大地震颤,尘土飞扬。

　　石胎三兄弟被关在笼中,不甘地瞪着外面,大声喊道:"娘儿们!有本事放我们出来,别玩阴的!"

　　李青月掸了一下衣袖上的灰尘,轻轻摇头,自语道:"真是麻烦。"

　　玄微和其他弟子纷纷上前,关切地问道:"师父,可有受伤?"

　　李青月微微一笑:"无事。"

　　苍涂几人走上前来,客气地拱手行礼:"凤辇已坏,请仙尊稍等片刻,我让侍从再送一辆过来。"

　　李青月冷笑一声:"本来也不需要,不必麻烦,本尊直接过去。"说完,她化作一道灵光,飞向藏雷殿。

　　其余众人纷纷御剑飞行,紧随其后。

　　长号响起,恢宏的鼓乐在藏雷殿中回响,鸟雀惊飞。

　　忽而,光芒大盛,灵光消散后,李青月带着玄微和净云宗几位长老出现在云雾之中,缓步而来。

　　除了李青月身着红衣,一步一步拾级而上,其余众人均是白衣,腰配兵器,一身肃杀,没有半分喜气。

　　"阿月。"白九思向李青月伸出手。

　　李青月看到白九思的红衣后目光一顿,随后眸光如刀如冰:"当了这么久的缩头乌龟,你终于敢露面了?"

　　龙渊立刻大声呵斥:"大胆!你怎么敢如此说我们师尊!"

白九思眼风扫向龙渊，眸光冰冷、犀利，不怒自威。龙渊郁闷地闭了嘴，不敢再说话。在场众人噤若寒蝉，目不转睛地望着二人，紧张得几乎忘了呼吸。

李青月目光扫过藏雷殿的装扮，目露嘲讽："白九思，你又在搞什么鬼？"

白九思微微一笑，语气中带着几分调侃："上次娶你，未举办婚宴，想想一直都是个遗憾，今日难得有机会补给你。你看现在宾客满堂，像不像一场婚宴？"

玄微、紫阳等人将手放在剑柄之上，蓄势待发，剑身振动，微微鸣叫。龙渊等人如同拉满的弓、即将离弦的箭，随时准备拔出长剑，将净云宗一干人修削成肉泥。两方人马剑拔弩张，恨意滔天，大战一触即发。

李青月目光定定地看了白九思片刻，只见他眼中一片温和。她冷冷地问道："别拖延时间了！废话少说，白九思，你是不是执意要维护龙渊？"

白九思微微一笑，眼神中带着几分温柔："别急，我会让你如愿的。"他望着李青月，上下打量一番，忽然唇角微勾露出一抹笑，诚挚，热烈："你穿红色，真的很美。"

李青月目光微缩，一时有些失言。

白九思继续说道："算起来我们成过三次亲——鸿蒙神主的庙里，小秋山的山谷，还有净云宗和天姥峰……可惜次次都没有善终，阿月，真的抱歉。"

"我三次娶你、弃你，你还能三次嫁我，"白九思用力勾起笑容，"你觉不觉得十分有趣？"

李青月似是听不下去，猛地召唤出逐日剑，剑光闪烁，寒气逼人："别说这些废话了！我就问你一句，龙渊的命，你给不给？"

白九思眼中闪过一丝黯然，随后缓缓转头看向龙渊："你过来。"

龙渊面色僵硬，但还是大步走来。

李青月冷冷地看着二人，白九思则定定地看着龙渊，语气中带着几分严厉："龙渊，我要你起誓，日后无论发生什么，都不能动阿月和净云宗之人分毫，如违此誓，形神俱灭，不得善终。"

龙渊一愣，诧异地看着白九思。李青月则目如寒冰，冷冷地看着龙渊。

白九思再次说道："发誓。"

龙渊迫于白九思的威压，不得不硬着头皮发誓。

白九思目露满意，轻轻点了点头："回去吧。"

龙渊异常疑惑，但还是莫名地听从白九思的指令，走回离陌等人身边。

李青月恨得咬牙切齿，猛地握剑抬手，却被白九思紧紧攥住。净云宗弟子见此，纷纷拔剑。藏雷殿的人也全部亮出兵器。双方敌视，大战一触即发。李青月想挣脱开白九思的手，却发现他的力气太大，根本无法甩开。

李青月忍无可忍，大声质问："白九思！你既然如此选，那还等什么？拔剑吧！"

白九思看向李青月，忽而一笑，将她拥入怀中。李青月僵立在原地，一时间不知所措。

"你说过，一命偿一命就可以了。"白九思的声音低沉而温柔，仿佛在诉说什么重要的事情。

李青月回过神来，刚想挣扎，白九思就放开了她，只是握着她的手未松。他深情地看着李青月的眉眼，眼神中带着几分温柔和愧疚："你师父的命，我替我的徒弟偿还。"

龙渊面色大骇，大声喊道："师尊！"

李青月眼中也闪过错愕，不等她反应，白九思的手下滑，骤然抓住剑锋，狠狠刺向自己的心口。李青月神情惊愕，持剑的手剧烈一抖。

藏雷殿众人发出惊呼声："玄尊！师尊！"

白九思无力支撑，跪倒在地。李青月瞬间呆滞，跟着白九思一起跪在地上。藏雷殿众人朝白九思奔来，净云宗的人为保护李青月，也纷纷跑上去，同藏雷殿之人对峙。

时间仿佛停止一般，李青月和白九思相对跪坐着。鲜血顺着剑锋染红了李青月的手，白九思嘴角渗出一缕血丝，他望着李青月，漂亮的眼睛仿佛藏着星辰大海，笑容真挚、热烈，宛如初见。

"大错铸成，无力回天。阿月……是我对不起你了。"白九思的声音断断续续，仿佛用尽最后的力气诉说着什么。

天空落下雪花。

白色灵光从白九思的身体向外飘散，将他紧紧环绕，又不断向外扩散，最终，整个藏雷殿的红被雪白覆盖。

李青月仰望着浩瀚的苍穹，轻轻闭上眼睛，眼角似乎有泪，倏忽不见。

　　苍茫的穹顶响起天地丧钟，钟鸣九响，上神离世。藏雷殿众人跪倒在地，匍匐不起，哀痛欲绝。

　　钟声响彻整个辽阔的丹霞境。灵鸟西飞，群兽嘶吼，天空飘起鹅毛大雪。丹霞境的山川湖海、石林峻峰、千里沃野、亭台楼阁……瞬息间，均被白雪覆盖。天地间茫茫一片，整个丹霞境，如同裹上了银白素缟，为主人送行。

　　白九思的身体在一片雪白中，慢慢化作点点萤光，随风消散。

　　望着天空不断飘落的雪花，李青月慢慢伸出手。一片晶莹的雪花落在李青月指尖，逐渐融化，消失了。

　　龙渊双目赤红，想上前，却被离陌和樊交交按住肩膀。离陌和樊交交均是满脸哀伤。

　　离陌低声说道："你忘了师尊方才让你发的誓言了吗？"

　　樊交交也说道："是啊，师尊的遗言，你也要违背吗？"

　　龙渊死死地盯着净云宗的每个人，眼中满是愤怒和不甘。纷乱的人群里，一只手捡起了白九思丢下的契月剑。净云宗和藏雷殿的人相互警戒，并无人注意到这一异动。

　　李青月愣愣地看着自己的指尖。突然，她感到胸口一阵剧痛，鲜血喷涌而出。她低头一看，只见一把长剑穿胸而过，她呕出一口血来，身体缓缓倒下。

　　紫阳最先注意到李青月的情况，不由得面色大变，大声喊道："张酸！你做什么？！"

　　李青月身后露出了握着契月剑的张酸，只见他面容空前阴冷，目光有几分空洞。张酸猛地拔出契月剑，李青月的身影随之倒下。

　　净云宗弟子想要围上来，忽然，巨大的灵力从张酸身上向四周爆开，震飞了所有人。张酸弯腰捡起李青月的逐日剑，身后出现一团黑雾，他往后一倒，身影消失在黑雾之中，随即，黑雾也彻底消散。

　　玄微猛地朝倒在地上的李青月扑去，只见她已经昏死过去。紫阳和丹阳等人也围了过来,焦急地问道:"师祖如何了?"

玄微面色凝重,沉声说道:"赶紧找张酸!"

丹阳还想说什么,却被玄微打断:"听我之令,去寻人!"

净云宗众弟子闻言,立刻散开,各处搜索张酸的下落。

龙渊看着在藏雷殿乱跑的净云宗弟子,不由得想要呵斥。

苍涂似乎也察觉出来有些不对劲,抢先开口:"他们净云宗似乎出现了变故,由他们去找吧。"

天姥峰的广场上,一双脚踏上了台阶,一步步向上。张酸左手握着契月剑,右手握着逐日剑,双剑剑身光芒流转。他径直走到中央的无量功德碑前,抬头仰望。无量碑上的诸多名字散发着金色的光芒,显得庄严、肃穆。

张酸露出一抹嘲讽的笑意,缓缓飞起,握着逐日剑在诸多名字上掠过。剑尖停在"清虚真君"上时,他眼中闪过一抹怨毒,收起长剑,越飞越高。他松开双剑,使它们悬浮在自己身侧,随后闭目,开始施法结印。无数灵力从张酸身上溢出,暴虐的罡风围着他飞速旋转。双剑颤抖不止,跟着旋转,最终停下,剑尖直指无量碑。

张酸猛地睁开双目,眼中已经变得漆黑一片,他大声喝道:"破!"

双剑如同离弦之箭朝无量碑击去,攻击到无量碑的瞬间,爆发出刺眼的光芒,将整个天姥峰都罩住了。

藏雷殿的广场上,巨大的震动传来,藏雷殿弟子均有所感应,下意识看向天姥峰方向。

苍涂惊呼:"不好!他是奔着无量碑去的!"

藏雷殿弟子闻言,纷纷化作灵光消失。

玄微看到这一幕,沉声开口:"跟上!"净云宗弟子御剑而行。

玄微看向怀里的李青月,却见她化作碎片消失了。他略一思索便明白过来,心里也彻底松了口气。

天姥峰的广场上，张酸眼中的漆黑散去，他略带几分自得地看着散发刺眼光芒的无量碑。光芒散去，逐日剑和契月剑打在一个金色结界上。结界附在无量碑表面，而无量碑完好无损。张酸眼中的得意僵住，他难以置信地看着这一幕，似是有些不敢相信。片刻慌乱过后，他咬牙再度凝神，欲继续倾注灵力。

"剑归！"李青月和白九思的声音同时响起，带着不容置疑的威严。

张酸一惊，来不及回头，契月剑和逐日剑同时脱离了他的掌控，朝他身后飞去。两道剑光闪过，李青月和白九思握着各自的佩剑，并肩而立。二人衣裙无风自动，面容冷漠地看着眼前的张酸，显得般配而默契。

张酸缓缓落在广场之上，似乎想明白了什么，阴冷地一笑："白九思，你竟然没死，你们方才在做戏骗我？"

李青月和白九思跟着落在地面上，眼中满是蔑视。

白九思冷笑一声："如你这般只会躲在人后的宵小鼠辈，不做场戏，你又怎敢露头？"

张酸满眼讽意地看着眼前的二人："真想不到，到最后我竟然成为你们冰释前嫌的助力了。"

"看来我们的过去你倒是很了解啊。"李青月缓缓说道。

张酸满不在乎地摊开手，浑然不惧："事已至此，要杀要剐，你们随意。"

李青月目光灼灼地看着张酸，语气中带着几分冷意："好啊，你先从张酸身上下来，我们也该好好谈一谈了，萧靖山。"

第二十六章
声声慢

夜幕低垂,冷风如刀,寒蝉凄切,似乎在诉说无尽的悲凉。净云宗后山一片寂静,月光洒在青阳的坟墓上,显得格外凄清。

李青月站在坟前,饮下一碗酒,另一碗则缓缓倒下。忽然,她双眸一抬,眼中闪过慑人的光芒。白九思的身影悄然出现在她身后,缓步朝坟墓走来。李青月身影一闪,逐日剑已架在白九思脖颈上,剑尖轻颤,寒光逼人。

"你还敢来?"李青月的声音冷如寒冰。

白九思却丝毫不惧,迎着剑锋上前一步,脖颈上多了一道血丝,鲜血顺着剑刃滴落。他微微一笑,眼神中带着一丝难以掩饰的悲痛:"去查了些陈年旧事,抱歉,来晚了。"

四周陷入死一般的寂静,只有寒风呼啸而过。李青月的目光微微一颤,握剑的手逐渐收紧,似乎在压抑内心的某种情绪。

"什么陈年旧事?"她的声音低沉而沙哑。

"阿月,我遇到了时间之神羲娥,过去的一切,我都知道了。"白九思的声音中带着一丝疲惫,他脸色苍白,显然是重伤未愈。

李青月猛地将剑收起,背过身去,不愿再看白九:"我不管你去查了什么,知道了什么,我只知道,现在我的师父死了。"

白九思解释道:"不是龙渊做的。"

"我知道。"李青月的声音低得几乎听不见。

两人相对无言,李青月望着青阳的墓碑,眼中暗流涌动。白九思则沉默地等在一边,小心翼翼地看着李青月,仿佛守护着易碎的珍宝。

"白九思,我们的恩怨先放一放,我有更重要的事情问你。"半晌,李青月深深呼出一口气，终于出声，"你还记得，松鹤县幻境中，你曾见到过张酸吗？"

白九思点了点头。

"那是我用大荒碑制造的幻境。"李青月继续说道，"大荒碑为我所控制，没有我的授意，旁人根本无从进入或破坏它所制造的幻境。除非——"

"除非是炼制大荒碑的人。仙器认主，不会抵抗炼制它的人。"白九思接过了李青月的话。

"正是。而且最终大荒碑也是碎在张酸手上。"李青月补充道。

白九思沉默片刻，似乎在思考什么，最终开口问道："那个张酸，到底是什么来历？"

李青月摇了摇头："张酸是我看着收进净云宗的人，他没有问题，问题出在他上九重天找我时曾经遇到过一个人，那人在将死之际，将自己全部的功法传给了他。"

"是谁？"

"也算是你的老相识，萧靖山。"

白九思眉头紧皱，似乎在回忆："我记得他，他是人间天赋极高的修士，善炼器之术，飞升至九重天后，因无故破坏无量碑，被我抓住丢给了玄天使者，后被关押在天罚台。"

李青目光一冷："他为何去破坏无量碑？"

"他只是说看无量碑不顺眼。"

李青月稍一思忖："看来问题就出现在这里。你守护无量碑，他想要毁了无量碑，由此一来，便有了利用我去对付你的动机。"

"恐怕不止如此。"白九思认真回忆了一下，"他刚一飞升，便是奔着无量碑去的，曾经拿法器乱砍，但无量碑丝毫未损。想要破坏无量碑，只能用上古神器，比如——"

"神主赐给我们的逐日剑和契月剑。"李青月自然地做了补充。

白九思点了点头："其实我今日来找你，也是想说这件事。"

他抬手一招，灾民头目和游乐仙的虚像瞬间出现在空中。李青月看着这二人，心中一揪，不由自主地握紧了拳头，指甲深深嵌入掌心。

"我去瑜琊那里查了此二人的命薄,他们早在五百年就死于围剿鹏鸟的战役中,你所遇到的这两个人,应当是有人变换成了他们的面貌。"

李青月咬紧牙关,双眼通红,许久才缓过神来:"如此说来,我们决裂的背后,还当真有一双推手。"

她看着青阳的墓碑,颤抖着闭上了眼睛,声音中带着一丝自责:"都怪我,察觉得太晚了。"

白九思伸出手,似乎想要安慰李青月,但最终在离她身子还剩一寸时停下,手指蜷缩起来,不敢触碰。

李青月猛地睁开眼睛,眼中厉色一泻而出:"既然背后之人想要我们决裂,那我们就拼个你死我活,让他如愿!"

白九思点了点头:"好,你要做什么,我都听你的。只是,你能不能答应我一事?"

李青月冷冷地看着他:"什么事?"

白九思苍白着脸扯出一丝苦笑:"你来杀我时,可否穿红色?"

李青月满眼戾气,声音中带着一丝狠意:"白九思,你别以为我们和解了,十安、孟长琴、我师父……都是间接因你而死,待此事一了,我们的恩怨再来清算!"

说完,她甩袖离开,身影在夜色中渐行渐远。

白九思落寞地看着她的背影,身影越发萧索。

阳光洒在云海上,波光粼粼,如同一片金色的海洋。李青月站在云海之上,目光如炬,紧紧盯着不远处的玄天使者。

玄天使者的眼神中带着一丝疑惑,似乎对李青月的举动感到不解。

李青月靠近他低语片刻:"有人在利用我对付白九思,很有可能是为了破坏无量碑,我今日带着宗门飞升,不过是为了引出背后之人。"

玄天使者的目光中闪过一丝惊讶,但很快恢复了平静,只是微微点了点头,似乎在等待接下来的变故。

张酸的脸上扯出一个诡异的笑,如同被操纵的木偶一般皮笑肉不笑:"我就站在你面前,你还想找谁?"

李青月的目光锐利如刀:"《器录》是你化成游乐仙的模样,故意送到我面前的吧?话都说到这分上了,还不敢露面,难怪过去你只敢鬼鬼祟祟地躲在背后,设计了几百年。"

张酸的表情瞬间变得木然,冷冷地看着眼前的二人。突然,一团黑雾从他身体里涌出,在李青月和白九思面前化作人形,正是萧靖山本人。张酸则双目一翻,晕倒在地。

"能被我骗几百年,你们也算够蠢的了。"萧靖山的声音中带着一丝嘲讽。

李青月的目光中闪过一丝愤怒:"萧靖山,我和你无冤无仇,你为何要如此利用我?"

"怪只怪大成玄尊与日月同寿,这天上地下,谁人能成为他的对手?能杀死他的,也就只有你这个与他同宗同源的四灵仙尊。毕竟他不像你那般慈悲,处处都是弱点。"萧靖山满不在乎地指了指地上的张酸,笑容戏谑。

"萧靖山,你屡屡利用我宗门之人,当真无耻!"

萧靖山却毫不在意地笑了笑:"利用?谁让他出现的时机正好,我本就要散去仙力,重修魔功,原先的功法散了可惜,就送给了他。作为回报,他成为我的炉鼎也不错吧?论起来,我也是帮了他,等他醒来说不定还要感谢我呢,我可是让他从一个废人重新变成了上等修士。"

李青月气得攥紧了逐日剑,剑身嗡嗡作响,似乎随时都会出鞘。

白九思见状,连忙低声劝道:"阿月,冷静些,别中了他的激将法。"

李青月深吸一口气,勉强压制住内心的愤怒,冷冷地看着萧靖山:"我师父的死,也是你所为吧?"

萧靖山的目光中闪过一丝遗憾:"本来她没必要死的,谁让你对白九思的杀心渐消,我总得给你们之间的仇恨再加些筹码。"

李青月攥着逐日剑的手指咯咯作响,似乎随时都会爆发:"你做这一切就是为了毁坏无量碑吗?你究竟有何目的?!"

"目的?"萧靖山缓缓地重复了一遍李青月的话,似在思考,而后不耐烦地说,"没什么目的,想做就做了。"

李青月听闻,忍无可忍,直接挥出逐日剑。萧靖山却不避不闪,全无惧色。逐日剑的剑光即将劈中萧靖山那一刻，白九思突然出手，用契月剑拦下了李青月这一击。剑气擦着萧靖山的鬓角而过，只在他脸上留下了一道血痕。

李青月怒视着白九思，声音中带着一丝质问："你做什么？！"

白九思看向地上的张酸，低声说道："你自己看。"

李青月顺着他的目光看去，只见张酸的脸上同样的位置也多了一道血痕。她心中一惊，手指微微颤抖，声音中带着一丝难以置信："这是……"

"生死咒，下咒人的生死和被下咒人绑在一起。"

萧靖山摸了摸鬓边的伤口，得意地笑了起来："我承认，你们联手做戏的确骗过了我，但你觉得我会毫无准备就来吗？"

他用手指捻开了刚沾染的鲜血，继续说道："这个人，可是为了你走过通天梯，忍受了抽筋碎骨之痛，你会为了杀我，让他陪葬吗？"

李青月气得浑身发抖。

"你不会的，这就是你的弱点，曾经的孟长琴、现在的张酸，都可以成为拿捏你的软肋。"萧靖山语气从容。

李青月死死地盯着萧靖山，目光如刀，已将他凌迟千万遍。

萧靖山不疾不徐地迈步朝外走去："不杀我的话，我就先离开了。等我走后，就自会解开这个咒语，至于这个无量碑，就再让它多留几日吧。"

白九思看着僵立原地不敢出手的李青月，眼中闪过一抹苦涩，像是下定决心，他丢开了契月剑："不过是个生死咒而已，我既然知道，就自然能解。"

李青月猛地转头看向白九思，眼眸蓦然一亮："真的？"

萧靖山却脚下一停，回头看来，一脸狐疑："白九思，此咒只有下咒人能解，你再神通广大也解不开的。"

白九思看着萧靖山，冷冷一笑，抬手朝向张酸所在的方向。金色的符咒从张酸身上涌出，顺着灵力进入白九思的手掌。

萧靖山的目光一缩，像明白了什么，转身欲跑。

白九思瞬间收回了手掌，金色符咒全部进入他体内，随即他飞快抬手结印："恶秽消散，镇！"

金色的法阵从四面八方朝萧靖山压来，将他死死地困在原地。萧靖山抬手施法，却遭反噬，被法阵压得半跪在地。白九思身子跟着一抖，却强行忍耐,声音中带着一丝急切:"就现在,杀了他!"

李青月放下张酸,并未急着动手,而是看向白九思,声音中带着一丝担忧:"生死咒解了吗?"

白九思的目光一黯,声音疲惫:"解了。"

萧靖山却突然开口:"他骗你的!生死咒他根本就解不了,他刚才只是把咒术转移到自己身上,你杀了我,他也会死!"

李青月有几分愣怔,目光复杂地看着白九思的侧脸。白九思并未转头看李青月,双手始终保持着结印镇压的姿势,目光也一直盯着被自己困着的萧靖山。

"你不是一直想杀我吗?正好,现在你有了光明正大的理由。"

李青月握着逐日剑的手一颤,迟迟没有动作。

"他活着终是祸患,这是为大义,动手吧。阿月,日后无量碑就交给你了,你定会比我做得更好。"

李青月内心无比挣扎,最终还是迈着沉重的步伐,朝法阵中的萧靖山走去。逐日剑在地上划出一道剑痕,如同李青月沉重的内心。

萧靖山心觉不妙,但始终无法脱离白九思的法阵桎梏。李青月已经走到萧靖山面前,手里的逐日剑一点点抬起。

白九思望着李青月持剑的背影,坚定的神色渐渐变为释然。

萧靖山察觉白九思的眼神后,忽然脑海一亮,立时开口:"李青月,你就不想知道白九思当初为什么封了你法力十年吗?"

白九思的手一抖,平静的眼中终于闪过一丝波澜。

李青月目露警惕地盯着萧靖山,抬手挽了一个剑花,朝萧靖山刺去:"你别想再耍花样了!"

萧靖山却目光灼灼地看着李青月,用尽全力吼道:"他那是代你受过!"

逐日剑停在萧靖山胸前,李青月持剑的手微微颤抖:"什么意思?"

白九思的声音中带着一丝慌乱:"阿月,别让他拖延时间,动手啊!"

萧靖山的目光在白九思和李青月之间打了个转,他蓦然一笑:"没想到啊,这件事最终还得由我来解开。"

"帝启元年,玄尊于凡间斩杀旱龙,犯弑神之罪,坏天道劫难,于天罚台领雷劫,日九十九道,根骨寸断,痛不欲生,整十年……"萧靖山一字一句地背诵。

四百年前,松鹤县。

栖迟斋卧房内,兽首香炉中,香烟袅袅,盘旋而上。白九思斜倚在榻上,闭目养神。

正在燃着的长香骤然熄灭,白九思猛然睁开眼,一拂袖,便有一道灵光射出。那灵光击打在突然出现的法力波纹上,毫发无损。而那波纹迅速聚拢,化作玄天使者。

"大成玄尊。"玄天使者的声音冷若冰霜。

白九思起身:"使者前来,可是玄天有诏?"

玄天使者说:"你与四灵一同入世历练,你可知她如今要做什么?"

白九思眉心微皱。

玄天使者继续说道:"她要弑神!世间有成、住、坏、空四大劫难,因果循环,生生不息,乃天道所在。她如今却要斩杀旱龙,不光是犯了弑神之罪,更是坏了劫难,干扰天道运转!你同她一起入世,绝不可任她妄为而坐视不理。"

白九思目光微凝,沉默片刻道:"使者想要我如何?"

"阻止她,将她带回玄天重罚。"

白九思的眉头紧皱:"我虽不认同她的做法,却也不想伤她。"

玄天使者的神色渐冷,语气中带着一丝威胁:"既然如此,那便由我亲自动手!"

白九思却突然抬手,一道灵光飞射而出,落在地上,迅速化作一道屏障,将玄天使者困在其中。玄天使者转过头来,正与白九思目光相对。白九思的目光一片冰冷。

巫居山上,天边黑云迅速聚拢,以遮天蔽日之势布满整个天空,雷声阵阵。花如月嘴角沁出鲜血,勉强支撑起身,眼神中带着一丝坚定。孟长琴拾起长刀,跌跌撞撞地跑向旱龙。

玄天使者的声音从天边传来："四灵仙尊，你敢弑神！"

几道天雷降下，落在花如月周身。花如月望着漫天翻涌的雷云，如临大敌。她冲天空喊道："它为祸人间，受得一死！"天雷阵阵，紫电挥舞，仿佛下一刻就要攻来。

正被拘于白九思结界中的玄天使者掌心处升起灵光，正是九重界域。

玄天使者向九重界域施法："莫说是个凡人，便是你身为神族，也抵抗不住天道！"

绛紫色的天雷压下，花如月眼看便要抵挡不住，那雷光却突然消散，花如月吐出一口鲜血，半跪于地，惊诧于自己竟能化解玄天使者的攻击。

玄天使者难以置信地看着自己的右臂，只见其被冰霜覆盖，万千冰刃如同刀片一般，将他手臂割得鲜血淋漓。

而白九思还保持着施法的手势，因着违逆玄天而被天道惩戒，浑身染血。不过一个冰刃之术，竟使得九重天上的真神如此狼狈。

玄天使者愤怒中掺杂诧异："你不要命了？你可知对我出手亦是违逆天道？"

白九思却毫不在意地笑了笑，他手中汇聚灵力，万千寒冰之力尽在他掌心："我不允许任何人伤她，天道不行，你更不行！"

白九思与玄天使者两人从屋内打至院落，白九思此时已遍体鳞伤，顶着天道威压攻击玄天使者，指尖灵力已有溃散的迹象。

忽然，天上雷云散去，细雨飘落，日光大盛，仿佛预兆着新的希望到来。

白九思瘫倒在地："旱龙已死，你来不及了。"

玄天使者也停下了手中的法术："她会付出代价的，你也一样。"

白九思想要起身却发现自己已然脱力："等我安顿好一切，自会去玄天领罚。"

九天之上，白九思抬头看着高高在上的赏罚神君："弟子白九思愿代阿月受这雷刑。"

"弑神刑罚非同小可，不可代替。"威严的声音于大殿内回响。

白九思面色苍白:"阿月性情天真,你这时教导她不能弑神,恐怕她不会服气。"

"不服气便可以不罚?"赏罚神君嗤笑一声,"不服气便要罚到她服气为止。"

白九思虽是仰头,气势上却根本不输。他定定地看着赏罚神君,神情坚毅:"那神君要如何向她解释,这九天之上,还有恶神存在?"

"善恶并生,本就缺一不可。"

"所以神君便纵容恶神存在?"白九思勾起唇角,满是嘲讽,"善恶并生,并非纵容,神君身居高位,无所作为,难不成还有理了?"

赏罚神君静静地看着白九思:"你如此冲撞我,是想我一并惩罚你二人?"

白九思垂眸,视线落在云层之下,仿佛在远远看着身处凡间的李青月:"我二人身上有鸿蒙神主真气,神君若是真杀了我们,形同弑神。"

"你是威胁我?"

"绝无此意。"白九思轻声道,"我只是来代阿月受罚,当然,我也会为神君瞒下此事。"

赏罚神君的语气难得出现一丝迟疑:"何事?"

"神君纵容恶神之事。"

一片死寂。

过了许久,天上才又传来赏罚神君的声音:"十年雷刑。"

白九思毅然决然走向天罚台。

萧靖山看着李青月失了血色的面容,心中落定,语气越发惋惜:"五百年前,我欲毁坏无量碑,触犯天条,被关押在天罚台上,有幸与后来受罚的大成玄尊做了十年邻居,也见证了他的十年牢狱之苦。雷刑凶猛,他却受了整整十年,一声未吭,当真是英雄了得。我也是由此发现了他唯一的弱点,那就是你啊,李青月。所以我才不惜为此布下几百年的局,引你去杀他。"

李青月脑海一片空白,心绪空前紊乱,她有些站立不稳,用逐日剑拄地,才勉强立住,声音中带着一丝迷茫:"这怎么可能……"

所以,那十年白九思并非弃她不顾,而是在九天之上代她受罚。她斩杀旱龙，以为自己救百姓于水火，事实上，没有白九思在九天之上替她扛下罪责，她很可能早已经被传回神界，受着十年雷劫。

她一直觉得仙道便是制高点，却忘了天外有天，仙之上还有神，神之上或许还有其他什么东西。

是白九思，以一己之力无声对抗着九天之上的神君。

白九思身形晃动，但是手上法术不停："他在乱你心神，阿月，不要听。"

萧靖山却胜券在握，看着眼前的李青月，咧嘴笑道："现在，你对我还下得了手吗？"

李青月想回答，却半天发不出一声响，手中的逐日剑越发沉重。

白九思心中也有几分焦躁："那就由我来杀！"

他欲收起法阵，一直在等这一刻的萧靖山瞅准时机，一股黑雾自他掌心爆发，猛地攻向白九思。心神大乱的白九思未曾防备，瞬间遭受法阵反噬，被打飞出去。

"后会有期，两位！"

萧靖山转身就逃，李青月下意识举起剑，然而看着萧靖山离去的方向，她迟迟下不去手。逐日剑从李青月手中滑落，她回头看向倒在地上的白九思，几番重伤，白九思此时呕血不止，爬都爬不起来了。李青月心里顿时如同被针扎一般生疼，她神情慌乱，手忙脚乱地上前扶起白九思。

白九思惨然一笑："又是我，误了你。"白九思紧紧攥住了李青月查看他伤势的手，"阿月，今日在藏雷殿里，我同你说的每一句话，是演的，也是真的。"

李青月抬眸对上白九思深情款款的双目，终于落下泪来，声音中带着一丝哽咽："白九思，你别吓我……"

白九思抬手似是想帮李青月擦泪，最终手无力地垂下，昏死过去。

"白九思，你别装死……白九思！"

数道灵光闪过，紧接着，龙渊、樊交交、玄微、紫阳、丹阳的身影一一出现。众人看着眼前这一幕，都摸不着头脑。

白九思昏睡在床上，面容憔悴，气息微弱。

离陌的神情空前疲惫，似是耗损了太多灵力："这半个月以来，师尊一直伤重在身，从未静下来闭关休养，再加上师尊的护体命珠失踪，前几日元神也不知何故受到重创，这一次的法阵反噬，怕是危险了……"

李青月看着双目紧闭的白九思，脑海莫名一片空白："你的意思是他……会死吗？"

"我也不清楚，他的伤势本就远超过了我能治愈的程度，受损的元神，我更是无法修复，再加上如今师尊似乎根本没有了求生的意志，我是真的无能为力了。"离陌摇了摇头，声音都变得有些哽咽。

屋内陷入一片寂静。玄微有些担忧地看了一眼没什么表情的李青月。苍涂见迟迟无人说话，便叹了口气，走了出来。

"过去种种姑且先不提，既然今日是仙尊和我们玄尊合谋演戏，那逃走的萧靖山定是个大患，我们会在藏雷殿看顾好玄尊，仙尊这边若是需要人手追捕萧靖山，尽管开口。"

一旁的龙渊虽然面露不忿之色，但也明白此时追捕萧靖山才是重中之重，于是闭口不言。即使是李青月要求与此时的白九思单独相处，他也不会反对。

"白九思。"不知过了多少时光，枯坐在白九思床前的李青月终于开口，"你不要以为睡着就能逃避，就算你曾为我承受天罚又如何？过去我受过的那些伤害也是实实在在发生过的。"

李青月看着毫无知觉的白九思，伸出手想要触碰，却又深吸一口气，收了回来。她眼中有些刺痛，猛地背过身去，攥紧了手掌："你我之间的结太多，解不开，也忘不了，白九思，我不会对你感觉抱歉的，你醒不来也好，我们不再相见，也能各自相安。"说完，她大步离开了。

床上的白九思如同死去一般安静。

"你这是用死来惩罚我吗？！"息元殿内，匆匆赶回的樊交交冲着樊凌儿大发雷霆。面对女儿，一向赔笑的樊仙君脸色涨红，青筋暴起。

竹沥以血咒传信，樊交交才知道，趁着自己去藏雷殿迎敌，樊凌儿竟然拿出匕首自戕。还好竹沥盯得紧，不然这会樊凌儿生机断绝，回天乏术了。

樊交交感到灵力耗尽，才停下为樊凌儿疗伤的法术。看着樊凌儿眼神空洞，一脸麻木，他气得直跳脚："我是为了你好！废了你的灵力是怕你卷入那两尊大神的争斗中去。你怎么这么想不开啊！"

"我是你亲爹，还能害你不成！那两位哪一个是我们招惹得起的！"樊交交苦口婆心，喋喋不休，全然没注意到樊凌儿越发灰败的神色。

"伤害她最深的人就是你！"李青月从门外走了进来。

樊凌儿听到她的声音，眼神中迅速燃起光亮。

"仙尊……"樊凌儿看着李青月，突然落下泪来，像个委屈已久的孩子终于等来了自己的靠山。

"是我错了，不该送你回来。"李青月捞起哽咽着的樊凌儿，转身就走，"走，我接你回家。"

樊交交看着万分依赖李青月的女儿，心中酸楚，连忙伸手阻拦："四灵仙尊，凌儿她法力已废，对你而言已经没有利用价值了。她是我的女儿，你蛊惑、撺掇她远离自己的父亲，与玄尊对抗，才让她遭了好多危险、受了好多苦！她都是个废人了，你还要怎样？"

"有时候真想一掌拍死你。"李青月扶着樊凌儿站住，目光凌厉似刀，刮过樊交交通红的面皮。

"她不同你亲近，从来不是受了谁的蛊惑。"李青月看着满脸倔强但泪珠盈眶的樊凌儿，耐下性子同樊交交说道，"你身为父亲，一不能理解、支持女儿，二不愿尊重、认可女儿，她凭什么亲近你这个辜负她娘亲又视她为器物的父亲？"

樊交交一愣，连忙解释："她娘亲……我确实……但我没有伤害过凌儿啊，我是——"

"为她好！"李青月抢先说出了这三个字，"你扪心自问，你到底是为她好，还是打着这样的旗号，丝毫不在意她的感受，不给她选择的机会，不尊重她的想法，自以为是地做尽伤害她的事？"

李青月说完，揽着樊凌儿继续向外走去。樊交交还想上前阻拦，却见樊凌儿一脸厌倦地偏过头去，连个眼神也不愿给她。樊交交满心苦涩，顿在原地,似有所悟。

"你还真想逼死凌儿吗?"李青月走过樊交交,头也没回地说道:"等你学会如何为人父,再来寻她吧。"

九重天云海之上,净云宗众人聚集在广场山门前,李青月飞身而来,将刚从樊交交处接回来的樊凌儿交给玄微,然后看了一圈众人。

"九重天待得如何?"李青月的声音中透着一丝无奈。

曲星蛮嘟囔道:"一点儿都没意思!"

蒙楚拉了拉曲星蛮的衣袖,她才不满地闭上了嘴。

李青月微微一笑,并不责怪:"是没什么意思,我们也该回去了。"

凡间玉梵山山脚下,蒋父手里拿着一沓黄纸,对着升仙台留下的大坑,边哭边烧。

"辩儿啊,你死得太冤枉了,是爹对不起你。"蒋父的声音中带着一丝悲痛。

家丁劝道:"老爷,别烧了,我听一位修仙之人说,被神仙诛杀的人是没机会去阴曹地府的。"

蒋父含泪怒视家丁:"你懂什么?我儿子是枉死,没有钱财,他拿什么打点过路的小鬼,死了还要被孤魂野鬼欺负,那不是更可怜?"

围观的路人凑过来劝说家丁:"算了,让你家老爷烧吧,也是怪可怜的。"

"都说修仙是好事,净云宗也是一等一的仙门大家,可谁能料到,修炼一遭,到头来连尸首都没剩下,唉……"

蒋父大哭道:"我的辩儿啊……"

远处传来轰轰声响,仿佛有重物摩擦空气,即将坠落。

家丁惊恐道:"老爷,你有没有听到什么动静?"

声音由远及近,众人紧张地四处张望。巨大阴影将众人笼罩,他们抬头一看,脸上的表情无比惊讶,大喊一声,四散逃开。

玉梵山轰然落地,自九重天稳稳扎根于人间。

净云宗，香炉之上，香烟袅袅，白雾缭绕。

"师祖此行去九重天，就是为了引出背后的萧靖山吗？"紫阳小心翼翼地问道。

李青月点了点头："没错，可惜我算漏一着，只猜到了张酸被人利用，却没想到他竟然还被下了生死咒。"

紫阳说道："张酸那孩子自醒来知道自己做的事情之后，就把自己关进了静室，至今滴水未进，连我也劝不动。师祖若有时间，就去看一看他吧。"

李青月点了点头："我会过去的，当务之急是萧靖山的下落，他曾经为了设计我和白九思厮杀，能等待数百年，可见此人城府之深。接下来你们将宗门弟子分成几队，全力搜索他的下落。这一次他没办法再躲在暗处，就算是翻遍汉地十二州，也要将他找出来。"

紫阳和丹阳立刻站起身来："弟子现在就下去布置人手！"

净云宗静室内，张酸闭目打坐，面容憔悴而苍白。李青月提着食盒走进来，在他面前坐下。

"你还真是越来越没规矩了，知道我来了，还不起来迎接！"李青月发觉自己和张酸说规矩的次数更多了。

张酸这才睁开双目，眼中一片阴郁。李青月将饭菜一一放在桌上，张酸看着饭菜却没有起身，手中微微攥紧。

"怎么？还要我喂你吗？"李青月调侃道。

张酸这才站起来，坐到桌边。

"疼吗？"

没头没脑的一句话，李青月却听懂了。

李青月却满不在乎地一笑："不疼，本来就是做戏，你刺的那一刀，像挠痒痒一样。"

张酸眼中依旧未见轻松，愧意满满："当时，你应该杀了他的，我的死活不重要。"

李青月脸上的笑容一点点淡去，她的神情空前严肃："张酸，你听着，净云宗里的每一个人、每一条命都很重要，不管遇到什么事，我都不会放弃你们还能活着的机会。"

张酸眼中有了几分涩意,忙不迭地拿起饭碗掩饰。

"你若是有时间,帮我照顾下凌儿吧。"李青月的声音中带着一丝无奈。

张酸吃饭的手一顿:"她怎么了?"

"她被她父亲废了灵力,我去接她时,她自戕,被救了下来。你过去也曾灵力尽失过,所以你去寻她,能开导几句也好。"

"好。"张酸应了下来。

"师祖,藏雷殿那边来人了。"门外传来弟子的通报声。

李青月和张酸同时看过来。

"来的是谁?"

"大成玄尊。"

李青月愣了一瞬,目露挣扎。

"娘子!"站在净云宗山门前的白九思正四处张望。看到李青月远远而来的身影,他脸上扬起了一抹前所未有的灿烂微笑,整个人朝李青月扑过来。

李青月猝不及防地被白九思抱了个满怀,呆愣在原地。

身后的上官日月也看得目瞪口呆。

白九思身后随之而来的离陌和苍涂,一个看天,一个看地,目光闪躲,满脸心虚。

第二十七章
一日欢

阳光透过半掩的窗棂，洒在藏雷殿临渊阁空落落的床铺上，投下斑驳的光影。

龙渊站在床边，目光在床铺和一旁的苍涂之间来回游移："师尊呢？"

苍涂叹了口气，神情复杂："我劝你现在还是不要见玄尊为好。"

龙渊的脸色瞬间沉了下来，不见师尊是不可能的，何况是重伤未愈、昏迷未醒的师尊。龙渊生怕白九思再出意外，于是黏着苍涂一路从卧房跟到了藏雷殿的偏院。

"既然你执意要见……"苍涂站在偏院门口，默默侧过身子让开了路。

阳光洒在这个小小的院落里却显得有些刺眼。龙渊目光一暗，随即大步越过苍涂走了进去。

屋内，离陌站在一旁，看着进来的龙渊，神色里带着几分难言的复杂。

片刻后，龙渊双手颤抖，眼神绝望。他抓着离陌，崩溃地问道："是不是那个妖女又对师尊做了什么手脚？！"

离陌摇了摇头，从龙渊的手中脱身："这次真不是她。先前我说过，师尊的元神屡屡遭受重创，神魂已经残缺不堪，能醒来本就是意外，这大概是元神重伤的病症吧。如今他心智如孩童，谁也不记得，就只记得……自己的娘子。"

与日月同寿的大成玄尊此时正忙着坐在梳妆台前给自己的娘子数首饰。向来威严冰冷的面孔此时变得如孩童般天真。

龙渊紧皱双眉，不忍再看："你想想办法啊，师尊不能就这么傻了啊。"

离陌叹了口气，声音里带着几分无奈："师尊只能慢慢养伤，等神魂休养好，自然就能变回来了。"

白九思看着对话的龙渊和离陌，忽然凑到他们面前："哥哥，你们能带我去找我娘子吗？"

龙渊吓得一屁股坐在地上，也不知道听了这声"哥哥"会折去自己多少寿数。

白九思跟着蹲了下来，拉着龙渊不撒手："我要找我娘子，你带我去找她好不好？"

离陌很想把这两个人都拉起来，但是一个太重，另一个他又只能哄。

苍涂看了一眼三人，提议道："要不就送玄尊去找——"

龙渊马上打断他的话："不行！过去四灵就屡屡想害师尊，现在送师尊过去不是等于送羊入虎口吗？"

白九思看起来痴痴傻傻，也不知怎的就听懂了，眼前这个大个子要阻拦他找娘子。于是，向来面不改色、仙风道骨的大成玄尊一屁股坐在地上开始撒泼耍赖："我不管！我就要找我娘子！我就要找我娘子！"

龙渊大为震惊，不想再看到白九思威严扫地的画面，他下意识捂着自己的眼，连滚带爬地向外跑去，声音里带着几分惶恐："我的师尊不会这样的！快快！你们送他去见四灵！"

"四灵仙尊见谅，事情就是这样的。"

净云宗山门前，苍涂硬着头皮向李青月解释。他心里还在暗骂离陌这个不讲义气的，明明说好一起送玄尊来净云宗，结果到了地方离陌就开始装哑巴，连这么高难度的活儿也好意思交给他这个老人家。

离陌赔着笑脸解释："我们也是实在没办法了，才将师尊送了过来，劳烦四灵仙尊收着几日。"

白九思被李青月从自己身上摘下来后，就忙着取出怀里的妆匣，一个个地拿出来，对着李青月献宝。

李青月冷冷地打量着白九思："凭什么？你们的师尊，自己看好！"说完，转身离开。

却没料到，白九思立刻抓住了她的袖子，紧紧跟在他身后，寸步不离。

"娘子，你去哪儿，我就要去哪儿！"

李青月停下脚步，咬牙切齿地说道："白九思，你别给我演！你是不是听到我说我们之间的结太多，所以就故意假装忘了一切来装傻？"

她告别之时，白九思明明在昏睡，当时她说出那番话，是因为他们之间的过往实在是难以理清，爱恨情仇剪不断理还乱，不如放下。谁知再见面时，白九思就来了失忆这一招，而且一忘就是一辈子，哪怕两人刚化形时，大成玄尊也绝不是这般孩童心性。

白九思一脸懵懂地看着李青月，眼神中满是迷茫："娘子，我怎么了？"

苍涂赶紧上前打圆场："玄尊是真的伤重，要不然依他的性格，怎么会做出如此之事？如今正值多事之秋，就算我们今日将玄尊带回去，他也定会一直闹着见您，藏雷殿也无人敢拦。这一来二去的，万一让人钻了空子对玄尊不利，那可就是大事了！还望仙尊以大局为重，收留我们玄尊几日，待他养好伤，定不会再叨扰。"

离陌再次开口："我们也不会麻烦仙尊安排人手照顾，只要让师尊留下即可，我们自己来看顾他的安危。"

李青月凝眉看着一脸恳切的离陌和苍涂，最终看向赖在自己身边的白九思，眼神有几分复杂。

夕阳的余晖洒在净云宗的弟子房内，显得格外温柔。

樊凌儿盘腿而坐，一次次尝试运气调息，却一次次失败。她的脸上带着几分疲惫，眼眶不受控制地逐渐变红。

张酸的声音从门外传来："没用的。"

樊凌儿的目光一颤，她赶忙调整气息，再抬头时已经恢复平静："你是来看我笑话的？"

张酸斜靠在门框上，淡淡说道："我没那么闲，是青月让我来看看你。"

樊凌儿沉默了一瞬，张了几次口才说出话来："那时候你可有想过……死？"

"有啊，从高台跌落的滋味不大好受，我自然也想过死了就一了百了。可是忽然有一天，我就不想死了。"张酸的眼神温柔了几分，"因为出现了一个人，让我想要为了她而活着。如果觉得日子难过，那就给自己找个活下去的理由吧。"

樊凌儿愣愣地看着目光坚定的张酸，仿佛心有所悟。

夜色笼罩着净云宗的鸿蒙大殿，显得格外寂静。

白九思乖巧地坐在一旁，满眼欢喜地望着李青月。

凝烟则哭丧着脸看着面无表情的李青月，声音里透着几分无奈："夫人，玄尊闹着要见您，不然就不睡觉，我是真的没办法，才把他带过来。"

凝烟这个小树妖此时很是后悔，自己从九重天到了凡间，带着隐童子就罢了，若是他实在不听话，还能抽他，但是对于这个痴傻版玄尊，自己是真的没办法。

"夫人，隐童子骗玄尊叫'哥哥'，说叫了就带他来找您。"凝烟边说边偷摸后撤，"照顾玄尊的事还是得您来，我就先走了……"

李青月看着一溜烟儿消失的凝烟，无奈地起身，朝白九思走去。

她居高临下地看着白九思，声音里透着几分讽刺："好玩吗？"

"能看到娘子，就很好玩。"

李青月目露讽刺，猛地弯腰揪住了白九思的衣领："装傻很有意思吗？白九思，你以为自己假装忘记过去的一切，我们之间的结就能解开了吗？我告诉你，不可能！你我之间隔了太多，不可能忘记，也不可能重新开始！"

白九思看着突然发火的李青月，小心翼翼地抬手握住了她的手："娘子，是不是我做错什么，惹你生气了？"

李青月眼中一缩，猛地甩开白九思的手，背过身去："白九思，你到底想做什么？"她的声音中透着一丝疲惫。

白九思灿烂一笑："我只想和你在一起。"

李青月的眼眶蓦然泛红，她看着笑容明朗的白九思，心中五味杂陈。

李青月独一人站在鸿蒙大殿的平台上，身影孤单。身后的白九思酣睡着，发出轻微的呼吸声。

玄微一步步走到李青月身边，恭敬地施礼："师父，我听闻大成玄尊前来借住一事，所以便前来看看师父。"

李青月神色复杂："你是怕我恨意难消，对他下手？"

玄微轻声一笑："师父向来是最明事理的，我自然不会担心此事，我只是担心师父自己心中难受。"

李青月沉默半晌，随口一问："你可对人动过心？"

玄微点了点头："在我闭关的那段日子里，有过一次。"

那时，阳光明媚，一束阳光透过洞口洒在玄微身上。洞口放着一束花，其中有一棵蒲公英。清风徐来，将蒲公英的花盘吹散，朝洞里飘去。一颗蒲公英的种子慢悠悠地飘到玄微身边，轻触他的脸颊。玄微的睫毛颤了颤，蒲公英种子缓缓落下，落到了他手中。

玄微坦然一笑："自我闭关开始，经常有不同的花香飘进山洞里。起初我并未放在心上，可是有一次，一颗蒲公英的种子落到了我的手心，我有那么一瞬间想睁眼看看。"

李青月恍惚间想起青阳曾经对自己说过的话，感慨道："你睁眼看了吗？"

"没有。后来我想想，还是算了，有些事没必要太清楚，我已闭关，身上责任未了，何必再去误了旁人。"

"后来你知道送你花的人是谁吗？"

玄微眼中闪过一抹落寞："知道了，她曾问过我喜欢什么花。"

周围陷入寂静。

"抱歉。"许久后李青月才再次开口。

玄微说道："都是我自己选的，与师父无关。我今日前来，只是想告诉师父，行事随心，莫留遗憾。"

李青月没有回应，只是目光不由自主地看向屋里睡着的白九思。

破碎的大荒碑碎片被放在桌上。樊凌儿、张酸和李青月三人围坐桌旁。

"我虽没了灵力，但是炼器之术还在。这几日我仔细研究了炼器和阵法，终于有了思路。"樊凌儿将碎片一一摆开，仔细地按照法阵图案开始拼接。

"这个大荒碑是曾经萧靖山给仙尊的《器录》中记载之物。我查过，大荒碑不同于平常法器，并非一朝一夕就能炼制而成，所以我猜测此法器应当是萧靖山为自己炼制的，只要能修复大荒碑，就能重塑过去的幻境，说不定能从里面查出一些关于萧靖山的蛛丝马迹。"

李青月若有所思，看向自信满满的樊凌儿："我记得你说过试了很多法子都没办法催动上面残留的法阵。"

"我是无法催动，但他未必不能。"她指向一旁的张酸，"张酸如今身上的功法全是萧靖山曾经所有，他还曾经进入过仙尊用大荒碑制造的幻境。据我过去炼器的经验来看，如今张酸才算是大荒碑真正的主人，所以也只有他才能启动大荒碑上的修复法阵。"

张酸点头："我可以一试。"

李青月抬手一挥，重新拼好的大荒碑碎片上再度浮现出烦琐的法阵图案。

"将你的灵力输送到图案上，按照上面的脉络游走。"樊凌儿对着张酸说道。

张酸走上前，调动体内灵力，输送到法阵图案上面。红色的灵力一点点贯通了金色的法阵，忽然间，圆形法阵开始飞速旋转，光芒愈盛。

与此同时，大荒碑碎片开始颤动，一块块飞到半空中，拼接成原本的模样。之后，圆形法阵下落，包裹住已经完好无损的大荒碑，随后隐匿其中。

张酸收回灵力，额头已经冒出汗水。

李青月一招手，大荒碑飞入她手中。

"还真的修好了。凌儿，你刚才说修复好之后还能重塑大荒碑曾经制造过的幻境？"

樊凌儿点了点头，看向略显疲惫的张酸，眼中有些担忧："你还能坚持吗？"

"这不算什么，你只需要告诉我如何做就好。"

樊凌儿看到张酸望向李青月的坚定目光，想要让他歇一歇的心思也顿时作罢。

"像刚才一样，输送灵力到大荒碑上，顺着上面的灵力脉络游走，找出你想要看到的过去,让它重现。"她又看向李青月:"仙尊,我如今没有灵力,自然无法进去,张酸需要催动法阵,也无法进入幻境,你准备再度进入大荒碑幻境吗?"

李青月将大荒碑递给张酸,肯定道:"开始吧。过去都是萧靖山躲在后面,当我们人生中的偷窥者,这一次该我来看看他的过去了。"她的声音中带着一丝坚定。

张酸再度抬手,往大荒碑里输送灵力。

金光逐渐将李青月笼罩其中。

忽然,一只手抓住了李青月的手腕。李青月错愕地回头,发现不知何时醒来的白九思牢牢地抓住了她。张酸来不及停止,李青月和白九思同时消失在大荒碑的金光中。

金光闪过,李青月和白九思同时出现在竹林小屋前。李青月紧紧盯着白九思,想要从他脸上看出什么。

白九思依旧抓着李青月不放,面上有些委屈:"娘子,你刚才是不是又想丢下我?"

李青月眼中闪过一丝失望,甩开了白九思的手:"没有。"

白九思闻言,再度喜笑颜开:"那就好,反正不管你去哪儿,我都要跟着。"

李青月不再理会白九思,开始打量起四周。忽然,她目光一凝。

远处,一身简陋素服的萧靖山哼着小曲提着一个空食盒大步走过来,脸上丝毫没有曾经的邪气。他目不斜视地路过李青月,走进院内。

白九思的声音带着几分疑惑:"他怎么好像看不到我们?"

李青月不理睬白九思,跟着萧靖山走进院内。

院落内放着一张简陋的圆桌。一个妇人正在摆放碗筷,看到萧靖山回来后冲他一笑:"魏大哥的腿怎么样了?"

"估计再过个三四天就能丢开拐杖了,他今天还念叨着不用我们给他送饭了。"

"他是跟你去打猎时摔伤的,再说他家里就他一个人,我们多关照一些也是应该的。"

萧靖山夸张地作揖:"娘子教训得是。"

妇人忍俊不禁,白了萧靖山一眼。

李青月诧异地审视着眼前的萧靖山。

一个孩子从屋里飞奔出来,一对年迈的夫妇紧跟其后。

"爹!"

萧靖山一个弯腰,将孩子抱了起来:"小豆子饿了吧?"

小豆子疯狂点头。

萧靖山哈哈一笑,看向年迈的夫妇:"爹、娘,吃饭吧。"

一家五口在圆桌前坐下,温馨热闹地分享着简单的饭菜。

"娘子,他们吃的是什么啊?"白九思凑上来问道。

李青月顾不得白九思,围绕着一家五口转了个圈,观察着他们每一个人,试图从面前的一家五口身上看出些端倪。

之前的妇人也就是吴悠,抱着小豆子,送别背着猎具的萧靖山。

"爹,你别忘了答应过我晚上陪我去灯会,我还要放花灯、看杂耍,你得早些回来。"

萧靖山笑着挥手告别:"放心,爹记着呢!"

萧靖山离开后,吴悠抱着小豆子走回院里。

李青月左看看右看看,不明白这大荒碑中的幻境究竟因何而设,又是为谁而设。幻境中的萧靖山可没有半分丧心病狂的样子啊。

白九思眼巴巴地看着沉默的李青月:"娘子,你在看什么呢?怎么一直都不跟我说话啊?"

李青月猛地被打断思绪,瞬间变得暴躁:"你的话怎么变得这么多!"

白九思委屈地闭上了嘴。

李青月拉起他追着萧靖山离开。

花灯轮转,烟花绽放。街上张灯结彩,灯火辉煌,有杂耍、唱戏的,还有各种小摊贩卖花灯。小豆子骑在萧靖山的脖子上,兴奋地来回张望。萧靖山一手按着小豆子的腿,一手牵着吴悠。

李青月和白九思跟在他们三人身后。白九思同样新奇地来回张望,一副想说话又勉强忍住的模样。

小豆子四处望去,突然眼前一亮,指着远处:"爹!那边有变戏法的,我想看!"

锵锵锵!锣声响起。变脸艺人拿着罗盘不停敲打。人群围站成一圈,变脸艺人身着戏服站在中央,以袖遮面,手起袖落,登时便换了一张脸。周围欢呼声响起,人们都在鼓掌叫好。

小豆子骑在萧靖山脖子上,开心得手舞足蹈。

变脸艺人得了欢呼,手上功夫越发快,一息之间接连换了几张面孔。

然后,变脸艺人拿出罗盘,沿着人群绕圈:"各位,有钱的赏个钱场,没钱的赏个人场啊!"

每当有人赏钱,他便换一张脸,讨得众人欢心。

变脸艺人举着铜锣来到萧靖山面前时,萧靖山抬手往里面丢了几块碎银。小豆子的声音里带着几分期待:"再变一个!再变一个!"

变脸艺人立马躬身对着小豆子接连变了好几张脸孔,逗得他哈哈大笑。萧靖山和身边的吴悠相视一笑,满眼慈爱地抬头看向骑在自己脖子上的小豆子。

白九思看着笑得异常甜蜜的一家三口,若有所思地挤到李青月面前:"娘子,你想看这个吗?我也会变。"

李青月嫌弃地瞥了白九思一眼,继续跟着萧靖山他们三人离开。

小豆子一手拿着糖人儿,一手拿着包子,吃着看着,忽然目光瞥向河边:"爹,我想去放河灯!"

萧靖山二话不说,抱起儿子就来到河边。他将小豆子放下来,又接过他手中的吃食。小豆子在河灯摊上精心挑选了一个老虎河灯,然后兴高采烈地跑去河边准备放灯。

吴悠给了河灯老板几枚铜钱,笑着看向远处放河灯的小豆子。萧靖山看了一眼自己身边的吴悠,突然倾身上前吻了吴悠的唇畔。吴悠的脸瞬间泛红,她有些惊慌地左右张望一下，然后嗔怪地给了萧靖山一拳。随后，二人都忍不住笑了起来。

李青月看着这一幕，心中越发疑惑："萧靖山，你制造这场幻境，究竟是为了什么？"

夜深了，街市渐渐散去。萧靖山抱着睡着的小豆子，和吴悠手牵手走进院落。李青月没有再跟进去，留在原地百思不得其解。忽然，她眼前一亮。一盏老虎灯出现在她眼前，赫然和小豆子曾经拿的那个一样。

白九思提着一个老虎灯，一脸期待地看着李青月："娘子，你喜欢吗？"

李青月诧异地看着眼前的老虎灯。

"刚才我见你一直在看他拿的灯，所以我就给你变了一个出来。"白九思献宝似的讨好道。

李青月有些愣怔，看着老虎灯，一时间说不清心中是什么滋味。白九思忽然俯身，在李青月嘴角亲了一下，随后目光炯炯地看着她。李青月惊了一下，瞪大眼睛看向白九思。

白九思却变得有些疑惑："娘子，你为什么不笑啊？"

李青月终于反应过来白九思是在模仿萧靖山，一时间有些无语，嘴角不由得挂起一抹极浅的讥笑。

白九思却顿时笑开，提着老虎灯欢呼："娘子，你终于笑了。"

李青月的讥笑僵在脸上，她目光复杂地看着一脸欣喜的白九思："白九思，你究竟要我拿你怎么办？"

李青月收回心神，晃了晃脑袋，努力让自己不去想白九思，而是转头看向小屋。

忽然，斗转星移，月落日升，天快速地亮起。

还在开心自己哄好娘子的白九思脸上写满疑惑："哎，怎么天又亮了？"

李青月同样不明所以。忽然，身后传来脚步声。

远处，一身简陋素服的萧靖山哼着小曲提着一个空食盒大步走过来。

萧靖山目不斜视地路过李青月，再度走进院里。……

白九思和李青月的身影再度回到鸿蒙大殿中。张酸猛地收回灵力，身子一晃。樊凌儿下意识伸手扶了他一把。张酸飞快站稳，推开了樊凌儿的手。樊凌儿的手微微一顿，她若无其事地收回手，看向李青月。

"仙尊，你怎么这么快就回来了？可是发现了什么？"

"那个幻境里面只有一天，一直在重复。"

张酸思索道："那一天有何特殊吗？"

"我并未发现有什么特殊的，只是萧靖山和他家人相处的日常。不过，我猜测或许他的心结就在此。过去萧靖山花很长时间了解、分裂我和白九思，所以他才能占得优势，现在他的优势没有了。我要去文宣宫一趟，查个清楚。"李青月仔细回忆了一遍所见到的情境，决定去探查一下萧靖山飞升前的过往。

白九思不管三七二十一，再度拉住了李青月的手："我也要去！"

李青月甩不开死皮赖脸的白九思，只能拉着他一同出去。

樊凌儿看着二人的背影，默默摇头。

"我开始相信大成玄尊受伤是真的了，要不然依他的性子，怎么可能会放下身段对仙尊死缠烂打？如今这病症倒是给了他一个缓和关系的机会。"

张酸双目沉沉，抬步朝外走去。

"喂，张酸，再提醒你一次，别忘了他们是夫妻。"樊凌儿冲着张酸提醒道。

张酸脚下一顿，继续向外走去。

"那又如何？"

樊凌儿看着张酸的背影，落寞地一笑，抬手看向自己手腕处亮了一下又灭的姻缘线。

姻缘？也不知道是缘还是劫。

漆黑的山洞之中，萧靖山盘腿而坐，手中把玩着一个巴掌大小的日晷。许久后，萧靖山将日晷收起，像下定了什么决心，开始闭目运气调息。

"天生万物，有善便有恶，有形便有藏，有神便有魔！魔生于人心，只要万物不死，则魔永生不灭！"

整座山峰都开始震颤不止，林中鸟兽纷纷惊惶逃亡。

"一念起慈悲，亦可生万恶。恶从心底起，五毒为具象！"

"贪！"

凡间一座民宅屋内，一个富人打扮的胖子关上房门，回身打开满是黄金的箱子，喜笑颜开地搓了搓手，一副贼眉鼠眼之相。

突然，一缕黑气自他体内飘出。

"嗔！"

街上行人寥寥。一位老人站在菜摊前方，叉着腰，红着脸，一副不依不饶的架势。

菜贩拱手求饶，老人还是一把将摊子掀翻，抓起菜贩的衣领。

一缕黑气自老人体内飘出。

"痴！"

一名赌徒拿着银子向赌坊走去。

一名穿着破破烂烂的妇女扑上前来抱住赌徒的大腿，声泪俱下。赌徒却一把甩开那妇女，进入赌坊。

黑气自赌坊内飘出。

"骄！"

乞丐跪在地上乞讨，一名富家子弟走过，一脚踢飞乞丐乞讨的饭碗，姿态傲慢。

黑气自富家子弟体内飞出。

"疑！"

丈夫归来，看向妻子凌乱的衣领。妻子注意到丈夫的目光，将门合上，背对着丈夫抽出匕首。

血迹飞溅在门板上，一缕黑气自门缝钻出。

黑气自人间各处聚集，缓缓飞升，进入山洞，融入萧靖山体内。五毒为魔，是为众生之障。

轰隆一声，惊雷响起。乌云聚拢，天色大变，更多魔气自四面八方袭来，涌向萧靖山。

"诸魔听令，踏破九幽界，碎开酆都城，以我血躯，令尔重生！"

魔气越聚越多，渐渐向着萧靖山掌心汇聚，自萧靖山臂膀攀缘而上，直至他额间渐渐汇聚成一个魔印。

突然，萧靖山神色大变，睁开的双目中一片漆黑，他已然彻底入魔。

灵枢专心致志地翻着命薄。瑜珈仙君一边翻找，一边八卦地偷瞄着腻在李青月身边的白九思。

李青月深吸了一口气，看向一直偷看自己的瑜珈仙君："还没找到吗？"

瑜珈仙君轻咳一声，还未回答，灵枢忽然站了起来："找到了。"

李青月双眸一亮。

瑜珈仙君埋头看着命薄："你们要找的这一家四口，都是死在同一日。——清虚真君除鹛鸟的那一日。"

瑜珈仙君长叹了一口气："五百年前，清虚真君元承华率领天兵，追捕为祸人间的鹛鸟，于南芜村降下天火。此战折了十二个仙甲兵，凡间有五个凡人受到牵连，葬身于火海之中。"

命簿展开，有关清虚仙君与萧靖山的过往展现在李青云眼前。

一只鹛鸟展翅而飞，三头四脚，一身黑红羽毛，硕大可怖。清虚仙君元承华带领着一众仙甲兵紧追不舍。那个送给花如月《器录》的游乐仙一身仙甲兵的服装，亦在其中。鹛鸟喷出火球，游乐仙等几个仙甲兵避无可避，被烧成了灰烬。

元承华大怒，一道剑光辟出，未中鹛鸟。又是几道剑光劈下，降落人间。

此时，萧靖山正背着打到的猎物兴致勃勃地朝竹林小屋走去。院中瘸着腿等候的魏大哥闻声转头看过来，挥了挥手里的水果。

吴悠和小豆子也从屋里迎出来。

小豆子从母亲身上爬下来，张开双臂奔向萧靖山，想扑进自己爹爹怀里。

"爹——"

他的话还未说完，一道剑光自上空落下，劈到了萧靖山家门，整座房屋顷刻间爆炸，燃烧起来。还未来得及走进院中的萧靖山被炸飞，重重摔在远处，打到的猎物散落一地。整个竹林小屋瞬时化作一片火海。很快，整个竹屋化为一片废墟。

萧靖山满身焦黑的烧痕，目眦欲裂，艰难地朝竹林小屋爬去。

第二十八章 祸乱起

鸿蒙大殿中,光影斑驳,香烟缭绕。众人围坐在一起,气氛凝重。

李青月将大荒碑与从文宣官得来的信息讲给净云宗众人,大家这才推测出,这个萧靖山苦心孤诣地布局,把四灵仙尊、大成玄尊通视为手下棋子,甚至要搭上三界的清静和安宁,都可能只是为了——复仇。

张酸率先开口:"我初遇萧靖山之时,的确听他说修炼就是为了上天报仇,只是他上九重天时就听闻那人已战死。于是萧靖山想去掘了他的坟,砸了他的功德碑。"

樊凌儿轻轻点头:"我过去听闻无量碑上面刻的都是在神魔大战中仙陨的神族战将,清虚真君也在其中。"

玄微微微皱眉,沉默片刻后说道:"这么说来,萧靖山执着于破坏无量碑,其实是因为想毁去上面的名字?"

李青月的目光微微一闪,她轻叹一声:"失去至亲之痛的确会让人失了理智,过去我也曾陷入迷途,走错了路。萧靖山在一日之内失去了全部的至亲,想来杀了清虚真君便是他的执念。"

众人立时都顿了顿,面色变得有些不自在。

李青月微微一笑,打破了自己导致的尴尬,转移了话题:"既然萧靖山的过去都已知晓,那接下来就只剩下找到他、阻止他。"

夜色渐深,李青月独坐于桌前,桌上铺着一本破旧的书。白九思躺在榻上,发出轻微的呼噜声。李青月的目光紧紧盯着书的最后一页,那里潦草地画着一个圆形的日晷,上面有着密密麻麻的刻度,旁边只写着三个字——"回溯晷",像还未来得及写完。

她轻轻摩挲着书页，低声自语："复生阵，大荒碑，回溯晷……萧靖山，这些都是你为自己炼制的吧？"

夜色中的阴莲宗大殿显得格外阴森，殿内一片昏暗，只有王座扶手盘旋的两条蝰蛇的眼睛散发着幽幽的光芒。

曲珂百无聊赖地斜倚在王座上，手中拿着一块肉喂蝰蛇。突然，蝰蛇抬起脑袋，对着门口位置吐着芯子。

曲珂缓缓坐直，目光冷冽地看向门口，冷冷地说道："谁这么不懂礼数啊，大半夜来访。"

萧靖山不疾不徐地走了进来："早就听闻阴莲宗最不屑于礼数规矩，难不成外头的传言都是错的？"

"我们可以不讲礼数，但是你不能对我们没礼数。"

萧靖山闻言，倒是笑了起来。他四处打量着大殿，似乎对这里的一切都十分满意："你这阴莲宗，可真是越来越对我的胃口了。"

曲珂微微眯起眼睛，掌中暗暗蕴力："你到底是谁？"

萧靖山微微一笑，语气轻佻："我是谁不重要，今日我来找你，是想同你合作的。"

曲珂冷笑一声，不屑道："合作什么？"

"江湖中不少门派自诩名门正派，称阴莲宗为邪道、魔教，你想不想把那些看不起你的门派连根拔除？"

曲珂毫不犹豫地摇了摇头："不想。"

萧靖山却是一愣，他诧异地看向干脆利落拒绝他的曲珂，这年头魔头都没有野心吗？

"外人称我阴莲宗为邪道、魔教，那是因为我们行事不受拘束，离经叛道，并不代表我们坏。而你一看就没安好心，我自然不能与你同谋。"

萧靖山轻笑一声，似是嘲笑自己的愚蠢："也罢，我本来也不是来和你商量的。"

曲珂指尖一动，身边的蝰蛇瞬间做出攻击前的姿势，无数阴莲宗弟子也随即出现，将萧靖山围在中间。萧靖山不慌不忙，从袖中变出一只手心大小的血铃，铃铛在手中轻轻晃动，发出清脆的声响。

山风拂过，小秋山山谷花草轻摆，一派宁静、祥和的景象。

白蛇萎靡地趴在地上，显得无精打采、十分辛苦。李青月轻轻蹲下身子，手抚白蛇的前额，缓缓注入灵气。

"万物滋生则为成，现世安稳称为住，次第崩催是为坏，灭入虚妄则为空。四百年前，我斩杀旱龙，破了坏劫降世，没想到如今还是逃不过。你是灵兽，感知敏锐，也知道又一次的大难将至了吧？"李青月轻轻对着白蛇低语，神情惆怅。

白蛇微微点了点头，目光幽幽。

一丛树木后，一袭白衣的玄微静静地看着李青月，将这一切尽收眼中。

阳光洒在净云宗的山门上，蒋辩靠在门边，一边打着哈欠一边守着门。紫阳面色凝重，疾步走来。

蒋辩吓得赶紧立正行礼，声音有些发颤："见……见过掌门……"

紫阳却如同一阵风一般掠过，只留下一头雾水的蒋辩站在原地，嘴里嘟囔着："掌门这是怎么了？"

大殿内，白九思抱着李青月的手臂不撒手，李青月一脸头疼地抚额，无奈地说道："隐童子就是个小孩子，你怕什么？"

白九思却嘟着嘴，声音带着几分委屈："他说他要吃了我。"

李青月无奈地翻了个白眼，还没来得及说话，就见紫阳行色匆匆地走进来，语气急切："师祖！"

李青月下意识一把撇开白九思，轻咳一声，坐好："怎么忽然回来了，查到萧靖山的踪迹了吗？"

紫阳却摇了摇头，语气沉重："弟子此行有其他要事禀告。近来我同丹阳带着宗门弟子四处搜罗，发现各地忽然出现许多魂魄失踪之人。寻常的魂魄离体都是肉身即死，而最近出现的数百个魂魄失踪之人先是陷入昏睡，在第五天时，他们就会死在自己的梦里。如今已是第三日，情况危急，弟子不得不前来求助师祖。"

李青月眉头紧皱，声音低沉："被夺魂魄之人之间可有联系？他们的魂魄去了哪里？"

紫阳摇了摇头，声音带着一丝不确定："被夺魂魄的人互不相识，甚至有的相隔千里。我已经让门中弟子去各个地方排查陷入昏睡的人数。弟子大胆猜测，这怕是萧靖山做的手脚，曾经他炼制的大荒碑可拘神仙的元神，如今定是他又炼制出新的法器拘走凡人的魂魄。"

李青月的眉头皱得更紧，声音中带着一丝疑惑："如此大张旗鼓地拘走凡人魂魄，他又想做什么？"

白九思在一旁听不懂他们的对话，深感无聊，便研究起来一旁花瓶里的花。

门口一阵喧哗，曲星蛮闯了进来，楚蒙紧随其后，根本拦不住她。

从九重天回来后，曲星蛮就总想要回阴莲宗一趟，毕竟偷跑出来这么久还没和自己的母亲交代。只是蒙楚这个人一根筋，说什么不肯在净云宗有难的关头陪曲星蛮离开。于是，为了与蒙楚赌气，曲星蛮背起自己的小包袱星夜"离家出走"，下了玉梵山。

曲星蛮自然是边走边等，想看看蒙楚会不会追上来。结果，蒙楚没到，一只黑色乌鸦却飞了过来，落在曲星蛮面前。曲星蛮一愣，猛地站起，眼神中带着几分惊慌。

乌鸦一抖翅膀，化作一阵黑色烟雾，而后又凝结成三个黑子的字——"别回来"。

曲星蛮有些惊慌失措，顾不上行李，忙转身回了净云宗。

"李青月！"曲星蛮一脸殷切地看着李青月，声音带着几分急切，"你们净云宗还有人手吗，能不能找一些和我一同回阴莲宗？"

没等李青月答复，曲星蛮的声音已经带上了哭腔："我娘刚托渡鸦送信，让我别回阴莲宗，这不符合她的个性，肯定是我们宗门出了大事！"

李青月沉默片刻，心中有所揣测。

曲星蛮见她不说话，声音更加急切："李青月，你不能不讲义气，之前你们净云宗有难的时候，我可是不离不弃的！"

白九思的目光从花上转开，随意地看了一眼眼前闹哄哄的人，扯了扯李青月的衣袖，让她回头看自己，似是有话想说。

没等李青月开口，门外忽然又进来两个人影。苍涂和离陌神情凝重，对着李青月一拜。

李青月心中一跳，从白九思手里抽出自己的袖子："你们这边也出事了？"

离陌的声音低沉而凝重："我刚收到龙渊师兄传信，说是狱法墟的封印无故松动，里面镇压的妖兽尽数跑了出来。"

苍涂接着说道："劳烦仙尊照看我们玄尊几日，我们需要回藏雷殿协助镇压妖兽。"

李青月的目光在面前几人身上一一扫过，她心中顿时明白过来："看来还真是萧靖山出手了，他筹谋已久，知道正面对上无胜算，所以就想将我们分开。"

其他人一愣，面色不约而同地沉了下来。

李青月目光凌厉，丝毫不见惧色，她看向苍涂和离陌，语气坚定："白九思我看着，不会让他有事，你们回藏雷殿吧。"

离陌和苍涂对视一眼，齐声道："多谢仙尊！"

李青月微微转头看向紫阳："紫阳，你陪着曲星蛮他们回阴莲宗，我去找丹阳看看那些被夺魂魄的凡人究竟是怎么一回事。"

紫阳顿了顿，看了身边的蒙楚和曲星蛮一眼，最终应下："是，师祖。"

白九思不开心地站了起来，拉着李青月的手不放，眼神中带着几分倔强："娘子，你不能自己去，我要陪你一起。"

李青月看向白九思，目光顿了一下，任由他拉着自己，然后看向其他人，语气有几分严肃："生死咒还不知是否解开，倘若萧靖山出现，先不要伤其性命，活捉为上。我让玄微留在净云宗，届时你们如果应付不来，就避其锋芒，传信让玄微前往支援。"

众人纷纷点头，齐声道："是，仙尊。"

李青月极为自然地拉着白九思向外走去，语气中带着几分急切："走吧，事不宜迟,现在就分头行动。"

白九思看着李青月并未抛下自己,顿时喜笑颜开,紧紧地攥着她的手,生怕她会突然离开。

众人齐聚山门前,气氛凝重。苍涂和离陌冲着李青月一拜,化作两道灵光消失。白九思赖在李青月身边,唯恐被抛弃一般牵着她的手不放。

李青月看向紫阳、蒙楚、曲星蛮三人,语气中带着几分严肃:"你们也出发——"

吕素冠背着一个包裹气喘吁吁地跑来。她看了蒙楚一眼,然后对着李青月和紫阳一拜,语气中带着几分急切:"弟子请求一同前往阴莲宗。"

蒙楚刚想开口阻止,吕素冠却抢先说道:"掌门也知我善丹药之术,阴莲宗多瘴毒,我前去也能让大家少些意外伤害。"

曲星蛮完全没心思同吕素冠掐架,急切地问道:"我没时间在这里听你们讨论谁走谁留,到底什么时候出发?"

紫阳的目光在三人之间打了个转,叹了口气,最终说道:"都走吧。"

李青月看了一眼一直沉默的玄微,抬手变出了契月剑,交给玄微:"这是白九思的剑,现在由你保管,只有逐日和契月加起来才能打破无量碑。你我各保管一剑,避免萧靖山一网打尽。白九思的安危事关无量碑的结界,所以我就把他带走了,你在宗门里也多小心。"

玄微接过契月剑,郑重道:"好,师父有事也可随时传信与我。"

李青月点了点头,拉着白九思准备走,却被忽然冒出来的张酸堵住了去路。他身后还跟着樊凌儿。

张酸看了一眼李青月和白九思握着的双手,目光略暗淡,但还是硬着头皮说道:"我听说了,我跟你一起去。"

李青月下意识想拒绝,张酸却抢先开口:"你若是拒绝,那我便偷偷跟着。"

樊凌儿接着说道:"仙尊,你知道我对炼器一事最为精通,有我在,就算没有灵力,找出拘人魂魄的法器定能事半功倍。"

李青月看着倔强得如出一辙的二人,最终只能无奈地应下。

张酸和樊凌儿眼中同时露出欣喜。白九思有些敌视地看了张酸一眼,身子挪了挪,故意挤在他和李青月中间。

玄微看着离去的四人,微微一笑,半晌像想起了什么,笑容淡去,望着天空,目光惆怅。

医馆的后院里,地上铺着数张草席,上面都躺着病人。他们明明没有任何外伤,但就是诡异地沉睡着。

丹阳穿梭在各个病人之间,面容疲惫、憔悴。

这些人都是同一时间陷入昏睡。丹阳自下山以来,已经试过各种招魂术和丹药,都无济于事,根本唤不醒他们,只能感受到这些人的元神渐渐虚弱、涣散,恐怕再过一日,他们就会在沉睡中悄无声息地死去。

李青月一个个查看地上昏睡的人,眼神中带着几分凝重。

衣衫褴褛的乞丐、脸上有着大块红斑的姑娘、失去双腿的瘸子……形形色色的人都安静地睡着。

李青月查看了一会儿,转头看向樊凌儿:"凌儿,你可有什么发现?"

樊凌儿皱眉观察片刻后看向张酸,语气中带着几分不确定:"就算萧靖山是炼器的天才,想要在短时间内炼出能拘走这么多人魂魄的仙器也不是易事,我猜测他应当还是用了他过去炼制好的法器。张酸,你用灵力探测下四周,若有法器存在,定会受到你的召唤。"

张酸点了点头,正要开始,忽见一阵黑色烟雾在院中盘旋。众人如临大敌,纷纷备战。

白九思不明所以,但察觉到了危险,下意识挡在李青月身前:"娘子,我保护你。"

黑雾逐渐凝固成萧靖山的身影,他冲着众人和蔼一笑,声音轻佻:"诸位,好久不见啊。"

张酸双目瞬间通红,手中云阿剑飞出,朝萧靖山刺去。

云阿剑穿过萧靖山的胸口,他却毫发未损。萧靖山低头看了看自己胸前冒着黑烟的大洞,无奈地耸了耸肩:"好徒弟,一见面就对你师父我下死手,不太好吧?"

张酸重新握住云阿剑，恨得咬牙切齿："你算什么东西，也配称是我的师父！"

萧靖山却不气恼，语气轻佻："算了，看在你是个小辈的分上，我不同你计较。"

张酸还要出剑，李青月已拨开白九思，按住了张酸的肩膀："这是他的虚影分身，攻击无用。"

白九思不满地挤过来，拉下了李青月按着张酸肩膀的手，自己紧紧地攥在手里，警惕地看着萧靖山。

萧靖山看到白九思的模样后一愣，随即大笑起来："想不到啊，堂堂大成玄尊竟然会落得如此模样，还真不如死了干净。"

李青月目光一寒，冷冷地盯着萧靖山："萧靖山，你到底想做什么？"

萧靖山却一脸轻松，戏谑道："没什么啊，我是不想你们浪费时间，好心来给你们提示的。这些人的魂魄是我拘走的，现在困着他们的欢喜碑就在十里外的山脚下。"

"欢喜碑？"

"对啊，你应该猜到了吧，它和大荒碑差不多，至于我为什么给它起了这么一个名字，等你去了就知道了。"

李青月目光警惕地盯着气定神闲的萧靖山："萧靖山，我看过你用大荒碑制造的幻境，你家人之事，我也都知道了。你应当也清楚他们死于围剿鷃鸟一役只是意外，我能理解你迁怒于清虚真君，但是他已仙陨，就算你毁灭了无量碑，也证明不了什么。"

萧靖山脸上的笑容瞬时僵硬，他目光阴寒地看着李青月："理解？你说得轻巧，是元承华劈下的剑光引起了我家中的火灾，他凭什么还能被刻在无量碑上，受世人敬仰？这等恶人，官府不管，玄天不管，我便自己管！"

"玄天并非不管，元承华降服鷃鸟之后，亦受到了天罚。"

萧靖山却冷笑一声："那又如何？我的家人，还有我的好友，整整五条人命！我只是想划掉一个名字，就被罚关押了整整五百年！被关押的时光里，我看透了一切，改修魔道，这才化出了分身开始布局。天道无情，我改变不了，就只能毁灭。"

李青月上前几步，站在众人前方："你所谓的软肋，亦能成为我们的盔甲。"

萧靖山目光扫过一张张无畏的脸孔，笑意愈浓，身体逐渐化作黑雾隐去。

"那我可就拭目以待了。"

阴莲宗密林中，盘根错节的树根遍布地面，空气中弥漫着一股潮湿的气息。一行人沉默地前进，紫阳目光锐利而警惕地看着四周，带着几分凝重。

曲星蛮左看右看，神情越发忧虑："往日密林里都会有宗门弟子巡逻，这一路走来，竟然一个都没看到。"

忽然，一阵窸窸窣窣的动静传来，曲星蛮立刻警觉起来，大声提醒道："小心！"话音未落，她手中的弯刀飞出，精准地割断了几条半空中飞来的藤蔓。断裂的藤蔓掉落在地，如同蛇一般扭动、挣扎，片刻后变得僵直、焦黑。

阴莲宗特意养殖的蛇藤，主要是为了防备擅闯者。按理来说，这种植物没有受到攻击是不会袭击来者的。曲星蛮当下心境大乱，这种种反常恐怕都在暗示阴莲宗如今危在旦夕。

一行人走了不久，前面出现一模一样的两条小路，都弥漫着烟雾。

紫阳回头看着惊疑不定的曲星蛮，沉声问道："小丫头，走哪条路？"

曲星蛮迟疑了一下，摇了摇头，声音中带着几分迷茫："我不知道。之前不是这样的，这两条路隔段时间就会自动变换：有烟雾的路，只要不使用灵力，就能安全无恙地通过；无烟雾的路通向的是毒沼泽，一路上危机四伏，我也不知道现在怎么都有烟雾了……"

紫阳微微皱眉，沉思片刻后率先选了一条路，语气坚定："看来得我们自己走着试试了。"

小径上，烟雾缭绕，空气中弥漫着一股令人窒息的气息。

吕素冠从包里掏出几枚丹药递给大家，声音中带着几分担忧："掌门、师兄，这是解毒的药，以防万一，你们还是先服下为好。"

蒙楚和紫阳接过药服下，曲星蛮却傲娇地一甩头，声音中带着几分倔强："我才不要吃你的药！谁知道里面放了什么？我从小在这里长大，毒不死我。"

吕素冠有些难堪地收起了药，眼神中闪过一丝失落。

空气中再次响起窸窸窣窣的声响，这次的响声比之前要大得多。

紫阳立刻警觉起来，沉声提醒道："小心！"

一条藤蔓突然朝曲星蛮攻去，蒙楚眼疾手快地一刀劈下，挡在曲星蛮身前。

曲星蛮提醒道："千万不要用灵力，这里的烟雾克制灵力，动用灵力就会被反噬、重伤。"

吕素冠有些疑惑地看着曲星蛮："你之前不是说有烟雾的路是安全的吗？"

曲星蛮微微皱眉："我……也不知道为什么会这样。"

与此同时，无数条藤蔓从烟雾中攻向众人。四人背靠背，各自持刀，只依靠身法功夫迎战。一条又一条藤蔓被斩断，却还会有无数新的藤蔓攻上前来。在密密麻麻的藤蔓攻势下，曲星蛮一时不慎，被缠住脚腕，猛地被拖拽走。吕素冠一时走神，被另一根藤蔓缠住了手腕，拖拽之下使得她手中的长剑滑落。

吕素冠惊慌地喊道："师兄！"

蒙楚身影顿了一瞬，但还是选择飞身朝曲星蛮而去，砍断了缠着她腿的藤蔓，将她捞起。他想再去救吕素冠时，她已经即将被拖远。

抽出空来的紫阳一指灵光斩断了拉着吕素冠的藤蔓。吕素冠狼狈地爬起，捡起自己的佩剑，再次抬头，看到被蒙楚护着的曲星蛮，心中不由得酸涩异常。紫阳用完灵力，面色一白，拿剑的手有些颤抖。

曲星蛮看着攻势不减的藤蔓，手握弯刀，猛地一划，那些见了血的藤蔓立刻停下了动作。曲星蛮眼中一喜，随即又划了自己一刀，将血液抹在蒙楚身上："我娘曾经用她的血浇灌过蛇藤，它们果然还认得我们的血。"

蒙楚沾上曲星蛮的血后，蛇藤顿时不再攻击他。曲星蛮飞快来到吕素冠身边，抬手将自己的血在吕素冠身上也抹了一些："便宜你了。"吕素冠嘴唇紧抿，没有言语。

曲星蛮正欲走向紫阳，雾气中忽然传来一阵清脆的法铃声。吕素冠瞬间呆滞，一动不动。

紫阳立刻提醒道："凝神，不要听，铃声有问题！"

蒙楚手握长剑猛地一划，剑鸣声刺耳。吕素冠双目恢复清明，眼神中带着几分惊慌。迷雾之中，忽然出现无数人影，与此同时，无数长刀朝二人攻来。紫阳反应神速，以剑相挡，并一掌推开了刚走到他身边的曲星蛮。

人影现身，皆是阴莲宗的弟子。

曲星蛮惊喜地喊道："大师兄、二师兄、三师兄……你们都还在啊！"

蒙楚却一把拉住了欲上前的曲星蛮："你看他们的眼睛。"

曲星蛮这才发现每一个阴莲宗弟子的双目都是一片漆黑。

铃声再次传来。几乎是瞬间，所有人持剑朝四人攻来。四人纷纷反击。曲星蛮不忍伤害同门，一边闪躲一边试图唤醒他们。可无人回应曲星蛮的呼喊，一个个下手越发狠厉。

蒙楚持剑欲劈向来人的脖颈，曲星蛮惊呼道："他是我师兄，不要杀他！"蒙楚略一迟疑，手臂就被来人划伤了。曲星蛮双目通红，看着双方，左右为难。

紫阳叹了口气，收起佩剑，双手合十闭目，声音低沉而有力："解心释神……"灵力随着紫阳口中的真经震荡开来，刹那间，阴莲宗弟子眼中漆黑散尽，纷纷昏厥过去。

紫阳猛地呕出一口血，身子一软，半跪在地。烟雾中忽然飞出一条蛇藤，卷起紫阳的腰就要拖走。

蒙楚来不及反应，惊呼一声："师父——"就见紫阳消失在烟雾之中，他心中大骇，快步追去。吕素冠紧跟其后，曲星蛮看了一眼地上的阴莲宗弟子，最终还是朝蒙楚追去。

天姥峰的广场上，离陌和苍涂的身形刚显现，三头四脚、黑红羽毛的鹮鸟就朝他们喷了一口火。离陌和苍涂手忙脚乱地化盾防御，堪堪避过。

樊交交正手持锤子和一众打钉人守在无量碑周遭，和鹮鸟对打。离陌和苍涂一边闪躲，一边来到樊交交身边。

樊交交喘着粗气，声音急切："狱法墟的封印不知道被谁破坏了，里面镇压的妖兽尽数逃了出来。龙渊守着藏雷殿，让我来这边盯着天姥峰的无量碑。"

苍涂微微皱眉，沉声道："无量碑有玄尊过去布下的结界封印，只要他无事，便无人能动无量碑。"

樊交交点了点头，但眼神中仍带着几分担忧："话虽如此，但以师尊前些日子的状态，难免不会有什么意外，还是小心些为好。"

藏雷殿门前，一个巨大的结界笼罩着整个藏雷殿，结界上电光闪烁，仿佛随时都会被冲破。

龙渊领着众弟子，同形形色色的妖兽对打。有五条尾巴一只脚、状似红色豹子的狰，还有羊身人面、有目而不见的混沌，它们无一不是令人胆战的巨型妖兽。

数道闪电劈下，龙渊死死盯着诸多妖兽，神色决绝："我师尊的藏雷殿，岂是你们放肆之地！"

离陌来到龙渊身边，看到他的额头已经渗出汗水，便立刻为他输送灵力。龙渊一抬手，推开了离陌。离陌也不勉强，只是同龙渊一同迎敌。

妖兽灵力太强，无数弟子被打倒，从半空中跌落。龙渊同混沌对打，狰看准时机，从他背后偷袭。

一道刀光闪过，离陌护着龙渊躲过了狰的尾巴："师兄，这些都是关押数百年的凶兽，以我们之力，怕是不能——"

龙渊全身都被雷电包裹，一边奋力劈砍一边回应道："我已让普元去四处送信，能撑一刻是一刻！决不能让这些妖兽逃出去，也不能让它们毁掉师尊的大殿！"

藏雷殿、阴莲宗这两处的战况，李青月尚且不知，眼前萧靖山所说的欢喜碑正占据她的全部心神。既然知晓萧靖山是用欢喜碑拘走了百姓的魂魄，她自然是要前去破阵、救人。李青月为保白九思的安全，自然也免不了带着他一起前去。

山脚下，风景秀丽，阳光洒在草地上，一片旖旎风光。

白九思兴奋地穿梭在花丛里，摘着不同的花握在手中，剩下三人则严肃地四处搜罗。

张酸站在一片空地上一动不动。片刻后，他向着空气伸出了手，忽然面前的空气一阵扭曲，如同湖面一般泛起涟漪，然后原地消失了。张酸收回手，面前的空气又恢复如常。

樊凌儿眼睛一亮:"这里肯定就是入口。"

李青月一把拉起摘花的白九思,白九思恋恋不舍地看着花,声音中带着几分不满:"等等——"李青月不理会他的挣扎,径直带着他朝那片空地走去。张酸和樊凌儿也紧随其后。

繁华的街道上,空气一阵扭曲,李青月等四人的身影随后出现在街道中间。来来往往的路人对忽然出现的四人丝毫不意外,只是看了几眼就匆匆路过。李青月并未放下警惕,一手牵着白九思,一边四处打量。

樊凌儿也认真打量着周围的一切,想要找出阵眼。张酸亦步亦趋地跟在李青月和白九思身后,默默地守护着他俩的安全。

一个富商打扮的人迎面走来,脖子上挂着大金锁,手上戴着翡翠扳指,另一只手里盘着两个黄金大元宝。李青月看着富商的面容,蓦然一愣,赫然发现他长得和医馆中昏迷的乞丐一模一样。

李青月皱眉看着乞丐等人路过自己,转头又看到打扮得花枝招展的姑娘和身边的友人在胭脂摊子前聊天。而此时,姑娘脸上早已没有了大块红斑,变得细腻、光滑。

李青月心中明白了几分,不由得沉下脸色。张酸也逐渐看懂,皱起了眉头。樊凌儿则蹲下来看了一眼地上的地砖,指尖一块块地轻触,眼神中带着几分凝重。只有白九思,全然一副新奇模样,左右张望。

双腿完好的瘸子手里拿着吃的兴高采烈地跑着;重症缠身的老人红光满面,肩上扛着自己的小孙子;多年落榜的秀才稳坐庙堂;受尽殴打的妇人与丈夫举案齐眉……一张张熟悉的面孔,都在街道上一一走过,只是不再是沉睡的样子。来来往往的百姓,每个人脸上都洋溢着喜意,衬得李青月四人如同异类。

樊凌儿指尖停在一块地砖之上,面色凝重,正欲开口,远处,八人抬着一顶轿子缓缓走来。百姓们看到轿子,纷纷退到两边跪拜,打断了樊凌儿的话。

"拜见神主。"

李青月等四人站着不动,引来无数百姓的不满。

"看见神主,怎么还不跪下?!"

"新来的,不懂规矩吧?"

张酸和樊凌儿皆眼露不悦,各自移步挡在李青月身前。白九思见此,再度挤在张酸和李青月中间。李青月则目光直直地看着轿子,眼神冰冷。

轿子在李青月等人面前停下,帘子一动,萧靖山从上面优雅地走下来,得意道:"怎么样?你觉得我取的'欢喜碑'这个名字好不好?"

鸿蒙大殿里,玄微手里将两个羊角圣杯放置额间闭目祈祷,片刻后睁眼,郑重地投掷。羊角圣杯落地,两个凸面朝上,即怒筊。

玄微再度拿起来,重新投掷一次,卦象依旧是怒筊。

他第三次拿起来投掷,卦象还是怒筊。

怒筊——凶。

玄微盯着自己身前的圣杯,面色凝重,眼底挣扎之色逐渐漫开。

第二十九章
困孤局

"李青月,你真的不明白吗?这些人都是无辜的,他们的魂魄被我拘走,只是为了让你们来见我。"萧靖山挥了挥手,空间立刻发生了扭曲,像湖面泛起的涟漪。

阳光洒在街道上,百姓们跪拜在地上,一动不动,宛如雕塑一般。

"他们知道自己的灵魂是被你掠夺到这里的吗?"李青月冷冷地问道。

萧靖山环视一圈,低头跪拜的百姓身子极尽地匍匐着、蜷缩着,看向萧靖山的目光无不带着敬仰与狂热。

他微微一笑,语气轻佻地说:"掠夺?话不要说得那么难听。拜我所赐,他们都过上了自己想要的日子,如今可是满心感激我呢。可惜了,我对这一切并不感兴趣,之所以这么大费周章,其实是为了你啊。"

"为了我?"李青月微微一愣。

"是啊,我只是想让你知道,什么叫真正的人心所向。"萧靖山一步步踱到跪拜的百姓中间,抬起一张面孔让李青月看清楚,"你看,这个人讨厌你哦。你们这些神明太蠢了,凡人不需要你自以为是地拯救。"

"这里,才是他们向往的理想国度。"萧靖山再一挥手,幻境中的时空重新流动起来。

"妖言惑众!"樊凌儿难以忍受地脱口而出。

可刚刚苏醒的百姓立刻为萧靖山打抱不平。

"你凭什么侮蔑神主,是他治好了我的双腿!"

"神主赐予我银钱,使我不必风餐露宿,你算是什么东西,也敢对神主不敬?"

…………

喧哗声中,李青月与萧靖山隔着人群对望,萧靖山掐起法咒,在内景中传音给李青月。

"你看啊,他们多快乐啊。天道无情,你不也这样认为吗?这里只是一个小小的试验,让如今的天地变得如这幻境一样不好吗?李青月,你也是弑神、对抗天道之人啊。我们为什么不推翻这残忍的天道,重新建立一个新的、让所有人都满意的秩序呢?"

李青月沉默片刻,脸色渐渐松动,似在考虑萧靖山的建议:"你说得轻松,建立新秩序,如何施为?"

萧靖山脸上露出喜色:"天地灭法,顺势而为。"

李青月却一笑,不再和他玩什么传音的把戏:"你不过就是个胆小懦弱的蠢货罢了,还是个只会在别人背后挑唆的阴沟里的鼠辈。浪费百年设计我和白九思自相残杀,现在又用普通人给你做盾牌,你还真是,厌得死性不改,蠢得源远流长啊。"

萧靖山面色一点点地变冷,他缓缓后退几步,忽然提高声音:"各位,有人反对你们的神主,一心想要毁了你们现在的日子,你们该当如何?"

跪着的百姓纷纷站起,拿起身边称手的武器,对着李青月等人步步逼近。

"他们要害我们,那我们必须反抗!"乞丐大声喊道,眼神中满是愤怒。

"对!侮蔑我们神主,就是邪祟!"姑娘也跟着附和,语气中透着几分激动。

"除掉邪祟!除掉邪祟!"瘸子恶狠狠地盯着李青月等人,紧紧握住手中的木棍。

张酸看了一眼和李青月并肩而立的白九思,选择站在樊凌儿身前保护。

萧靖山站在原地一动不动,只是看着百姓们逼近李青月,嘴角微微上扬。

李青月,这回我倒要看看,你怎么心怀慈悲地拯救这群愚昧贪婪的蝼蚁。

阴莲宗的大殿内,气氛同样紧张。蒙楚、曲星蛮和吕素冠三人匆匆跑进殿内,却被两条蜷蛇拦住了去路。

"大宝、小宝,你们做什么?!"曲星蛮惊呼一声,眼神中满是不解。

蜷蛇漆黑的双目看了曲星蛮一眼,又看向蒙楚。不知在何处的法铃声再度响起,蜷蛇猛地朝蒙楚发起进攻。

"蒙大哥，小心！不要碰到它们的血和毒牙，那都是见血封喉的剧毒，修道之人也抵不住！"曲星蛮焦急地提醒道。

蒙楚以灵力灌入剑中，一个翻身朝蜂蛇的脑袋砍去。蜂蛇嘶吼着，同蒙楚缠斗在一起。曲星蛮则是帮着吕素冠对抗另一条蜂蛇。一时间宝剑破风之声与毒蛇吐芯的嘶嘶声交织在一处，让人闻之心惊。

"小心！"曲星蛮惊呼一声。

蜂蛇似是被激怒了，尾巴狠狠甩开曲星蛮和吕素冠，朝蒙楚咬去。曲星蛮和吕素冠重重跌落，嘴角溢出鲜血。蜂蛇的獠牙散发着黑气，咬住剑的一瞬间，剑身便有了裂痕。蒙楚被逼退数步，只得猛地弃剑逃开。

"蒙大哥！"曲星蛮焦急地喊道，最终只能红着眼抛出手中的弯刀，正中蜂蛇七寸。蜂蛇掉落在地，变得僵直。曲星蛮走上前，红着眼拔出了自己的刀，抬手阖上了蜂蛇的双目。

法铃声再度传来，三人循声望去，只见王座之上，萧靖山慵懒地坐着，手里把玩着法铃。

"浑蛋！谁让你坐我娘的位置！"曲星蛮眼中迸发出滔天恨意，愤怒地朝萧靖山抛出弯刀。

那弯刀穿过萧靖山身体，又回到曲星蛮手里。

萧靖山微微一笑，语气中透着几分嘲讽："啧啧……真是个傻姑娘，我怎么可能让我的本体出现在这里？"

蒙楚拉住愤怒的曲星蛮，死死盯着萧靖山。

只见萧靖山拿着法铃轻轻一摇，紫阳和曲珂僵直着身体走出，双目一片漆黑。蒙楚他们三人不禁呆立当场，一时间不知如何是好。

"别紧张，只是让他们听话一些而已。我呢，想给你们一个机会——活着离开这里的机会。"

萧靖山说罢，收起法铃，掌心灵力流转，他猛地收紧。紫阳和曲珂的四肢和脖颈瞬间被黑色的灵力缠绕，灵力如刀，陷入肌肉之中，鲜血瞬间流出。

"住手！住手！"曲星蛮惊恐地喊道，眼泪滚滚落下。

萧靖山闻言，从善如流地收起了灵力："别急嘛，都跟你说了，我想给你们个机会。你们三个可以做一次选择——紫阳、曲珂，一个活，一个死。"

看着三人因愤怒而双目赤红,萧靖山竟然笑得出声:"你们放心,我这个人说话算数,说放一个就会放一个。现在你们杀不了我,但是我能杀了他们,所以,你们只能和我玩这一局,不是吗?"

萧靖山又晃了晃法玲,黑气捆绑下的紫阳和曲珂立时恢复了神志。

曲星蛮看向面色惨白的曲珂,眼泪滚滚落下。蒙楚看到曲星蛮痛苦的模样,心中也万分痛苦、纠结。

"娘——娘……"曲星蛮哭着喊道。

曲珂虽气若游丝,但声音依旧凌厉:"哭什么哭!把眼泪给我憋回去,哭成这样给我丢人!不就是死吗,怕什么?!"

曲星蛮大力抹着眼泪,几乎将嘴唇咬出血,才让自己不再痛哭。她转头看向紫阳,对上紫阳和蔼的目光,说不出一句话来。

紫阳看向蒙楚,语气中带着几分慈祥:"蒙楚,是我一招不慎,才会着了他的道。答应为师,接下来照顾好她们。"

蒙楚一时间哽咽,无论如何都说不出答应的话来。

曲珂看着紫阳,张口便骂:"老古板,凭什么好人都让你做了?我也不怕死的,行不行?!"

蒙楚和曲星蛮双目通红地对视一眼,都说不出劝对方的话来。萧靖山看着这一幕,心中越发愉悦。

"怎么样?你三个人到底选谁活啊?再不选的话,两个都得死。"萧靖山玩味地催促道。

吕素冠左看看右看看,见始终无人说话,只好硬着头皮走出来:"大家都不想做这个坏人,那我来做!我选我们掌门!"

紫阳眼中闪过无奈之色,但不忍心再说责骂的话。他看向蒙楚:"蒙楚,你拿起刀,为师不想死在这种败类手里。"

蒙楚双拳握得青筋暴起,无法迈出一步。

紫阳抬头,最终冷笑一声,目光锐利地看向萧靖山:"无耻鼠辈,打不过我们便只敢用这种阴损的伎俩,我净云宗门人绝不会任你摆布!"说完,紫阳运气,灵力在丹田流转,光芒愈胜。

萧靖山面色阴沉,冷冷地看着紫阳。蒙楚察觉到紫阳的动作,顿时面露惊恐。

"师父,不要——"蒙楚惊恐地喊道。

紫阳自爆修为,化为刺眼的光芒。殿中人被灵力波及,纷纷向后倒去。曲珂身上缠绕的黑气顿消,从空中跌落。萧靖山化作一阵黑烟,原地消失。光芒散去,紫阳已经全无踪迹。

曲星蛮踉跄地朝曲珂跑去,将她抱在怀中撑了起来。

曲珂看向空荡荡的空中,语气中带着几分不甘:"可恶啊,让他抢了先。"

蒙楚跪坐在地,失魂落魄地看向空中,眼眶一点点变红,终于落下泪来,嘶吼出声。吕素冠则是抹着眼泪来到蒙楚身边,伸手按住他的肩膀安慰。曲星蛮听到蒙楚的嘶吼声,心中也万分不忍。

曲珂推开曲星蛮,缓缓坐直,正准备说话,忽然面色一变。她的四肢和脖颈上再次浮现闪着光的黑色灵力。不等所有人反应,那灵力瞬间化为刀,划破了曲珂的四肢和脖颈,鲜血迸发出来,泼洒在曲星蛮的脸上、手上。

萧靖山的声音在空中响起:"我说了,只有被选择才能活,你们不选,都得死。"

曲星蛮眼睁睁地看着曲珂被割断喉管,痛苦地倒下,发不出一点儿声音。她满手满身都是自己母亲的鲜血,只能无声地嘶吼着,蜷缩着。

吕素冠不忍心看下去,别过头去。蒙楚看着双目欲裂的曲星蛮,最终红着眼将她抱入怀中,眼神中满是心疼。

藏雷殿的门口,龙渊以及众人苦苦抵挡着妖兽的攻击。离陌不善攻击之术,只能以灵力救治伤重的弟子。石胎三兄弟赶来,迫不及待地加入了战斗。

"有打架这种好玩事儿,怎么就没人通知我们一声呢?"

"就是!还是我们自己听到动静才赶过来。"

"我还是第一次见这些上古妖兽呢,有意思!"

龙渊瞥了他们一眼,欣慰地一笑。

忽然,狰的尾巴再度扫来,龙渊匆忙闪躲。伤重的弟子越发多,离陌以灵力同时救治多人,但随着救治的进行,他的灵力透支,面色发白,身子隐隐发抖。

一只长着尖嘴利爪、如同变异的乌鸦一般的妖兽穿过结界,朝离陌抓来。龙渊猛地挡在离陌身前,以雷电劈开妖兽,然而手臂还是被它抓伤了。伤口迅速溃烂、蔓延,龙渊当机立断,斩断自己的手臂。

"师兄!"离陌惊呼一声,猛地站起,想要为龙渊止血。

龙渊看到离陌惨白的面容以及额头的汗水,猛地甩开离陌的手,语气中带着几分严厉:"一条手臂罢了,不算什么大事!我掩护你,你先离开,你在这里也帮不上什么忙。"

"师兄,我可以——"离陌还想说什么,却被龙渊打断了。

龙渊一把扯过离陌的衣领,语气决绝:"废话少说,快点儿走,去找师尊。师尊身边……总得活着一人。"

离陌来不及反应,就见龙渊用完好的手臂捏了个传送诀,自己瞬间在原地消失。龙渊抬手朝天空投去一道灵力,围绕着丹霞境的结界又亮了一瞬。

龙渊这才回头看向伤痕累累的众弟子:"你们怕吗?"

众弟子齐声回答:"不怕!"

守门大将军身上伤痕累累,面上依旧不服,守门大元帅亦是一身狼狈,石胎三兄弟跃跃欲试,还有早已身上遍布大小伤口的仙甲兵,每一个人的脸上都没有丝毫退缩之意。

龙渊转头看向天空中依旧猖狂的妖兽,双眼中闪烁着傲然不屈的光芒。

"好!那就来和它们拼个你死我活!定不能让人小瞧了师尊的藏雷殿!"

九重天的丹霞境入口,离陌凭空出现,摔落在地。他摇摇晃晃地站起来,勉强提神,恢复了少许精力,大步朝瀑布结界前走去,然后猛地被弹了回来。

"师兄,你让我进去!"离陌焦急地朝结界大喊,声音中带着几分急切。

结界里面并无应答,离陌懊恼地站在结界外,欲凝神使用灵力,然而因之前灵力透支,结果导致一阵头晕目眩。

正无措间,几片红色的花瓣飘来,离陌看到后一愣,欣喜地回头看去。

刚刚重新化形的红莲从天而降,脸上带着前所未有的平和笑容。她看着离陌着急的模样,粲然一笑:"你说说,我刚一化形,怎么就遇见这么大的事呢?"

离陌来不及解释太多，匆匆走上前来："我和师兄的法力同宗同源，我无法破开他设的结界，你能吗？师兄伤重，我不能弃之不顾。"

红莲看着离陌着急的模样，眼珠一转，调侃道："可以啊，你亲我一下，我就带你进去。"

离陌立时呆住，不知所措地看着红莲。

红莲扑哧一声笑了出来，语气中透着几分玩笑："好了，开个玩笑而已。瑶池的水太干净，我现在可是没有半点儿乱七八糟的心思了。"红莲朝离陌伸出了手，"走吧，去帮你那个曾经想杀我的师兄，就当还你的人情。"

李青月看着逼近的人群，曾经的回忆又浮现在眼前，身子不禁微微发抖。百姓脸上满是冷漠与仇恨，像箭矢一般，将她钉在原地。白九思察觉到李青月的异样，毫不犹豫地将她拉入怀中，背对着所有百姓，紧紧抱着她。

"娘子，不怕。"白九思的声音在李青月耳边响起，带着几分温柔与坚定。

李青月眼眶变得湿润，脑子也逐渐恢复清明。她缓缓抬手，回抱住了白九思。人群里，萧靖山脸上的笑容淡去，眼神中透着几分复杂。

"走！"李青月低声说道，施法带三人离开了街巷。

夜幕降临，旧民居的屋内，李青月抬手布了一个结界，看向身边的三人，语气中透着几分疲惫："就算被人发现了，他们也闯不进来，我们先在这里歇片刻，看看下一步怎么做。"

樊凌儿面色凝重，心事重重，沉默地坐在一旁思索着。方才在街道上，樊凌儿已经找到了阵眼，就在众人进入幻境处的地砖之上。只要进入阵眼，就能操纵欢喜碑，破开一个出口让人离开。其实，破一个幻境出口不难，但是这个欢喜碑造的幻境有些玄妙，只有心甘情愿想出去的人才能离开，半点儿强迫不得。今日看这些百姓对萧靖山十分信服，恐怕让他们心甘情愿地出去不是易事。

"你怎么了？"张酸注意到了樊凌儿的心不在焉，于是出言问道。

樊凌儿的思绪被打断，她目光闪烁，掩饰地一笑："我已经发现了阵眼所在，就是想着这么简单就能发现阵眼，会不会有诈。"

张酸语气坚定地说:"没时间了,明日一过,这里的百姓在幻境之外的肉身就会彻底死去,我们只能先试一试。你告诉我如何进入阵眼操纵欢喜碑,明日必须开个出口让百姓先离开。"

樊凌儿看着坚定的张酸,目光有些触动,像下了决心:"不,把你的灵力借我一些,明日我来破阵眼。这个法阵太复杂了,到时候你们为我护法,不让别人干扰我就行。"

张酸隐隐觉得哪里不对劲,但看着樊凌儿坚定的眼神,最终没有再说什么。

阴莲宗的大殿内,气氛压抑。曲星蛮抱着曲珂的尸体,双目木然,透着几分绝望。

蒙楚一个个将阴莲宗弟子背了进来,放到殿中,脸上满是疲惫之色。

吕素冠翻出自己的丹药,一个个喂给昏迷的阴莲宗弟子,动作轻柔而小心翼翼。

萧靖山的声音突然在空中响起:"嫉妒吗?"

吕素冠吓了一跳,慌忙朝四周看去,并未发现萧靖山的身影。

萧靖山的虚影却又出现在吕素冠面前:"我可以让蒙楚喜欢上你,而且只喜欢你一人。"

"遇到危险被舍弃,被忽略的只有你,明明是你和你师兄从小一起长大,难道你不恨吗?不想让那个曲星蛮消失吗?"

看着已然失神的吕素冠,萧靖山轻笑一声,拿出了法铃,语气中透着几分诱惑:"这是我炼制的法器血铃,无论飞禽走兽还是人,只要将他的血滴上去,他就会听从你的所有吩咐,任凭你摆布。这一路上,你应该也知道这法器的威力。"

"只要你杀了曲星蛮,我就会把这只血铃送给你。"萧靖山继续诱惑道。

"你为什么非要她死?"

萧靖山满不在乎地摊手:"我同她没有仇恨,只是看不下去真心之人总是被辜负,我是在帮你啊。"

吕素冠望向正重新走到曲星蛮身边,温柔地将她揽入怀中的蒙楚,眼神幽暗。

　　曲星蛮摘下了曲珂手上的镯子，调动灵力。镯子光芒一闪，将所有昏迷的阴莲宗弟子以及曲珂的尸体收了进去。曲珂去世，阴莲宗就要靠曲星蛮撑起门户了。这些尚在昏迷的弟子总得有个治疗之地。更何况，紫阳真人自爆而亡，尸骨无存，也须回宗门报信。整理好阴莲宗的战场，三人决定返回净云宗再做商议。

　　曲星蛮抹了把眼泪，心中默默立誓，一定要为娘亲和紫阳真人报此血仇。然后，她拉起蒙楚，打算离开。

　　蒙楚走出几步，发现吕素冠依旧站在原地，便高声问道："师妹，你还有什么事吗？刚才就见你在出神。"

　　吕素冠恍如初醒，走了过来，犹犹豫豫地拿出丹药递给蒙楚："师兄，这是辟邪的丹药，来的时候我们吃的丹药药效已过，你再吃一些吧。"

　　蒙楚不疑有他，直接接过，吞下。

　　吕素冠又递给曲星蛮一颗丹药，手隐隐发抖："你也吃一些吧。"

　　曲星蛮伸手接过，一口服下。

　　三人一同向外走去。

　　"黄泉九幽，招魂引！"

　　无数灵力从李青月身上向四周房屋散去，仿佛在召唤什么。

　　民宅中，百姓们纷纷从睡梦中醒来，如同行尸走肉一般走出家门，走上街道。

　　借了张酸灵力的樊凌儿运气调息，站在一块地砖之上，准备破阵。

　　"你们所处的这里，只不过是一场幻境而已，是你们口中所谓的神主将你们的魂魄困于此处，今日一过，你们的肉身就会死去，魂魄再也回不去了。"李青月对着满面疑惑的百姓解释道。

　　"什么魂魄？什么幻境啊？你们到底在打什么主意？编出这种谎话诓骗我们！"

　　"你们不就是昨天侮蔑神主的邪祟吗？！"

就在这时,萧靖山悄无声息地出现在人群后面,隔着群情激愤的百姓,与李青月遥遥相望。

李青月深吸一口气,声音瞬时放大:"是真是假,你们一看便知,我们只是想让你们安全活下去。"

樊凌儿留恋地看了李青月和张酸一眼,开始调动灵力,猛地一踩脚下的地砖,双手结印。地砖猛地一亮,圆形的法阵图自樊凌儿的脚下展开,散发着金光。

百姓们看得目瞪口呆。

樊凌儿手上结印变幻,向两边猛地拉开,大声说道:"开!"

以樊凌儿为分界线,街道瞬间被破了一道口子:左边是繁华的街道,有尚未开门的商户和已经飘起炊烟的早餐摊子,暖融融,一片太平盛世之景;右边却是荒山一片,零星几块枯黄的木头斜刺进地面,风声瑟瑟。百姓们吓得纷纷后退,聚集在街道另一侧。

李青月一手变出了逐日剑,直指人群后的萧靖山:"看到了吗?外面才是你们活着的真实世界,这里不过是他用法器伪造的地方!"

萧靖山脸上挂着浅笑,只是安静地站着,似乎并不想阻拦。李青月挡在白九思身前,和张酸防备着萧靖山的一举一动。

人群豁然散开,尽数回头去看自己的神主。

萧靖山抬步朝李青月走来,路过每一个百姓,轻声说道:"这里的确是幻境。

"你想要继续沿街乞讨,任人打骂吗?

"你想继续满脸红斑,被人骂作丑八怪、怪物吗?

"你想要瘫在床上,被人说是废物吗?

"……"

萧靖山一个个地问过去,被问到的人不是面露痛苦就是捂脸逃避。

然后,萧靖山走到人群最前面,站在幻境分界处,扫视所有人:"所以啊,就算这里是幻境,你们愿意回到现实里吗?"

百姓们面面相觑,不发一言,也无人朝樊凌儿所在的出口挪动。

萧靖山看向李青月,如同王者一般摊开了手:"看到了没?这才是人心。"

李青月忍无可忍，持剑向萧靖山攻去："你这视生灵为草芥的浑蛋！"张酸同样持剑朝萧靖山攻去。

逐日剑剑芒大盛，每一击都直奔要害而去。萧靖山却并不闪躲，化为黑雾，消散后又再度聚拢。

"李青月，你们神可真虚伪啊。"萧靖山讽刺道，"用我一家人性命换一只妖兽的命，不算草菅人命吗？"

萧靖山看向樊凌儿："你今日用她的命换这些凡人，难道就正义吗？她可是无辜的啊……"

李青月和张酸同时停住了，李青月震惊地看着萧靖山，轻声问道："什么？"

"别假装不知道。想要破坏喜碑的阵法，那就要牺牲一个人，成为新的阵眼。"

李青月猛地转头看向樊凌儿。樊凌儿低着头，不肯面对李青月的目光，似是早已知道自己的结局。

第三十章 许平生

樊凌儿借来的灵力耗尽，身上的光芒逐渐暗淡，出口依旧存在，一边是喧嚣的街道，另一边是静谧的山野。

李青月和张酸正欲伸手触碰樊凌儿。突然，樊凌儿周身一米范围内迸发出强大的飓风结界，将二人弹开了。白九思焦急地呼唤着"娘子"，张酸滑行数米后半跪在地，李青月则堪堪站稳，白九思立刻狂奔过来，拉着她查看。

李青月盯着结界中的樊凌儿，质问道："他说的，是真的吗？"

"是真的。"樊凌儿语气坚定且平静，"仙尊，拿我一人之命，换这数百条人命，不亏。"

李青月愤怒地冲向结界，却被飓风结界再次隔开。于是，她举起逐日剑，向着阵眼的结界劈去。

轰的一声，巨大的灵力直击结界，樊凌儿惨叫一声，跌倒在地，痛苦地抽搐。李青月猛地收回灵力，不敢再轻易尝试。

萧靖山在一旁冷眼旁观，嘲讽道："她已经变成了欢喜碑的阵眼，你想毁了阵眼，那便也会毁了她。"

樊凌儿伏在地上，大汗淋漓，虚弱地说道："仙尊，不用管我，先救人。"

萧靖山却嗤之以鼻："救人？这里是极乐之地，哪里有人需要你救？"

但萧靖山没注意到的是，百姓们异常沉默，甚至望向他的眼神已从崇拜转变为恐惧。

就在这时，乞丐从人群中站出来，拿出身上所有的金银财宝，目光坚定地说："我是个懦夫，也是个命比草都贱的乞丐，所以哪怕早就发现了不对劲，我也想要自欺欺人地活在这里。可是现在不一样了，有人愿意为了救我这么一个连名字都叫不出来的乞丐付出生命，我又怎么能辜负他们？"

周围鸦雀无声。李青月也被这番话怔住了。

乞丐甲丢下所有的财宝,对着樊凌儿和李青月等人深深一拜,说道:"多谢。"随后,他坦然地走向出口,踏出街道的瞬间,化作一道灵光消失了。

丑姑娘也被这场景鼓舞,目光变得坚定,她摸了摸自己光滑的脸蛋,说道:"就是,丑一点儿怕什么,正好帮我赶跑那些喜欢以貌取人的坏男人!"说完,她对着樊凌儿等人行了一礼,一鼓作气冲向出口,也化作灵光消失。

剩下的百姓彼此对视,纷纷向樊凌儿等人作揖道谢,而后不约而同地朝出口走去。

李青月看着他们,曾经的心结也消失了,她冷冷地看向萧靖山:"萧靖山,猜不透人心的,是你。"

街道上,萧靖山看着百姓们一个个消失,阴冷地一笑:"想离开?哪有那么容易!"他操控着黑气向百姓们攻去,李青月持剑化盾,挡在百姓们身前,百姓们纷纷加快步伐,化作一个又一个亮光消失。

萧靖山垂着的手中化出寒麟匕首,一道光闪过,寒麟匕首带着魔气,攻向白九思。李青月瞳孔一缩,却因要保护身后的百姓而无法离开。张酸手持云阿剑劈向寒麟匕首,却被魔气弹飞了。寒麟匕首轻易击破了护着白九思的结界,刺入了他的胸口。白九思的胸前洇开大片血迹,很快他就无力地跪倒在地。

李青月飞速奔到白九思身边,扶住了他即将倒地的身子,声音颤抖:"白九思!"

"娘……娘子,我好疼啊……"白九思的瞳孔逐渐涣散,身子一点点向前倒去,倚靠李青月的肩头。李青月察觉白九思的气息一点点变弱,当机立断地丢开日剑,抬指轻触额头。她眉间灵光闪过,一颗金色灵珠现于指尖,正是她的护体命珠。

与此同时,原本被张酸打得节节败退的萧靖山不再藏拙,他双手结印,张酸的身体瞬间仿佛被控制一般,动弹不得。

"无知小辈,同你玩几招,你还真当能对付我?你身上的功法修为皆是来源于我,我让你生便生,让你死便死。"萧靖山招式凌厉,只见他手掌飞速结印,说道:"乾坤互化,阴阳相搏!"

霎时间，四周土地震颤，爆发出一阴一阳两种光芒，飞速旋转，与天空汇聚成一个巨大的太极图案，向着李青月和白九思压下。

萧靖山得意地说："李青月，失了护体命珠，我倒要看看你们怎么从此法阵中逃出！"

李青月来不及反击，和白九思一起在原地消失，地面上只留下一把逐日剑。

萧靖山缓缓走上前，拿起了逐日剑。忽然，他眉头一蹙。以张酸为中心，向四周迸发出一股巨大的灵力波，萧靖山被逼得后退数步，以手挡面。

"你竟废去了我传给你的功力？"

张酸愤恨地看着萧靖山，桀骜不驯地说："若是为人傀儡才能求得这份机缘，那这造化，我不要也罢。"

萧靖山一脚踏住张酸胸口，冷笑道："真是自甘堕落。看来废人你还没有当够！你以为散尽功法，我便不能对你如何了？没了法力，你还不是如同蝼蚁一般，任我践踏？"

张酸轻笑出声："你真可怜，蝼蚁尚且有同门相护，你呢？孤身一人，如同丧家之犬一般游荡在世间，你的这些举动，最终都只验证了你有多可悲！"

萧靖山目光阴沉地看了张酸许久，最终移开了脚，俯视着张酸："可悲？那我便再留你活几天，让你来亲眼看看最终谁输谁赢！"说完，他握着逐日剑消失了。

山洞之中，萧靖山闭目打坐，额间的魔印亮着光。无数个萧靖山虚影返回，在他面前形成了一个黑色旋涡。待旋涡逐渐淡去，只留一把逐日剑。萧靖山额间的魔印暗了下去，与此同时，他睁开眼睛。他一抬手，逐日剑飞到他手中，他攥紧了剑，眼中锋芒毕露。

阴莲宗密林之中，浓雾已经散去，吕素冠、蒙楚和曲星蛮沉默着前行，氛围空前压抑。

突然，曲星蛮腿一软，向一旁倒去。蒙楚眼疾手快地抱住了她，焦急地问道："阿蛮，你怎么了？"

曲星蛮捂住肚子，叫声凄惨："疼……疼！"

蒙楚急红了眼，转头看向吕素冠，催促道："师妹，你快来看看阿蛮怎么了！"

吕素冠却低着头，一动不动。

剧痛中的曲星蛮逐渐回过味来，她目光恨恨地看着吕素冠，质问道："你给……给我吃的丹药……是什么？"

吕素冠缓缓抬起头来，面上一片漠然："就是你想的那种。"

曲星蛮的七窍开始流血，整个人抽搐不止，最终彻底没了气息。

蒙楚难以置信地摇晃着曲星蛮的身体，悲痛欲绝："阿蛮！阿蛮！"

吕素冠看着蒙楚痛不欲生的模样，咬着唇没有说话。

蒙楚血红的双目看向吕素冠，声音颤抖："师妹，你别闹了，快把解药给我。"

吕素冠却自嘲地一笑："没有。"

蒙楚愤怒地抬手一招，幻化出长剑，直指吕素冠，怒喝道："我再问你一次：有没有解药？！"

吕素冠看着蒙楚眼中涌起的杀意，依旧平静地说："没有。"

长剑破空而来，直直地冲着吕素冠的咽喉而去。

萧靖山露出了满意的笑容。

然而，就在长剑离吕素冠咽喉还有一拳距离时，一声清脆的铃声响起，蒙楚全身僵直，握着剑一动不动。只见吕素冠脸色苍白，手里握着血铃轻轻晃动。血铃的声波荡开，蒙楚痛苦的表情逐渐趋于平静，双目渐渐被黑色填满，他木然地收起了长剑。

吕素冠朝着虚空之中问道："满意了吗？"而后再度摇铃，蒙楚如同木偶一般抱起曲星蛮的尸体，抬步向外走去。

净云宗内，钟声长鸣，山门广场上，尸横遍野，雨水混杂着鲜血冲刷大地。

前两日还在净云宗听课的小弟子们如今安静地躺在地上，死状凄惨。玄微等长老持剑立于前方，身形虽然狼狈，眼中却全无惧意。净云宗其他弟子退居众长老后方，持剑维持着法阵，神色也异常坚毅。

"什么第一修仙宗门，没有四灵，你们还真是不堪一击。"

鲜血顺着剑刃不断滴落，上官日月的身子缓缓倒下。萧靖山手持逐日剑，一步步向前逼近。

玄微看着萧靖山手中的逐日剑，目光越发晦暗。

丹阳看着弟子倒下，悲痛欲绝，他怒喝道："法力高深又如何？还不是一介魔族妖物、腌臜东西！"

大事将成，届时人间、九重天都将被重新洗刷，萧靖山不介意在此之前给这些人一点儿教训。他将地面上官日月掉落的佩剑踢向丹阳。霎时间，丹阳手臂上出现一道长长的剑痕，还在不断滴血。

"师父！"

蒋辩眼红，要上前查看丹阳的伤势，却被丹阳拦下了。他依旧守在最前面，只是拿剑的手微微颤抖。

"早就听闻丹阳长老脾气火暴，刚正不阿，怎么今日一见，却是个连剑都拿不稳的废物。"萧靖山见状忍不住出言讽刺。

凝烟双手化藤，朝萧靖山抓去，瞬间便缠住了萧靖山的手腕。玄微抓住时机，举着长剑就向萧靖山冲来。萧靖山却反手握住藤条，黑色的魔气化为火焰，顺着藤条朝凝烟烧去，轻易避开了玄微的攻击。凝烟瞬间满身都是火焰，满地打滚。玄微不得不收起攻势，以灵力救治凝烟。

隐童子看着痛苦的凝烟，顿时愤怒地咧开了嘴，朝萧靖山冲去。萧靖山抬手轻而易举地掐住了隐童子的脖子。隐童子拼命挣扎，嘴巴再度变成了正常大小。萧靖山看着隐童子的孩童模样，有一瞬想起自己的儿子小豆子，他顿了顿，最终只是用灵力化作锁链，将隐童子捆起来丢开。

萧靖山手持逐日剑再度逼近，说道："我再说最后一遍，把契月剑交出来，我可以留你们一命。"

凝烟身上的火焰被玄微扑灭了，然而她已经奄奄一息，化出原形——一根藤条。

"我来会会你！"蒋辩说着提前冲上前去，直奔萧靖山命门。

萧靖山挑眉，显然没有将蒋辩放在眼里。轻松挡下攻击后，他手腕一转，长剑旋空飞起，一剑自空中垂直落向蒋辩。

蒋辩反应极快,一个翻身挡住了头顶那把剑的攻击,然后重重落在地上,喘息不止。他口中念念有词,细听竟然是:"平日缺乏锻炼!原来我并非领悟不够,只是体力不堪!"

见平日最不出色的蒋辩都能这般轻松应对萧靖山,净云宗弟子都禁不住一笑,纷纷出言:"蒋辩师兄,我来助你!"

"蒋辩,没看出来你进步如此之快,这样下去,净云宗下一代剑神之名恐怕非你莫属!"

原本的生死之战突然变成了平日宗门弟子们争强好胜般的比试。

众弟子在阵中有条不紊,持剑逼近萧靖山,丹阳也举着剑向萧靖山冲来,趁其不备,猛地将萧靖山击退几步。

"师父小心!"

不等众人欣喜,萧靖山又一次手持长剑逼近紫阳。蒋辩拿着剑跑来,护在丹阳面前。

"别动我师父!"

这次长剑落下,奇迹没有出现,蒋辩挡在丹阳面前,却被砍伤了左臂,跪倒在地,血流不止。

长剑重新飞回萧靖山手上,萧靖山低头望去:"我倒是小瞧你了,还真有几分血性。"

蒋辩面色苍白,说出来的话却是一句比一句还有气势:"呸!你这妖魔,哪儿来这么多的废话,要打便打,我净云宗不会怕你!"

萧靖山渐渐勾起笑意,目光却是一片冰冷。这小子不只人招人烦,嘴更是令人生厌。他提剑,一剑挥出,冷冽的寒光直奔蒋辩面门而来。在他即将命中之时,一道灵光涌现,将蒋辩卷起,救走了。

与此同时,一柄剑朝萧靖山攻来。萧靖山微微侧头,脸颊多了一道血痕。蒋辩凌空飞来,被吕素冠护在身后,那柄剑也到了她手里。蒙楚抱着曲星蛮的尸体也跟着出现。

玄微惊讶地问道:"素冠、蒙楚,你们回来了?紫阳呢?"

蒙楚双目无神地将曲星蛮的尸体放到一旁,而后一动不动。

吕素冠直指萧靖山,大声说道:"掌门被他杀了!"

众人大骇。玄微目光愈暗，眼中闪过几丝挣扎。

吕素冠抹了一把剑上的血，将它抹在血铃之上。萧靖山见状，不由得眼睛一眯。吕素冠随后轻摇手中血铃，萧靖山如同被控制一般，一动不动。机不可失！吕素冠手握长剑，如同一道流光一般朝萧靖山的心口刺去。

长剑刺入萧靖山心口的前一瞬，忽然被握住了。吕素冠一愣，抬眼对上了萧靖山清明的双眸。

萧靖山冷笑一声："怎么？知道自己做了丑事，就想杀人灭口？"

吕素冠面色苍白，想抽出自己的剑，却被萧靖山握着动弹不得。萧靖山一个抬手，吕素冠手中的血铃已经落到他手中。

吕素冠惊恐地喊道："还给我！"

萧靖山满怀恶意地一笑，抬手捏碎了血铃。

蒙楚身子一晃，双目逐渐恢复清醒。

萧靖山一掌拍向吕素冠："去承担你背叛我的恶果吧！"

吕素冠跌落在蒙楚面前。蒙楚下意识想上前去扶，然而像想起了什么，转头奔向曲星蛮的尸体。他悲痛欲绝地喊道："阿蛮！"他察觉曲星蛮没了气息，双目逐渐染上疯狂之色，愤恨地看向吕素冠。

萧靖山如同看戏般看着这一幕。

吕素冠颇为豪迈地吐净了嘴里的鲜血，一改方才的惶恐不安，反而放声大笑起来，略带几分鄙夷地看向萧靖山："你也没有聪明到哪儿去，还不是被我骗了吗？"

她缓缓从地上爬起来，冷傲地看着萧靖山，说道："我是心悦蒙师兄，可是你也太小瞧我了，我的爱没有如此浅薄！"

萧靖山目光存疑地盯着吕素冠。

吕素冠转头，温柔地看着蒙楚："师兄，阴莲宗的弟子都被血铃蛊惑，用丹药是救不回来的，为了救他们，同时也为了我们能安全回到净云宗，我不得不假意同他合谋来骗取血铃。现在血铃已被他亲手毁掉，阴莲宗的弟子都会没事的。"

蒙楚一时间愣怔，似是未反应过来。

萧靖山面色越发阴沉："一个个不识好歹！既然如此，那我便将你们全杀了，再找契月剑！"

玄微攥着剑的手越来越紧。

蒙楚低语道："长老先走！不能让契月剑落入他手！我们来拖住他！"他一步上前，位于众弟子身前："诵经，布阵！"

众位弟子旋身而出，盘膝坐好。以蒙楚为首，弟子们呈三角阵形坐好，后排弟子依次将手臂搭在前者身上。众人屏息凝神，齐念经文。经文出口后，化为有形的金色丝线，升上虚空，结成金色法阵，向萧靖山逼去！

玄微却未离开，而是来到众弟子身前，横剑护在阵前。

萧靖山环视一圈，只见净云宗年轻的弟子们皆盘坐在地，不动如山，不由得感到奇怪："你们这般送死，是想要拖延时间？"

众弟子抿唇不语，看向玄微。玄微亦是不语，定定地看着萧靖山，一副全然迎战的姿态。

"你们可知，于我而言，杀你们不过是一炷香的时间。"

"那便一炷香的时间。"玄微淡淡道，持剑上前几步，"我们为师祖争得了一炷香的时间，也为天下人争得了一炷香的时间，难道不好？"

萧靖山冷笑一声："有趣，看来这净云宗的人还不都是些软骨头。只是不知道，你们拼死争来的时间有何意义。"

说罢，萧靖山伸手结印，身上黑气迸出。他抬手，黑气化出无数傀儡尽皆向前杀去，与净云宗众弟子战在一处。

玄微飞身上前，与萧靖山交手。萧靖山猛地一剑刺来，玄微半跪在地，看向蒙楚，又看向净云宗众弟子，面露悲色。片刻后，他突然不再顾及萧靖山，原地双手结印，无数灵光自他手中涌现，如同有净化之力一般四散而去。

灵气注入傀儡们额间，那些傀儡点点消散，玄微也喷出一口鲜血，向后倒去。

"假仁假义！"萧靖山以为这帮虚伪之人不过说说而已，没想到这人真愿意牺牲自己，换取别人的生机，不由得怒极，再次提剑逼近。

"你的一片慈悲之心，还是去九幽之处诉与诸鬼听吧。"

长剑逼近，悬于紫阳头顶，即将落下时，一声嘹亮的龙吟响彻天地。天空如同湖面荡起了涟漪，渐渐形成旋涡。那旋涡越来越大，白蛇自旋涡中心探出头来。它腾空一跃，蛇头生出龙角，蛇身长出龙爪，浑身布满龙鳞。转瞬间，白蛇彻底飞升为龙，发出一声响亮的龙吟。云层翻涌，白蛇俯冲而来，直奔萧靖山。

萧靖山一惊，持剑抵挡。双方交手，战在一处。白蛇一个甩尾，将萧靖山击飞。萧靖山以剑拄地，滑行许久堪堪停住。不等萧靖山再有动作，白蛇张开血盆大口，向着萧靖山袭来。

"畜生！"萧靖山抬头，目光凶狠。

随之而来的是砰的一声！巨大的蛇头砸下来，地面一片裂痕，却不见萧靖山的踪影。

周围安静得诡异。紫阳伏在地上，勉强支撑起一臂，面色惊变："上面！"

白蛇猛然昂起头颅，只见萧靖山持剑自空中落下。长剑带着巨大的魔气直直插入白蛇七寸，白蛇痛苦地嘶鸣，身躯不断挣扎。黑气自它头顶伤口处开始蔓延，白蛇很快化作一尊石雕。

萧靖山掸落衣衫上的灰土，抹去嘴角的血迹："一个畜生罢了，竟也让本座费了如此大的心力。"

玄微趁势而上，挥掌打在萧靖山身上。萧靖山吐出一口鲜血，随即反手将玄微打翻在地，继续向前走去。

萧靖山振臂唤剑，注入魔气，一道巨大的剑光汇聚在上空，向着蒙楚等人劈去。逐日剑虚影落于净云宗众弟子护身的金光罩上，两方对抗，寸土不让。慢慢地，蒙楚等人神色微变。逐日剑光影向前逼近三分，金光罩产生了裂痕。轰隆一声，逐日剑逐渐逼近，最后一排弟子的身体已有部分被魔气吞噬。

萧靖山冷笑道："再坚持下去，你们一个都活不了。"

净云宗众弟子体内的灵力近乎消耗一空，位于最后一排边角处的弟子茂行目光凛然，声音朗朗："净云宗弟子茂行甘愿赴死！"

短暂的死寂过后，又一道微弱的声音响起。

"净云宗弟子杜云川甘愿赴死！"

此后众弟子声音连绵不绝。

"净云宗弟子秦观……"

"净云宗弟子裴文阶……"

声音不断,灵气便不断,搭在蒙楚肩上的手臂微微颤动。

蒋辩抬头看向天际,又看看身边的师兄师弟:"净云宗弟子蒋辩,甘愿赴死。"

净云宗一众弟子中,不断有人气息断绝,身躯化作流沙散去。而蒙楚身后的声音还在延续,甚至到了山下,到了缥缈的北境、南疆……

萧靖山似乎被激怒,使出全力。长剑压下,彻底将金光罩劈穿,金光罩碎裂开来。

吕素冠飞快地挡在蒙楚身前,同他一起被破碎的气浪震飞。剩下为数不多的弟子皆口吐鲜血,彻底失去抵抗之力。

吕素冠勉强一笑,颤抖着手摸了摸蒙楚的脸孔,说道:"师兄别怕,曲星蛮吃的……是……假死药……"

蒙楚听着吕素冠的解释,却说不出话来。吕素冠闭上了眼睛。蒙楚悲痛欲绝,欲找萧靖山拼命却无力爬起。

萧靖山来到玄微身前,鄙夷地俯视着他:"何必还要做这些无畏的挣扎呢?你应该卜算过的,你们都挡不住我。"

玄微匍匐在地,双拳攥紧,说不出话来。

萧靖山拿着逐日剑,剑尖直指存活的几个弟子:"我问你,还要继续吗?"

玄微眼皮抖了抖,他沉默地抬起手,灵光开始在他掌心凝聚。契月剑出现在玄微手中。

萧靖山满意地拿起契月剑,看着遍地的尸体,感慨不已:"人有时候就该认命,不要做无谓的抗争,要不然你们宗门也能多活几个。"

萧靖山身上的魔气溢出,开始围绕着他旋转,他仰头望天,目光如同利刃,穿破苍穹,身影随之消失在魔气之中。

净云宗广场上满是弟子的尸体,以身殉道的众弟子化为流沙而去,连尸身都未曾留下。

蒙楚双目通红地看着缓缓站起的玄微,质问道:"长老,牺牲了这么多人,你为何还把契月剑给了他?"

玄微有些痛苦地闭上了眼。

"砰！"藏雷殿外，石胎三兄弟被击飞，重重摔在地上，呕出一口鲜血。

石一先爬起来，指着妖兽怒骂："你一个畜生，怎么比我这修神的还要厉害？"

石一步步后退，拉着两兄弟："休战休战！缓口气我们再回来打！"

噗！利爪狠狠插入石一胸口，又拔出，鲜血四溅。

妖兽嘶吼着冲丹霞境结界冲去。妖焰燃烧过后，地面上留下了石二和石三的尸体。

锵！一柄长刀凌空飞来，直直刺入妖兽体内，妖兽发狂地怒吼，而后自空中坠落。长刀回旋，射入烟雾之中。

半响，烟尘散去，露出龙渊的脸。

"它们是想要离开丹霞境。不能让它们走，否则凡间就要遭殃！"

空前猛烈的雷电从天上劈下，龙渊耳朵开始溢出鲜血，眼看他就要爆体而亡。其他弟子纷纷使出全力，殊死一搏。

离陌看着眼前这一幕，终于停下了救治受伤弟子的手，目光逐渐变得决绝。

大战之中，离陌缓缓飞起，出了藏雷殿的结界。

红莲焦急地喊道："离陌，你回来！"

离陌缓缓回头，身上开始发出白色的光芒。

龙渊看出了离陌的心思，想要飞向他，却因方才力竭而无法阻止。他焦急地喊道："离陌，你给我回来！就算你自爆元神，也杀不死这些妖兽的！"

红莲蓦然一惊，难以置信地看向离陌。

离陌缓缓一笑，一如往常地云淡风轻："不，我修的道和你们不同，我有无数功德在身，唯有我可以阻止它们。"

红莲面露惊恐，飞身朝离陌抓去。

然而，离陌身上的白光越来越盛。他看着朝自己飞来的红莲，嘴唇轻启，声音微不可闻："若有下一世，我答应只度你一人。"

红莲的瞳孔倒映着越来越亮的白光，最终，那白光将整个藏雷殿都吞噬了。

藏雷殿外，飘起了雪花。断臂的龙渊看着天空，双目通红。剩余弟子无不哀号，齐声喊着："离陌师兄——"

红莲失魂落魄地伸手接住了一片雪花。

天姥峰顶，打钉人折损过半。樊交交和苍涂依旧同鷅鸟缠斗在一起，看到远处的白光，不由得心中一惊。

鷅鸟似乎不死心，疯狂地攻击无量碑。空中突然出现一团黑暗的混沌，萧靖山的身影随后出现。他看到天空中的鷅鸟，目露冷光："孽畜！"

鷅鸟察觉到萧靖山的存在，掉头朝他俯冲过来。巨大的火球砸下，地面上一片裂痕，却不见萧靖山的踪影。樊交交和苍涂错愕地看着这一幕。鷅鸟在空中盘旋，似是寻找萧靖山。忽然，它昂起头颅，仰天长啸。萧靖山手持双剑自半空中落下，逐日剑和契月剑带着巨大的魔气直直插入鷅鸟的头顶。

鷅鸟痛苦地嘶鸣，身躯不断挣扎。黑气自它头顶伤口处开始蔓延，鷅鸟自燃起来，最终消失无踪。

萧靖山缓缓落地，嘴角溢出冷笑："你早就该死了。"

街道上，张酸勉强从地上爬起，看着飓风结界里的樊凌儿。

樊凌儿轻轻摇了摇头，轻声说："真的没办法。别走了，最后这段时间，你就陪我一会儿吧。"

张酸愣了一下，远处房屋和街道开始崩塌。欢喜碑拘来的百姓神魂都已离开，没了贪、嗔、痴、慢、疑等各种人性的子样本，欢喜碑制造的幻境就要坍塌了，自然阵眼也会随之消失。

张酸瞬间明白了樊凌儿的意思。他面色一紧，还未来得及开口，就见一道灵光闪过，樊交交跌跌撞撞地冲向飓风结界，焦急地喊道："凌儿！凌儿！我的女儿。"

樊凌儿眼中闪过一丝难以置信，没想到会再见到樊交交。

樊交交在天姥峰看见萧靖山，就知晓只怕自己的女儿已深陷险境，于是立刻掐诀奔着樊凌儿而来。

"爹错了,你快出来!别任性,快出来啊!"

樊凌儿目光无波地看着被结界几次弹开后几近崩溃的樊交交,略带几分残忍地开口:"父亲,你知道吗?若是我有灵力在身,哪怕肉身被毁,也能留一丝精气再度修炼。可现在我是一个废人,这个法阵会将我锉骨扬灰,不入轮回,三界之内,半点儿不存。"

樊交交的面色瞬间变得惨白,身子控制不住地瘫软在地,他号啕大哭。

樊凌儿的眼眶也有些泛红,她深吸一口气,看向张酸:"张酸,你走吧,再不走就来不及了。"

樊交交听到张酸的名字,双目瞬间变亮。他猛地从地上爬起,连鼻涕眼泪都顾不得擦,一把揪住了张酸的衣领,急切地说:"张酸?对,张酸,你快救她!姻缘线!你们的姻缘线!只有你能救凌儿啊!"

百年前,九重天的文宣宫正殿里,瑜琊仙君和樊交交在树下喝酒。

樊交交问道:"你就告诉我嘛,上次你说我女儿的那个死劫是怎么回事?"

瑜琊仙君摇了摇头:"不可说,不可说也。"

樊交交面色不悦,继续疯狂地灌瑜琊仙君酒。

不多时,瑜琊仙君烂醉如泥,嘴里嘟囔着:"姻缘……姻缘能救……"

樊交交殷切地追问:"我女儿和谁有姻缘?"

瑜琊仙君醉醺醺地抬手一指,一本命薄落入樊交交怀里,而后他便倒头睡去。

凡间的酒楼雅间内,尚是稚童的张酸坐在凳子上,板着一张臭脸。

樊交交坐在他对面,笑得一脸谄媚:"小兄弟,我知道你叫张酸,别怕,老夫把你掳来呢,是因为你能救我女儿啊!"

小张酸一脸戒备,双手环胸,警惕地盯着他。

樊交交抬手将一块玉佩塞给张酸,而后又伸手搭在张酸手腕,只见一条红色姻缘绳如同灵蛇一般钻入张酸手臂:"这个玉佩你收好了,这可是大好的机缘!"

法阵中的樊凌儿从怀里掏出两块一模一样的玉佩，苦笑着说："原来这段姻缘是这么来的。"

她看向一直纠缠张酸的樊交交，摇头道："够了，父亲，你不要再逼迫他了。他无心于我，更救不了我。"

樊交交如同丢了魂一般再次瘫坐在地。

张酸面色惨白，茫然无措，只能怔怔地看着坍塌的街道逐渐逼近他们三人。飓风结界变小，风如刀刃，划破了樊凌儿全身。

樊交交撕心裂肺地喊道："凌儿——"

越过藏雷殿，再穿越归墟，便能看见一座云雾缭绕的山峰，那山峰寸草不生。离近再看，那山峰并非天然石块堆积而成的，而是一块由流动的光晕环绕的巨大石碑。那石碑上面镌刻着无数天族战将的名字，只因被魔气环绕，远看似一座黑沉沉的山峰。

萧靖山缓缓步行至无量碑前。他抬眸，自上而下地扫视着无量碑，突然目光一凝。

那石碑上刻着元承华的尊号——"清虚真君"。

萧靖山的目光逐渐狠戾起来。

"这么多年，你刻在这石碑之上，受三界香火，得万世敬仰，可还满意？"

萧靖山手掌握拳重重地砸在石碑之上，却被一道结界拦住了。拳头流血，顺着结界上的符文一路蜿蜒而下，染红了上面的字迹。

一旁的苍涂看到萧靖山手里的逐日剑和契月剑，心觉不妙，来不及给剩余打钉人使眼色，就见无数魔气从萧靖山身上弥漫开来。紧接着，无数惨叫声响起。

萧靖山头也不回，直直地看着无量碑，拿起长剑轻刮"清虚真君"四个字。结界再度亮起，无量碑依旧丝毫未见损伤。

萧靖山丝毫不着急，反而一撩衣摆坐了下来，喃喃自语："还没做出决定？比我想象中要慢啊。"

阴阳阵中，李青月身下是太极图案的法阵，她与白九思一阴一阳，各坐其位。李青月施法，想要冲破禁锢。法术直击一点，禁锢结界撕裂，似乎就要开了道口子，就在这时，原本昏迷的白九思呕出一口血来，气息虚弱。

见状，李青月连忙收住攻势，这才发现太极图阴气迅速恢复，达到原本的平衡状态。李青月大步走向白九思，拔出了插在他胸口的匕首，凝神为白九思疗伤。

"阿月……"

李青月身子一僵，对上了白九思的双目，发现他眼中不复之前孩童的天真，而是充斥着浓烈复杂的情愫。李青月微微皱眉，看着白九思欲言又止，最终还是继续查看白九思的伤势："怎么样？"

白九思摸了摸额间："你将护体命珠给了我。"

李青月别扭地冷下脸："情势所迫，你别多想。"

白九思沉默半晌，调动灵力欲取出护体命珠，却面色一白，险些跌倒。

李青月手疾眼快地扶住了白九思，而后才暗暗懊悔。白九思看见她难以掩饰的关切，眼中露出喜色。

"阿月……对不起。"白九思抓住李青月的手，不肯有丝毫放松，"连累你了。"

"都这个时候了，"李青月皱眉看着白九思，"要说这些矫情的话，就等出去了再说。"

白九思无地奈一笑，他定定地看着李青月半晌："我不是怕出不去嘛。"

李青月眉头皱得更紧："我会想办法破阵，你不必担心——"

"不用了。"白九思静静地看着李青月，依旧笑着，全然轻松的状态，"我无意中偷看过他的秘籍，识得这个法阵。"

李青月不由得面露喜色："如何？"

"这是阴阳法阵，他以你我为阵眼，便是要让你我互相牵制。阴盛则阳衰，阳盛则阴灭。"白九思的声音很轻，因为受了伤，完整说出这番话后，他不得不大口喘息。

他看着李青月，面色却是平静至极："你刚才应该也发现了，要想破阵，我们之间必须有一人……"

剩下的话，白九思说不出口，也无力说出口。他指了指自己，示意李青月。

"不行！"

白九思这是要她杀了他！

"我会想出其他破解之法，在此之前，你好好调息养伤，等待时机，同我一道破阵。"

白九思苦笑一声，并未多言。李青月却突然慌了起来。

"我不会杀你，要死也该是我死。无量碑上附有你设下的结界，你一死，萧靖山就会对无量碑下手，只有你活着出去，才能对付他。"李青月定定地看着白九思，灵力源源不断地送到白九思体内。

这次，如果真要她选择，她不会选择牺牲别人。

"阿月……"白九思按住李青月的手，阻止她继续渡灵力给自己，"我旧伤未愈，此时更添新伤，已是强弩之末，不是萧靖山的对手。你别再犹豫了，法阵内外时间恐会不同，你再犹豫下去，就会有更多人陷入危险。"

白九思低咳几声，气息越发虚弱，细碎的灵光从他身上溢出，向上空飘去。

李青月的声音不受控制地惶恐："白九思，你在做什么？你欠我诸多，不能就这么死了！"

李青月下意识想要阻止白九思。

白九思轻轻唤她："阿月，我们生而为神，享尽了天地的馈赠，理应护三界安宁。这本就是一场死局，唯死可解。"

李青月的动作僵住，没有再阻止白九思。白九思身上飘散的灵光越来越多。李青月的眼泪终于控制不住地落下，她有千言万语想说，出口却只有一个名字："白九思……"

白九思抬起手为李青月擦去眼泪，面容满是释然与温和："抱歉，留你一人面对，如今也只有你能阻止萧靖山了。阿月，爱憎恶、离别苦，你我之间的纠葛，今日也算有个了结。记得日后不要再把自己困于一隅之地、执念之中。从今以后，天地广阔，岁月山河，你代我一一看过。"

白九思身上的光芒逐渐消散殆尽，他凑近李青月，在她唇边落下一吻："再见，阿月……"

太极阵中，阴气瞬间消失，被刺目白光笼罩，法阵碎裂。

丹霞境的天姥峰上，苍涂和打钉人的尸体横陈在丹霞径天姥峰顶。萧靖山依旧悠闲地坐在无量碑前。

忽然，无量碑猛地一亮，上面的结界消失了。

萧靖山缓缓站起，看向眼前的无量碑，喃喃自语："终究……还是他死了啊。"

魔气从萧靖山手掌溢出，缠绕着逐日剑和契月剑。他握着双剑猛地一挥。

"清虚真君元承华"几个字显现在无量碑上。萧靖山目光越发晦暗，他抬手又一挥，这些字上多了一道深深的划痕。萧靖山再度蓄力，双剑飞起，猛地朝无量碑击去。碑文出现裂痕，震动不止。

突然，一记灵光袭来，将萧靖山击飞，烟尘四起。

以无量碑为中心，巨大的气流波动自上而下荡开，整个丹霞境都震动起来。大块的石块从峰顶滚落，群鸟惊慌，四散而去。

烟尘散去后，李青月现身于石碑前。

萧靖山一手抹去嘴角的血迹，盯着李青月，目光凶狠，不知是怒是笑："你杀了他！"

李青月默然不语。

"你你女人当真心狠手辣。但多亏了你，这无量碑的结界终于破了啊。"萧靖山摇头，"不过……既然你来了，我便现在就杀了你吧。"

李青月无心废话，抬手一招："逐日！"地上被魔气缠绕的逐日剑隐隐抖动，却迟迟没有飞到李青月手中。

萧靖山一抬手，逐日剑和契月剑同时飞到他手中。他冷笑道："瞧，剑都比你聪明，知道该选什么。"

李青月飞身而上，与萧靖山交手。两人灵力相冲，激得山石飞溅。

"砰！"灵力相撞，两人各自退后一步。

"四灵仙尊果真好本事啊。"萧靖山看向李青月，只见李青月云淡风轻，镇定自若，背在身后的手掌颤抖，似有鲜血滴落，"幸好白九思已经死了，要不然我还真对付不了你们两个。"

李青月眼中闪过一抹痛色，声音冷厉："你不必再激怒我，对付你，绰绰有余！"

萧靖山一手持剑，一手握住剑刃，重重划过自己手掌，鲜血顺着剑刃流下，布满整个剑身。

"九幽洞玄，六明魔生，八重灵尽，十方皆现！"

血煞之气瞬间萦绕整个剑身。萧靖山高高跃起，一剑劈来！

李青月双手死死地握住剑刃，鲜血顺着李青月的双手渐渐流下，蜿蜒到长剑之上。

"紫玉天心，复归无极。灭！"

魔气自萧靖山身上散出，向周围扩散开来。天上飞鸟经过，失去生机，掉落在地死去。周遭土地龟裂，花草尽数衰败。

"你竟然吸取万物生灵！偷取他人命数的阴险魔功你也用，真是连半分脸面都不要了！"李青月咬牙坚持与萧靖山对峙，最终支撑不住，摔倒在地，重重地呕出一口血来。

萧靖山冷笑道："只要能达成目的，用些手段又何妨？"

无数生灵的力量汇聚在萧靖山身上，长剑魔气大盛。萧靖山长剑一扬，彻底将李青月击飞。逐日剑跟随而上，瞬间刺穿了李青月的胸口，将她钉在无量碑之上。

李青月动弹不得。鲜血从她身上流出，流过碑文上的数个名字。

萧靖山握着契月剑缓缓逼近李青月，冷笑道："天道无情，我只是想要重塑一个让所有人都满意的天道，你们为何一定要阻止我呢？"

李青月十分虚弱，可目光依旧坚决："你所谓的满意，只是你一个人满意罢了！大道虽无情，人心却有情。儿女之情、血脉亲情、同门之谊，皆是情。任何人的命都该由自己，而不是你定！"

萧靖山目光深沉地看了李青月片刻，缓缓说道："就是你口中的这些情，才连累每个人不得善终啊。你们这些人，总是容易为所谓的仁义道德所累，所以才一个个都走上错的路。我说过，有了软肋就必定会输。"

李青月冷眼看着萧靖山："萧靖山，你没发现你才是错的吗？你一边想证明天道无情，一边又因你口中的'仁义道德'而愤怒，自欺欺人的是你才对。"

萧靖山眸光一缩，面色阴沉。

"还有，我也说过，软肋亦是盔甲！"李青月抬手抓住剑刃，猛地将逐日剑从自己胸口拔出，然后跌倒在地。

萧靖山眼中有了些不耐烦："蚍蜉撼树，自不量力！"说罢，他举起长剑，作势欲斩。

然而巨大的灵力自契月剑内爆出，灵光大盛，渐渐压过了魔气。契月剑停滞不前，不肯再前进半分。

灵剑护主？萧靖山震惊，目光闪过一丝慌乱。

不仅萧靖山，连李青月亦惊讶地看去，也同时感受到了什么："这个气息……"

伏在地上的李青月抬起头来，泪水自眼眶里滑落，怔怔地看向契月剑。

是白九思。

李青月抓住时机，以指尖沾染鲜血，在手掌上画出一个法阵。待法阵完成，她掌心灵光大盛。

李青月抬手一招："契月助我，速来！"

契月剑身上缠绕的魔气瞬间被炸开，它飞快地挣脱萧靖山的手，落入李青月手中。契月剑爆发出空前的光芒，上面的灵力顺着李青月的手注入她的身体。

萧靖山目光阴狠地看着这一幕："这剑里竟然有白九思的一缕神魂，他还真是死了都想着要护你！"

"白九思，再帮我一次！"

李青月抬手唤来一旁的逐日剑，随后与手中的契月两剑相并，顿时光芒万丈。双剑劈出，白九思的虚影现于李青月身后，握着她的手，一同挥剑。巨大的剑气向着萧靖山扫来。

萧靖山被劈倒在地上，呕出一口黑血，身上的魔气渐渐四散而去。

李青月缓步向萧靖山走去，萧靖山不自觉地后退。

"还不收手吗？"

萧靖山缓缓向后移动，直至靠在无量碑上："收手？此碑不毁，我绝不可能收手！"他单膝跪地，将手掌放在大地之上，"上古神魔大战，鸿蒙以为无量碑能困住恶念。可天生万物，有善便有恶，有形便有藏，有神便有魔！

魔生于人心，只要万物不死，则魔永生不灭！"

鲜血顺着萧靖山的手掌蜿蜒至地上，渗透至地下。

"诸魔听令，踏破九幽界，碎开酆都城，以我血躯，令尔重生！"

地表之下涌动着无数魔气，渐渐向着萧靖山掌心汇聚。魔气越聚越多，自萧靖山臂膀攀缘而上。萧靖山额间渐渐汇聚成一个魔印，他已然彻底入魔。随后，他抬手一挥，手臂上的魔气化为一柄魔刀，向着无量碑劈砍而去。

无量碑上方才李青月被钉的位置已有了裂痕，无数魔气溢出，此时再受重创，石碑上的裂痕不断蔓延。

李青月没时间顾及萧靖山，捏了个诀捆住他，然后来到无量碑前，以灵力补无量碑上的裂痕。

萧靖山仰天长笑："没用的，你若是未受伤，还有挽救的机会，但是现在你根本阻止不了。三界与我一同陪葬，也算值了！"

李青月呕出一口鲜血，身子摇摇欲坠。下一刻，她却以逐日剑划破自己的掌心，鲜血滴落大地，灵气与萧靖山的魔气层层叠绕，纠缠不休。

在离开阴阳阵时，她便已经想好要如何应对萧靖山，如何应对这天地间的魔气，如何修复被破坏的无量碑。既然魔气可以摧毁万物，想必她体内至纯的鸿蒙灵气也能与之相抵，至于能抵多少，她便不知道了。

灵气汇入天地间，部分被魔气萦绕之处开始复苏。

凡间，一草一木上的黑雾也逐渐散去，被魔气化作石雕的白蛇与净云宗弟子渐渐复原。

忽然，一道金光闪过，李青月隐约感到体内掺入了其他灵气，不由得皱眉，转过身去环顾四周。

只见樊凌儿、张酸、樊交交的身影出现。樊凌儿大步来到李青月身后，用灵力助她："仙尊莫要放弃。"

樊交交紧跟其后。

紧接着，红莲、龙渊、守门大元帅、普元同时出现，他们皆大步上前，以灵力助李青月。

最后，玄微和蒙楚的身影出现。

蒙楚恨恨地看了一眼萧靖山，跟着玄微一同帮助李青月。

李青月惊讶地看着众人："你们……"

玄微微微一笑："师父，我们都在。"

李青月眼眶微红，灵力源源不断地涌入无量碑。

净云宗山门广场上，玄微对着蒙楚伸出了手："还能站起来吗？"

蒙楚自己爬起，有些愣怔地看着玄微："长老，你——"

玄微打断他："走吧，去升仙台，有师父在，我们可以放手一搏了。"

藏雷殿里，龙渊艰难地爬起："我感应到天姥峰有异动，谁还能一同前往？"

守门大元帅和普元齐声说道："我愿同去。"

红莲攥紧了手里的雪花："我也去。这是离陌存在过的丹霞境，我要护好它。"

街道上，樊交交悲痛万分："凌儿，别怕，爹陪你，就算是死，爹也陪你！"

樊凌儿遍体鳞伤，看着樊交交，释怀地一笑："不必了。"樊凌儿将手里的玉佩丢掉，看向张酸："张酸，你不要内疚，其实我没那么喜欢你，我喜欢的，不过是你对仙尊执着的感情罢了。因为我从来都不知道，有的爱，能让人抛弃生死。"

玉佩掉落在地，摔成了数块。樊凌儿和张酸手腕上的姻缘线同时亮起，而后断裂，消失。与此同时，樊凌儿身上忽然亮起光芒，强大的灵力从她身上向四周扩散。

张酸愣愣地看着这一幕。

樊交交最先反应过来，狂喜着站起："原来如此！向死而生，凌儿这是度过了她的情劫！"

无量碑前，逐日剑突然灵光大盛，长剑压下，彻底将黑雾劈穿，魔气一寸寸退去，很快就完全消散了。无量碑的裂痕一点点消弭，整个石碑完好如初。

与此同时，天边泛起金色的熹光，那光芒穿透云层，落在李青月的眼中。

李青月看着萧靖山，缓缓说道："萧靖山，你明明有更快的方式除掉每一个阻碍你的人，可是你偏偏选择为每个人设下麻烦而费时的关卡。正如我刚才所说，你一直都在自欺欺人。其实，你不是在考验别人，而是在考验你自己，你想要有一个人证明你是错的。现在，你满意了吗？"

萧靖山目光微凝，忽而一笑："记得我曾经给你的《器录》里的最后一页吗？那叫回溯晷，我一直没炼化出来，是因为最后一步需要炼制它的主人献祭。"

说话间，萧靖山全身都被黑气包裹，黑气散去后，萧靖山的身体化为一堆尘土，尘土里面有一个巴掌大的日晷。

"现在我把它送给你，李青月，你可不要让我失望啊。"

净云宗山门前的广场上站着不到二十个净云宗弟子，蒙楚和张酸都在其中。玄微和丹阳站在李青月身后。

"师父，净云宗只剩这么多人了。"

李青月心中一痛，强行忍住，对着众人一拜："危难之际，承蒙诸位不弃，我在此谢过。"

净云宗弟子们纷纷还礼。

藏雷殿外，为数不多的人收拾着一片狼藉的藏雷殿。

龙渊和红莲并肩而站。

红莲的声音中带着一丝坚定："过去我身负恶气，只会害人，现在我也想像他一样，在三界走走看看，救世济人。"

另一侧，樊凌儿对着樊交交一拜："净云宗死伤惨重，仙尊那边正需要人手，我得过去。"

樊交交点了点头："好好好，都听你的，你想去就去，记得有时间就回藏雷殿看看。"

净云宗的山门处，蒙楚同张酸告别。

"你真的要走了吗？"

蒙楚看了一眼远处等待自己的曲星蛮和阴莲宗弟子，声音中带着一丝坚定："过去我总是用各种理由让她等待，经此一遭，我也明白了珍惜眼前人的道理。我要陪阿蛮回阴莲宗，帮她重振宗门，走上正道。净云宗，就拜托师弟你了。"

张酸愣住："我无半点儿修为，怎能——"

蒙楚打断他："谁说掌门一定要以修为来选？你的信念之诚，我自愧不如。"

张酸愣住了。

"师弟放心，日后净云宗如有需要，我随时会回来。"

蒙楚背对着张酸潇洒地摆了摆手，走向曲星蛮，然后牵起她的手，一同离去。

夜里，李青月独自打坐。桌上放着回溯晷。忽然，回溯晷飞了出去。李青月猛地睁眼，眼前赫然站着羲娥和隐童子。

"时间古神，羲娥。"

李青月双目一闪，羲娥立时便懂了："看来白九思和你提过我。"

"我感应到了巨大的时间波动，才过来看看。没想到一个普通的人修竟然能炼制出这么厉害的法器，还真是让人刮目相看啊。"

"先前我同他交手时，怎么不见你出现？"李青月没有理会被羲娥拿走的回溯晷，反而出言质问。

"萧靖山是你们的因果，我不能插手。"羲娥一抬手，将回溯晷抛给了李青月，"我这次来是想给你一个提醒，这件法器能逆转时间，让你回到过去。"

李青月双眼一亮："此话当真？"

羲娥点了点头："那是自然。不过，我可得先提醒你，改变过去未必能改变未来，每一个轮回都有已定的因果。"

李青月没听懂，眼中有着困惑。

羲娥却不愿多解释，指了指手里已经化为原形的凝烟和隐童子："这两个有点儿灵气，我就带走了。"

李青月看向隐童子："你要跟她走吗？"

隐童子疯狂点头："她能救凝烟姐姐，还能变出吃不完的美食。"

李青月哑口无言。

羲娥身前出现了混沌之境的入口，她冲李青月一笑，牵着隐童子一同消失："有缘，再会。"

李青月看着手里的回溯晷，最终输了灵力进去。回溯晷上面的指针开始飞快转动。

竹林中，萧靖山背着打到的猎物兴致勃勃地朝竹林小屋走去。他话还未说完，一道剑光自上空落下，劈倒了萧靖山家门，整座房屋顷刻间爆炸，燃烧起来。还未来得及走进院中的萧靖山被炸飞，重重摔在远处，打到的猎物散落一地。整个竹林小屋已经化作一片火海。

萧靖山目眦欲裂，艰难地朝竹林小屋爬去。

吴悠的声音从他背后传来："相公？"

萧靖山惊喜地回头，看着一家四口和魏大哥均站在自己身后，他目瞪口呆地看着眼前这一幕。萧靖山猛地从地上爬起，飞扑过去抱住了小豆子："你们没事？你们都没事？"

"刚才有一个姑娘忽然将我们都叫了出去……"

竹林中，李青月看着这一幕，目露惊喜地看着手中的回溯晷。

"萧靖山如何了？"净云宗的鸿蒙大殿门口，李青月迫不及待地从殿里冲出来，正好遇到路过的张酸。

张酸有些困惑："昨日在天姥峰上，他不是已经死了吗？"

李青月如同被泼了一盆冷水："那紫阳、离陌、吕素冠、上官日月、苍涂，还有……白九思他们呢？还活着吗？"

张酸神情错愕，有些担忧地看着李青月："你怎么了？"

李青月目光暗淡下来，看向了手里的回溯晷。她的声音中满是酸涩："原来'因果已定'是这个意思啊……"

日头毒辣，穿林透叶地射在脸上。

石枫抬头望向太阳，甩着袖子扇了扇风："这么热的天，还让不让人活了。"

身旁其他弟子也甩着袖子，一副热得要死的模样。

"再不下雨，后山泉水都要断流了。"

"宗门尚且如此，这山下的百姓可怎么活？"

几人正说着，有人自山门方向大步走来。

石枫眼睛一亮，殷勤地迎了上去："宫良师兄！你怎么回来了，这次下山辛苦了，要不要去——"

"掌门在哪儿？"宫良羽神情严肃，吓得石枫愣是没敢再说下去，伸手指了指大殿。

宫良羽焦急地向大殿而去，石枫站在原地，看着宫良羽远去的背影，一脸不解："这么着急，这是出什么事了？"

大殿内，玄微、丹阳两人居于上首，有弟子在旁请教问题，宫良羽大步走入殿内，躬身行礼。

"启禀长老，山下突发旱情。汉地十二州有些地方已出现饥民暴乱，攻打城池。其中几个州县还有妖兽趁乱而出，祸乱苍生。"宫良羽呈上书信一封，继续道，"朝廷传来书信，希望净云宗出世，率领各大宗门与朝廷联手斩杀妖兽，救助灾民。"

玄微皱眉："突发旱灾？无量碑可有异动？"

宫良羽摇头："正想请师尊们查明情况。"

"我等现在就去向师祖禀明此事。"玄微看向宫良羽，"你去敲响古钟，召集宗内弟子来此，不可胡乱走动。"

"是。"

小秋山后山，李青月面色凝重，樊凌儿在一旁也望着玉梵山的方向。片刻后，只听钟声响起，连绵不绝。

"无量碑并无异动，"李青月给樊凌儿斟了一杯酒，"人间灾厄大约本就是循环。"

樊凌儿惊讶地看着李青月:"仙尊这话是什么意思?难道我们斩杀萧靖山,修补镇压邪祟的无量碑,都不能终止人间的厄运?"

李青月沉默片刻才道:"萧靖山并非坏劫本身,他只是催发了坏劫而已,无量碑泄露的些许魔气更是加重了此劫。"

"成、住、坏、空,看来是躲不过了。"樊凌儿感慨道。

"不,还有一法。"李青月收敛神色,举起酒杯。

樊凌儿愣住,看着李青月,刚端起酒杯的手也僵在半空中。

"当年我能斩杀旱龙,破除坏劫,如今我也可以。"李青月勉强一笑。她生为鸿蒙精气,享受的天地馈赠已然太多,是时候做些事报答世间了。

樊凌儿急了,双眼透红地看着李青月。她似乎明白了李青月的意思,却不愿开口,小心地等着李青月自己说出那个答案。

"我想以身殉道,化为雨露,泽被苍生。"

日后,无量碑有净云宗守护,还有弟子们一代代传教、布道,百姓们人人修习,人人能与邪祟抗衡,她也可以安心了。

李青月抬手,一道流光飞出,化作信件呈于樊凌儿手中:"你去将此信交给龙渊。他虽莽撞,却是个忠正之人,历劫一遭,想必心境也会与以往有所不同。待我去后,结界破除,他若不介意,也让他来守护无量碑。"

"是!"樊凌儿接过信纸,双眼含泪,看向李青月。

李青月仰起头来,看着九重天的方向。突然,一滴雨落在她脸上。两人先是一喜,而后大惊。

"仙尊,这是为何?"

李青月皱眉,掌心的灵力仓促收回。她探查一周,想起什么似的,看向玉梵山的方向:"玄微呢?"

话音刚落,李青月化作一道灵光消失在原地。

"玄微!"

玉梵山闭关处的山门猛地被推开,李青月破门而入,径直走向内室。果然,玄微的身体近乎半透明,气息微弱,似乎他随时都会消失。

"玄微,你疯了不成?你可知道自己在做什么?"

"师祖？"玄微气若游丝，语气却是带笑，"师祖来了。"

李青月极怒，甚至失语，坐下来源源不断地给玄微输送灵力。玄微伸手去拦，却被她下了定身符，只能僵坐着看灵力注入自己的身体。

"没用了，师祖。"玄微声音很轻，似乎风一来便会消散，"玄微并非要死了，而是功德圆满，要化作这天地间的一分子。"

李青月垂头不语，手也无力地垂下来。玄微是她在净云宗的第一个弟子，功法、心得皆是她亲手相传，两人说是师徒，其实这些年来，李青月将玄微视作自己在人间的子侄，或是一个亲眼看着他长大，一点点变成独当一面的师尊，又送他变老的朋友。

"时机已到，弟子开悟，师父不恭贺我，怎么反而落起眼泪来？"

定身咒失效，玄微伸手为李青月拭去眼泪，神色慈悲，周身被淡淡灵光笼罩："天生万物以养人，人无一物以报天。弟子如今以身报天，师父不必难过。"

"你可还记得，我是你师父！"李青月怒视玄微，眼中却全然软了下来，只有无尽的悲哀，"要去也是我去，何时轮得到你？"

"是啊，"玄微轻笑，"我是师父的弟子，师父有事，弟子服其劳，不是应该的吗？"

李青月怒极："你在胡说什么？"

"师父可会怪我将契月剑交给萧靖山吗？师父去救人时，我占了几卦。据卦象所示，净云宗拦不住萧靖山。我本想全力一搏，可还是以失败告终，让我不得不信。卦象所示，我必死，要么死在萧靖山手里，要么为师父而死，而我选了后者。"

玄微深吸一口气，目光深远："千年万年来，凡有洪涝饥荒、鼠疫虫灾，凡人置身其中，总会觉得前路无望。但每一次，咬牙坚持，又都可以挺过来，这一切，不是求神拜佛要来的，而是靠着自己的坚韧忍耐得来的。师父曾经说过，我人族修士，不该只想着得道飞升、修成正果，而该想想能为这片天地、这芸芸苍生做什么。"

玄微的力量不足以撼动天象，便是以身殉道，也不过是如滴水入海。

"玄微，你莫要逞强。你知道的，我已心无牵挂，你不能坏我机缘！"

眼看着玄微的身体越来越轻，李青月还是不肯放弃。

玄微只是一笑："师父说笑了，你是鸿蒙神主的后裔，天生地养之神，与世长存，万古不灭，你的机缘还在后面。就请师父将这份造化赐给弟子吧。"

说完，玄微眼神沉静、安然，是一种尘埃落定后的豁达与一往无前的决心。他起身，跪拜下去。

"弟子这便走了，还望师父多加保重，聚散看淡，欢喜随心。师父大恩，来世再报。"

玄微重重叩首，化作微尘消散于空中。

"玄微！玄微！"李青月大叫着玄微的名字，可是周围再不见玄微的身影，只有大雨落下，凉意消暑，滋润万物。

片刻后，丹阳几人赶来，看到李青月颓然坐在地上。

"师祖……"

李青月蜷缩成一团，看起来分外可怜、孤单。

"仙尊。"樊凌儿上前，轻轻抱住李青月。

良久，李青月也抱住樊凌儿，泪水无声地从脸颊滑落。

"仙尊，净云宗创立伊始，或许只是你一人的净云宗。"樊凌儿声音轻、淡，却极具安抚效果。

李青月心中微微抽动一下，看向樊凌儿，听她继续道："可现在，净云宗上下千百人，门外弟子上万人，仙尊也不过是沧海一粟。"

丹阳几人微变了脸色，小声斥责道："放肆！"

李青月没说话，只听樊凌儿继续小声道："仙尊觉得以身殉道是责任，就不允许弟子们肩负这责任？"

"我……"李青月抿唇。她只是不想再有人牺牲，或者说，她不想再见到有人牺牲。

"仙尊殉道，是为解燃眉之急，玄微亦然。"

丹阳几人终于正色看向樊凌儿，齐齐对着李青月跪下，朗声道："弟子丹阳亦然！"

"弟子张酸亦然！"

"弟子石枫亦然!"

"弟子宫良羽亦然!"

……

净云宗的鸿蒙大殿内,李青月盘坐在榻上,想起了玄微殉道时的情形。

"此生不悔吗?"李青月望向桌面上的回溯晷,"不悔……"

原来如此吗?因果相生,难以改变,但心无挂碍,自有净土。

我们这一个轮回里走了太多错路,有过太多遗憾,既然有机会,倒是可以让其他轮回里的我们少些蹉跎。

李青月将灵力输入回溯晷,神光波动,回溯晷上的指针又一次转动起来……

村庄的药棚外,清晨时分,离陌靠在柴火边沉沉睡去。

红莲握着灵力幻化出的冰刀划破自己的手腕,伸到锅的上方。血滴下的瞬间,被一只手接住了。红莲警惕地转头,看到了李青月无辜的笑脸。

李青月一把捂住了红莲的嘴:"别只伤害自己啊,我可以帮你解恶气。"说完,她夺过冰刀,猛地插进了离陌的心口。

红莲惊叫:"你做什么?!"

离陌被疼醒,不明所以地看着眼前这一幕。李青月飞快地蘸了些离陌的血,点在红莲额间。红莲双臂上的黑色纹路逐渐淡去。红莲和离陌都愣愣地看着这一幕。

李青月如同一个胜利者一般摆了摆手:"我就帮你们到这儿了,接下来你们自己解释吧。"

某条长街上,烈日灼热,炙烤着大地。

狭窄阴暗的巷角内,小玄微被一群孩童打倒在地。他拼命护着手里的馒头,却还是被孩子们抢走了。孩子们一哄而去,小玄微满身伤痕,瘫倒在地,奄奄一息。

灵光一闪,李青月出现在小玄微面前,朝他伸出了手。

小玄微目露惊异，颤抖着伸出了手："你是谁？"

李青月将他拉起，给了他一袋银子和一本修道之书："我是天上的神仙，看你有几分灵气，所以下凡来帮你。这本书给你，你自己好好悟道修炼，定会有一番造化。"

小玄微攥紧了手里的书和钱，目光真诚地看着李青月："神仙姐姐，我能为你做什么？"

李青月温和地一笑："好好修道，日后你会建个大宗门，救世济人。"

小玄微一时间愣怔，见李青月起身离开了。

李青月走出几步，忽然回头一笑："对了，若是你以后遇到一个送你花的姑娘，记得要好好珍惜。"

小玄微目露不解，只是看着李青月潇洒地摆了摆手，逐渐远去。

巫居山的山脚下，孟长琴阖上眼眸晕了过去。以孟长琴为中心，一圈巨大灵力波向四周涌动，周围土地一寸一寸重获生机。

花如月本欲朝孟长琴走过去，然而体力不支，身子一歪，就要昏迷过去。一只手扶住了花如月，往她体内输了些灵力。

花如月再度睁开眼睛，看着眼前和自己长得一模一样的李青月，不由得目露警惕，摆出备战的姿态："你是谁？"

李青月看向花如月的小腹，眼中隐隐有泪光："小心，别动了胎气。"

花如月僵在原地，难以置信地看着自己的肚子："你在说什么？"

"我只是想让你知道一些事情。"

花如月扶着昏迷的孟长琴费力地走着。

一道灵光闪过，白九思冷着脸出现："我说过的话，你一个字都没有听进去。"

花如月没有说话，只是直勾勾地看着白九思。

白九思被看得有些不自在，便装作更加冷漠的样子："花如月，你曾经答应过我只救孟长琴一次，我才愿意继续同你度情劫。可是你食言了，事到如今，你又犯了天规，我不能再容你了。"

花如月扑哧一声笑出了声："玄天使者不好对付吧？"

白九思的声音中带着一丝震惊："什……什么？"

花如月丢开孟长琴，猛地扑向白九思，抱住了他："好啦，我都知道了，刚才是你帮我拦住了玄天使者。还有，你别想偷偷替我承担天罚，就算我同意你一个人受罚，我肚子里的孩子也不会同意的。"

白九思彻底愣住了，根本不知道该如何反应。

远处，李青月看着这一幕，释怀地一笑，转身离开。

混沌之境，羲娥坐在一片碧绿的灵湖之上，望着掌心的水晶灵球，一双看尽世事变迁的慧眼露出淡淡的沧桑。

远处是苍茫的群山，青山如黛，星辰寂寥。

近处，一株纤细的小树苗正在生长。隐童子坐在树下，身前放满了美食，他正埋头大吃。

羲娥饶有兴致地看着眼前的画面，最终露出了满意的笑容。

净云宗的山门处，李青月看着张酸："日后净云宗就交给你了，有你在，我也放心。"

樊凌儿红着眼看着李青月："仙尊，为什么我不能跟你走？"

"因为我要去找一个已经消失的人，这一找可能就要数万年，你可以去过自己的生活，不必再围着我。"

张酸看着李青月转身，眼中满是不舍，却到底没说什么，只是看着她的背影。如今他身后是净云宗，责任在身，无法继续追随李青月的脚步。

突然，李青月回头，看向张酸。

午时阳光正好，照在两人脸上，她冲他微微笑着道："若是有机会，我会回来看你们。"

"好啊。"他轻松地应她。

冰封之地，白九思成仙之处，一片银白，唯有一棵大树依旧枝叶繁茂，郁郁葱葱。

李青月席地而坐，手指轻触冰面："白九思，我来陪你了。"

冰面之下，空无一人。

李青月眼中闪过泪光，静静地躺在冰面上。

随着时间的流逝，李青月缓缓闭上了眼睛，沉沉睡去。

羲娥停在李青月面前，半蹲下来，如同爱抚孩子一般，轻轻摸了摸她的头。李青月沉沉睡着，浑然不觉。羲娥眼中露出悲悯之色，又瞬间消失，轻轻翻手，将掌心的水晶灵球沉入冰层之下。她起身，朝着远处的群山和星空踏空而去，足尖轻点，脚腕银铃摇荡。

"浮生若梦，沧海桑田，朝夕之间，爱恨皆消，白九思，好久不见。"

悦耳的铃声响彻天地，慢慢飘远。

远处的茫茫群山、寥落的星空，化作一片混沌，天地不分，羲娥仿佛消失在世界尽头。

不知沉睡了多久，李青月缓缓睁开眼睛，忽然愣愣地盯着冰面。寒冰之下，白九思闭目睡着。李青月难以置信，颤抖着伸手去触碰冰层。冰层瞬间破碎，李青月掉了下去，正好砸在白九思身上，猝不及防地亲上了白九思的唇。

白九思睫毛一动，缓缓睁开了眼睛。

"阿月……"

图书在版编目（CIP）数据

临江仙：全二册 / 仲恒，吕佳慧改编. -- 北京：北京联合出版公司，2025.8. -- ISBN 978-7-5596-8520-9

I．I247.5

中国国家版本馆CIP数据核字第20252LA026号

临江仙：全二册

作　　者：仲　恒　吕佳慧	特约编辑：丛龙艳
出 品 人：赵红仕	营销支持：肖　瑶　祁　悦　陈淑霞
出版监制：辛海峰　陈　江	特约印制：赵　聪
特约监制：殷　希	装帧设计：普遍善良
产品经理：澍　澍	封面插图：纯粹插画
责任编辑：杨　青　李艳芬	内文排版：芳华思源

北京联合出版公司出版
（北京市西城区德外大街83号楼9层　100088）
联合读创（北京）文化传媒有限公司发行
天津盛辉印刷有限公司印刷　新华书店经销
字数　521千字　880毫米×1230毫米　1/32　17印张
2025年8月第1版　2025年8月第1次印刷
ISBN 978-7-5596-8520-9
定价：79.80元（全二册）

版权所有，侵权必究
未经书面许可，不得以任何方式转载、复制、翻印本书部分或全部内容。
如发现图书质量问题，可联系调换。质量投诉电话：010-88843286